KB273339

작가마을 문화신서 _ 3

한국현대시와 지역문학

양왕용 지음

한국현대시와 지역문학

도서출판 작은이밀기

작가마을 문화신서 _ 3 한국현대시와 지역문학

초판인쇄 | 2006년 11월 20일 **초판발행** | 2006년 11월 25일 **지은이** | 양왕용 **펴낸이** | 배재경 **펴낸곳** | 도서출판 작가마을
편집주간 | 원무현 **편집** | 조훈아 **표지디자인** | 송기철 **인쇄** | 대흥인쇄사 **제본** | 광명제책사
등록 | 2002년 8월 29일(제 02-01-329호)
주소 | (121-841)서울시 마포구 서교동 448-38 한일B/D 302호 T.(02)333-2598 F.(02)333-1849
부산사무실 /(600-012)부산시 중구 중앙동 2가 24-3 명성B/D 303호 T.(051)248-4145,2598 F.(051)248-0723
전자우편 / seepoet@hanmail.net

ⓒ 2006. 양왕용 ISBN 89-90438-43-8 03810
정 가 / 10,000원

※ 잘못된 책은 구입 서점에서 교환됩니다.

지난 해에 엮은 『한국현대시와 기독교 세계관』과 거리가 멀어 따로 엮고자 했던 원고들로 책을 낸다. 그 동안 지속적으로 관심을 가지고 있던 해양문학에 관련된 논문과 지난 해 탄생 100주년이 된 진주지역 대표 시인이자 필자의 중학교 시절 교장선생님으로 인연이 맺어진 동기 이경순 시인에 대한 논문으로 우선 제1부를 꾸민다.

그리고 제2부는 해방기부터 70년대 초반까지의 부산지역 시문학사이다. 이 글은 부산문인협회와 부산시인협회의 청탁에 의하여 오래 전에 쓰여진 기존의 원고를 바탕으로 언급 대상 시인들의 신상과 작품 세계의 변화와 그에 따른 필자의 새로운 견해를 피력하여 계간지 『문학도시』에 2004년부터 2005년까지 간간이 발표한 글들이다. 제3부는 8,90년대 부산지역의 문단 활동과 작고 문인들과 관련된 글 그리고 현역 시인들의 작품집에 대한 글들이다.

지역문학은 자칫하면 한국문학사에서 소홀히 취급될 가능성이 있다. 필자는 결코 그렇게 되어서는 안되며, 부산지역 문학의 경우 항도의 속성인 해양성과 개방성을 가지고 있다는 점에서 한국문학 나아가서는 세계문학에 충분히 자리매김할 수 있다고 생각한다. 따라서, 책 제목을 『한국현대시와 지역문학』이라고 하였다. 뿐만 아니라, 이 저서를 계기로 부산문학사 서술과 부산문단의 활성화와 지역 문인들의 위상 확립에도 지속적 관심을 가지기로 다짐하는 바이다. 이 책을 〈문화신서〉로 발행하여 준 〈작가마을〉 대표 배재경 시인과 관계자들에게 우선 감사 드린다. 그리고 발표지면을 주신 부산문인협회 강인수 회장과 저서로 엮을 용기를 주신 부산예술대 박홍배 교수와 이순욱 박사에게도 감사드리는 바이다.

2006년 11월
금정산 기슭 연구실에서 양왕용

차
례
：

한국현대시와 지역문학

3

한국현대시와 지역문학

1

한국현대 해양시와 현해탄, 대양, 연근해 체험

1. 서론

1) 해양문학의 개념

우선 해양문학 혹은 해양시의 개념과 범위에 대하여 살펴보기로 한다. 사실 해양문학에 대한 연구는 역사가 오래 되지도 않았고, 많은 연구자들이 참여하는 편도 아니다.[1] 그러나, 해양문학의 범위와 영역 혹은 범주를 놓고 대립하는 두 측면이 있다. 그 하나는 광의로 해양문학을 보는 입장이다. 해양문학의 사전적 정의는 '바다 자체를 주제로 담거나 바다를 배경으로 한 인간의 삶과 정서·사상을 체험과 상상을 통하여 문자로 묘사하는 문학'이라고 볼 수 있는데, 광범위하게 보는 입장은 이것조차도 좁다는 생각을 가지고 있다.

바다뿐만 아니라, 그 주변 것들이 인간의 삶을 중심축으로 하여 독특한

---

1)해양문학에 대한 그 동안의 대표적인 연구 성과들은 다음과 같다. 윤치부, 「한국해양문학연구-표해류 작품을 중심으로」(건국대 대학원 박사학위 논문, 1992): 구모룡, 「해양문학론서설-해양문학의 범위와 장르, 그리고 주요 모티포」『교양논총』 2집(한국해양대 교양과정부, 1994): 조규익·최영호 엮음, 『해양문학을 찾아서, (해양문학총서1 총론편)』(서울, 집문당, 1994): 김정하, 「原水 체험과 바다 모티프의 관련성 고찰」《해양문화연구》창간호(한국해양대 해양문화연구소, 1996): 노창수, 「전남 지역 해양문학의 뿌리와 현황」「국어교육」1997년 94호; 최영호, 「한국해양소설연구」(고려대 대학원 박사학위논문, 1998): 황을문, 『해양문학소요』(전망, 2001) 등.

삶의 체험을 포괄하여 보다 총체적으로 보아야 한다는 것이다. 따라서 바다뿐만 아니라, 어촌·섬까지 공간적 배경을 확대시킨다.[2]

이에 반하여 '①해양, ②배, ③항해' 등 세 가지 모티프로 한정하여야 한다는 견해도 있다.[3] 이러한 중요 모티프들이 밤·창공·바람·섬·물고기·노동 등과 어울려 해양문학을 구성하는 기본 원리로 작동한다고 보고 있다.

이러한 두 견해 다 한계를 가지고 있다고 볼 수 있다. 즉, 지나치게 광범위하게 범위를 잡는 경우, 작품의 전체적인 구조나 주제보다 지엽적인 것에까지 해양문학의 범위가 확대되어 지나친 소재주의로 전락할 수가 있다. 그리고 후자의 경우에는 충분히 타당성은 있으나 지나치게 도식적이라는 비판을 받을 수 있으며,[4] 해양문학의 실제적인 작품이 많지 않을 수도 있다. 이러한 현실적이 어려움을 타개하게 위하여 광의든 협의든 바다 체험의 한계를 설정하여 해양문학과 해양체험문학으로 나누어 살펴보자는 주장도 있다.[5]

사실 요즈음 해양이나 수산분야가 3D업종이라는 인식이 확산되어, 원양어선과 그나마 선망의 대상이던 상선 승무원직도 인기가 예전만큼 못하다. 발표자의 생각으로는 이러한 현실 때문에 해양문학도 예전처럼 활발하게 창작될 수 없을 것 같다는 생각도 든다. 이러한 현실에서 볼 때, 범위와 영역에 대해 지나치게 광범위하거나 엄격하기보다 중간 위치를 설정해 보는 것이 좋을 것 같다. 즉, 바다나 해양체험을 제재로 하여 바다 자체에 대한 형상화와 바다가 가지고 있는 속성에서 유추한 사상·관념으로 창작된 것까지 포괄하자는 견해이다. 물론 이 때의 체험의 범위를 어디까

---

2) 최영호, 「한국문학 속에서 해양문학이 갖는 위상」, (『해양문학을 찾아서』, 집문당, 1994, pp.11-53) 그 가운데, 'Ⅱ. 해양문학의 개념과 영역(pp.14-15)'에서 강하게 주장하고 있다.
3) 구모룡, 「해양문학론 서설– 해양문학의 범위와 장르, 그리고 주요 모티프」, (『해양문학연구』, 1996, 창간호).
4) 최영호는 실제 범위를 협소하게 잡은 것에 대하여 박사학위 논문에서 구체적으로 주장한 이를 밝히지 않고 비판하고 있다.
5) 황을문, 「해양문학이란 무엇인가」, (《해양과 문학》창간호, 전망, 2003) pp.18-26.

지 정하는가가 문제가 된다. 단기적이냐 장기적이냐, 직접이냐 간접이냐 등 여러 견해의 연구자들이 모여 해양문학에 대한 보다 광범위한 심포지엄을 가져 바다체험, 혹은 해양체험의 한계를 설정하고 그에 따른 기존의 작품을 선택하여 한국해양문학 작품집을 엮어보는 것도 뜻있는 일이라 생각된다.

해양시의 경우 작품세계가 전반적으로 해양시와 관계가 깊은 시인, 즉 해양시인은 그렇게 많지 않으나, 신체시 초창기의 대표적인 작품이라 할 수 있는 「海에게서 少年에게(최남선)」(1908. 11.《少年》창간호) 이래로 한국현대시사의 대표적 시인들 가운데 다수의 해양시를 창작한 사람들은 많다. 이러한 시인들 가운데 몇 사람을 골라 작품에 나타난 바다체험의 양상을 살펴볼 것이다. 그리고 광복 이후의 대표적인 해양시인들과 부산 경남 지역 시인들의 다양한 해양 체험이 형상화된 작품들에 대하여 살펴보기로 한다.

2) 해양문학 배경으로서의 부산

부산은 1876년 강화도 조약과 함께 개항되면서, 일본의 조선침략 교두보가 되었지만, 한편으로는 일본을 거쳐 세계로 나아가는 전진기지가 되었다. 특히 최남선(1890~1957)이 1904년 최연소 황실 유학생으로 선발되어 동경부립중학교 특별반에 입학하면서 유학한 이후로, 많은 문인들이 부산에서 현해탄을 건너 시모노세끼 즉, 하관에 도착하여 동경, 경도, 대판 등지로 유학을 다녀왔던 것이다. 1905년의 을사보호조약, 1910년의 경술국치를 거쳐 우리나라가 일본에 강점 당하는 일제강점기동안 문인들 뿐만 아니라 많은 지식인이 일본에 유학하면서, 부산과 하관을 연결하는 '관부연락선' 은, 그들에게 현해탄 체험을 제공하였던 것이다. '관부연락선' 은 일제강점기 직전인 1905년 9월 최초의 관부 연락선 이키마루(壹岐

丸)가 취항한 이후, 일제강점기가 끝나는 1945년까지 40년 동안 일본에서 신천지 조선땅으로 이주해오는 일본인과 일본으로 왕래한 유학생과 일본에 취업하기 위한 농민, 젊은이, 노동자들을 실어 날랐다. 승객들은 간혹 투신자살도 했다. 그 가운데 기억할 만한 사건으로는 이병주의 소설 「관부연락선」의 소재로 다루어진 독립투사 원주신의 자살사건이 있다. 그는 1909년 매국노 손병준을 주살하고자 일본으로 건너갔으나 뜻을 이루지 못하여 대마도 옆 바다로 투신하였던 것이다. 다음으로는 원주신이 투신한 바로 그 자리에서 1926년 8월 「김영일의 사」라는 희곡 작품의 작가로 유명한 목포 부농의 아들 김우진과 대중가요 〈사의 찬미〉를 녹음하기 위해 도일했던 윤심덕의 동반 투신자살을 들 수 있다. 이러한 비극적이거나 낭만적인 사건 말고도 1919년 일본 유학생들의 2·8독립선언 때에는 김마리아가 기모노로 변복하여 독립선언문을 옷 속에 들여와 부산의 백산상회에 무사히 도착하여 부산지역 3·1운동의 불씨를 당기기도 하였다.[6]

　이렇게 일제 강점기의 일본 유학생 문인들은 현해탄 체험을 하였으며, 그것을 바탕으로 시와 소설 등을 창작하였다. 물론 부산은 일제 강점기를 통하여 경성 즉, 서울에 이어 가장 큰 생산·소비 도시가 되었으며, 따라서 부산항은 점차 확장되었다. 1925년 진주에 있던 경남도청이 옮겨오면서, 도청 소재지로 행정도시까지 겸하게 되었다. 말하자면, 일본이라는 우리나라의 침략국과의 가장 긴밀한 연락처였기에 커진 일제 강점기의 부산은 자연스럽게 일본으로의 항로와 연결된 도시가 되었으며, 수산업의 전진기지까지 겸하는 수산도시가 되었다. 수산 전문인을 양성하기 위하여 부경대학교의 전신인 부산수산대학이 일제강점기말 부산 유일의 전문학교로 설립되기도 하였다. 해방 직후에는 부산수산대학으로 승격되고, 한국해양대학까지 신설되어, 부산은 해양과 수산 전문인을 양성하는 곳으로까

---

6) 이종률, 「테마로 보는 부산항 이야기」(부산, 도서출판 해성, 1997), pp.166-173.
　이귀원, 「관부연락선에 실린 사연」(「시민을 위한 부산의 역사」, 1999, 도서출판 늘함께), pp.255-261.

지 겸하게 되었다.

이상과 같이 부산은 개항이래, 한국의 대표적인 항만도시로 일본과 인접하여 있기 때문에 많은 문인들에게 해양체험을 제공하는 공간이 되었다. 최근에는 지방분권화정책에 발맞추어 부산은 해양특별시로 승격되고자 노력하고 있으며, 동북아 거점 물류도시로 한국을 대표하는 해양도시 즉, 해양수도가 되고자 하고 있다. 또한 부산국제영화제를 통한 영화도시로 세계에 알려지면서 대중문화의 꽃인 영화축제의 장소로 각광을 받기도 하며, 영화 촬영지 · TV드라마 촬영지로 빈번하게 이용된다. 그러나 영화나 TV드라마들의 격조를 보다 높이기 위해서는 문학이 뒷받침되어야 한다. 최근에 관객을 많이 동원하는 영화나 시청률이 높은 TV드라마를 보아도 시나리오나 각본은 본격적인 문학을 제대로 수업한 작가들에 의하여 쓰여질 때 그 성공이 보장을 받는다는 것이 크게 틀린 말은 아닐 것이다. 따라서, 부산이 영화도시이면서 동시에 문학의 도시가 되어야 한다. 그런데, 부산만이 추구할 수 있는 문학이 바로 해양문학인 것이다. 해양문학을 기반으로 한 부산문인들이 부산문학관 설립을 강력하게 주장하고 있는 까닭은 바로 이러한 맥락에서 문학관 건립이 해양도시 부산을 세계에 더욱 확실하게 알리는 중요한 방법이기 때문이다. 그리고 문학적 상상력이 기반이 된 영화도시 부산이 될 때 부산국제영화제는 더욱 빛날 것이다. 이러한 관점에서 해양문학을 기반으로 한 부산문학관은 하루 빨리 건립되어야 할 것이다.

2. 일제 강점기의 해양시와 현해탄 체험

1) 六堂 崔南善(1890~1957)- 개혁의지의 원천적 공간

육당의 회고에 의하면 그의 신문투고는 12세 때부터 시작되었다고 한다. 그러나 곧 게재되지 않고 15세 때 일본 1차 유학을 떠나기 직전 비로소 「皇城新聞」에 게재되었으며, 그는 1904년 10월 1차 황실유학생으로 선발되어 동경 부립 중학교에서 연소자이자 유일한 일본어 해독자로 반장 역할을 수행하던 중 나이 연상인 유학생들의 몰지각한 행동에 견디다 못해 그 해 12월에 자퇴한 후, 이듬해 1월에 귀국하였다. 귀국한 그 해 11월에 을사보호조약이 체결되고 이로 인하여 조야가 들끓게 되었다. 이 소식을 접한 최남선 역시 황성신문에 투고한 논설로 인하여 헌병대에 체포되었다가 한달 만에 석방되었다. 그러나 다시 과격한 논설을 투고하여 황해도로 피하여 화를 면하기도 하였다. 이 때에는 아직 관부연락선이 개통되기 전이라 관부연락선을 이용하지 못하고 인천항에서 특별선으로 출발하였다. 그러나, 제 2차 유학을 떠나는 1906년에는 부산에서 출발하였다. 그는 와세다 대학 고등사범부 지리역사과에 입학하였다. 그가 지리와 역사에 관심이 많았던 까닭은 중인 출신으로 그의 할아버지·아버지·삼촌 모두가 雲科(陰陽科)에 급제한 일종의 기술관료로 이들은 운과의 세 전공인 천문학·지리학·命課學에 두루 합격하였으며, 특히 육당의 아버지와 할아버지는 지리학에 합격하였기 때문이다.[7] 따라서 우선 집안의 전통에 따른 것이라고 볼 수 있다. 2차 유학 역시 일찍 중단하고 말았다. 그렇게 된까닭은 그 해 6월 와세다 대학생들이 개교 기념행사로 모의국회를 개회하게 되었는데, 토의 안건을 '조선왕 來朝에 관한 건'으로 정하고 일본의 보호국이 된 조선의 국왕이 일본에 오는 절차를 논의하게 되었다. 이러한 굴욕적 사태에 비분강개한 유학생들이 총장에게 항의했으나 받아들이지 않아 유학생 70여명이 자진 퇴학하게 되었다. 이 때에 육당도 자퇴하였다. 이것으로 육당의 정규 학교교육은 끝난다. 글방공부 6여년을 제외하면 1차 유학 가기 전 일본어를 익히기 위한 경성학당 3개월, 1차 유학 1개월,

---

7) 이영화, 「최남선의 역사학」(서울, 경인문화사, 2003), pp.14-26, 'Ⅰ. 생애' 편 참조.

2차 유학 3개월이 전부였다. 따라서 그는 신교육을 8개월 정도 밖에 받지 않았다. 이러함에도 불구하고 그는 독학을 통하여 그의 학문적 세계를 개척하였다. 2차 유학이 끝난 귀국길에 그는 아버지를 설득하여 16만원이라는 당시 땅 수천석지기 전답을 살 수 있는 거금으로 동경 수영사에서 인쇄기구를 사서 조판·식자·인쇄 기술자 5명과 함께 관부연락선으로 부산을 거쳐 서울까지 갔다. 이 인쇄기구로 新文館이리는 출판사를 세워 새로운 문화를 보급시켜 문장으로 나라를 구하겠다는 의지를 펼쳤다.

이 신문관을 통하여 1908년 11월 《少年》이 창간되고 그 창간호에 「海에게서 少年에게」가 발표되었다.

1

텨……ㄹ썩, 텨……ㄹ썩, 텨ㄱ, 쏴……아.

때린다, 부순다, 무너버린다.

泰山같은 높은 뫼, 집채 같은 바윗돌이나,

요것이 무어야, 요게 무어야,

나의 큰 힘, 아느냐, 모르느냐, 호통까지 하면서,

때린다, 부순다, 무너 버린다.

텨……ㄹ썩, 텨……ㄹ썩, 텨ㄱ, 튜르릉, 콱.

2

텨……ㄹ썩, 텨……ㄹ썩, 텨ㄱ, 쏴……아.

내게는, 아무것, 두려움 없어,

陸上에서, 아무런 힘과 權을 부리던 者라도,

내 앞에 와서는 꼼짝 못하고,

아무리 큰, 물건도 내게는 행세하지 못하네.

내게는 내게는 나의 앞에는

터……ㄹ썩, 텨……ㄹ썩, 텨ㄱ , 튜르릉, 콱.

…(중략)…

6

텨……ㄹ썩, 텨……ㄹ썩, 텨ㄱ, 쏴……아.

저 世上 저 사람 모두 미우나

그 中에서 똑 하나 사랑하는 일이 있으니

膽크고 純情한 少年輩들이,

才弄처럼, 貴엽게 나의 품에 와서 안김이로다.

오나라 少年輩 입 맞춰 주마

텨……ㄹ썩, 텨……ㄹ썩, 텨ㄱ, 튜르릉, 콱.

– 「海에게서 少年에게」 (1908. 11 《少年》)

이 작품은 오랫동안 중학교 국어교과서에 수록되어 있던 작품으로 그동안 최초의 신체시로 근대시의 기점을 잡는 근거가 되기도 하였다.

그러나, 육당의 1908년 2월 25일 창간한 일본 동경유학생 잡지인 《大韓學會月報》창간호에 「모르네 나는」 1908년 3월 25일 2호에 「막은 물」 「생각한 대로」, 1908년 4월 25일 3호에 「나는 가오」 외 2편 등 도합 6편이 이 작품보다 먼저 발표하였다는 것이 확인됨으로써[8] 시사적으로 최초의 신체시라는 가치는 상실되었다. 그러나 인용된 것처럼 분연체로 총 6연의 1연 7행의 새로운 형태에다 '바다'를 화자로 청자 소년에게 사랑과 희망을 주는 남성적 어조의 작품이다. 따라서 이 작품이 육당 신체시의 대표적인 작품임에는 틀림이 없다. 이 작품을 대부분의 연구자들이 한국 근대적 해양시의 선구로 보고 있다.

발표자는 이 작품 한 편보다 《少年》창간호 전체의 편집 방향에 대하여

---

8) 정한모, 「한국현대시문학사」(서울, 일지사, 1974), pp.180-190.

살펴보고자 한다. 우선, 육당은 창간호의 선언문격인 목차 앞글에서 특별히 한글로 '우리 大韓으로 하야곰 少年의 나라로 하라 그리하랴 하면 能히 이 責任을 堪當하도록 그를 敎導하여라' 라고 제시하여 소년에게 희망을 거는 점진주의자로서의 면모[9]를 보이고 있다는 점이다. 말하자면 바다가 소년에게 거는 기대는 앞으로 다가 올 격랑 즉, 망국(1910. 8. 28)이라는 참담한 현실을 감당하여 국권에 대한 희망이라는 깃임을 밝히고 있다.

다음으로 창간호는 해양특집의 성격을 가지고 있으며, 이 특집에 대한 권두시가 바로 「海에게서 少年에게」라는 작품이라는 점을 지적할 수 있다. 《海上大韓史》의 연재 첫 회를 30쪽에서부터 37쪽까지 육당이 직접 쓰고 있으며, 스위프트의 『걸리버 여행기』하권인 「巨人國漂流記」(pp.42-47)를 연재하고 있다. 그리고 「봉길이 지리공부」에서는 프랑스를 주전자, 일본을 토끼로, 우리나라를 호랑이로 묘사하는 그림을 제시하고 있다. 이렇게 海洋에 대한 관심을 지속적으로 가지고 있다는 점에 주목하지 않을 수 없다.

결국 육당의 이러한 민족의 미래에 대한 관심은 결국 현해탄을 두 차례나 건너면서, 특히 2차 유학을 마치고 인쇄기계를 싣고 오면서 구체화되었다고 볼 수 있다. 이렇게 근대시 최초의 해양에 대한 관심을 민족의 장래는 소년에게 달려있다는 관념적이고 집단적인 자아로 표출하였다.

2) 鄭芝溶(1902~1950)- 닫힌 공간과 불안의식

정지용의 현해탄 체험은 그의 경도 유학과 관계 있다. 일제 강점기 유학생 가운데는 드물게 그는 京都 同志社 대학 豫科와 영문과를 졸업하였다. 휘문고보를 졸업한 그가 동지사 대학 예과에 입한 시기는 동지사 대

---

9) 김용직, 「선구자의 탄생과 추락 – 최남선론」(『한국근대문학의 사적 이해』 서울, 삼영사, 1977), pp.168-205.

학 학적부에 의하면 1923년 5월 3일이며 영문과를 마친 것은 1929년 6월 30일이다.[10] 그는 동지사 대학 재학시절인 1926년부터 시를 발표하기 시작하여 1950년 6월 6·25사변으로 납북되기 직전까지 150편에 가까운 작품을 발표하였다.[11] 그는 1923년부터 1929년까지 적어도 방학 때의 귀향을 통하여 10회 이상 현해탄을 왕복하였다고 볼 수 있다. 이러한 현해탄 체험이 바탕이 된 것이라고 볼 수 있는 바다와 관련된 시편이 10편이 넘는다. 그 가운데 직접 현해탄에서 지은 것이라고 밝히고 있거나, 알 수 있는 것이 〈甲板우〉(1927. 1《문예시대》)(이 작품은 말미에 '1926. 6 현해탄 위에서'라고 밝히고 있음), 〈船醉〉(1927. 6《학조》2호), 〈海峽의 午前二時〉(1933. 6《카톨릭 청년》창간호), 〈다시 海峽〉(1935.《조선문단》) 등이 있다. 그 가운데 한편을 인용하여 시적 의미구조를 파악해 보기로 한다.

砲彈으로 뚫은듯 동그란 船窓으로
눈썹까지 부풀어오른 水平이 엿보고,

하늘이 함폭 나려 앉어
큰악한 암닭처럼 품고 있다.

透明한 魚族이 行列하는 位置에
훗하게 차지한 나의 자리여!

망토 깃에 솟은 귀는 소라ㅅ속 같이
소란한 無人島의 角笛을 불고—

---

10) 김윤식, 『한국근대문학사상사연구』(서울, 한길사, 1984), pp.47.
11) 양왕용, 『정지용시연구』(서울, 삼지원, 1988), pp.81-96.

海峽午前二時의 고독은 오롯한 圓光을 쓰다.

설어울 리 없는 눈물을 少女처럼 짓자.

나의 靑春은 나의 祖國!

다음날 港口의 개인 날세여!

航海는 정히 戀愛처럼 沸騰하고

이제 어드메쯤 한밤의 太陽이 피여오른다.

– 「海峽의 午前二時」 전문(1933. 6 『카톨릭 청년』)

이 작품은 시집에 정착될 때는 〈海峽〉으로 게재된 작품이다. 따라서 시집에서는 시간의식이 일단 제목에서 배제된 상태이다. 그러나, 첫 발표작품에서는 공간과 시간이 공존하는 제목이었다. 이러한 점을 착안하여 작품의 의미를 파악할 필요가 있다. 우선, 이 작품에 나타나고 있는 바다의 묘사는 환하고 감각적인 정경이 아니다. 왜냐하면, 午前二時라는 시간 때문이다. 자정이 지난 새벽 2시는 어두운 시간이다. 물론 그믐이나 초순이 아니면 달빛은 비치고 있겠으나, 한낮의 바다처럼 그 모습을 송두리째 드러내고 있는 바다는 아니다. 이러한 시간에 화자는 갑판 위에 있는 것이 아니라 선실 속에 있다. 그것도 대포알에 의해 뚫린 것 같은 창만 있는 선실에 갇혀 있다.

첫째 연에서 바로 이러한 화자의 위치를 파악할 수 있다. 뿐만 아니라 이 부분에서는 선창으로 보이는 바다를 화자가 바라보고 있는 것이 아니라, 오히려 바다가 선창을 엿보고 있다고 표현되어 있다. 따라서 화자의 정체는 일단 첫째 연에서는 '무의 상태로 증발되거나 사물의 물성을 위한 보조관념'[12]으로 존재한다. 달리 표현하면, 화자 '나'는 바다 그것도 '눈섭까지 부풀어 오른 水平'에 의하여 감시당하고 있는 것이다. 이러한 화자는 결국 둘째 연에서 바다에 대하여 현상적이고 감각적인 묘사보다는 상상력을 동원한 진술을 하게 된다. 선창 밖으로 하늘 전체가 보일 리가 없지만, 화자는 캄캄한 하늘이 바다나 그 위를 항해하는 배를 암탉처럼 품고 있다고 인식한다. 그러다가, 결국 셋째 연에서 화자 자신의 위치를 드러낸다. 그런데, 드러난 화자의 위치는 결코 암탉의 품에 안겼다고 평안하거나 안정된 것이 아니라 역시 첫째 연부터 드러나기 시작한 닫힌 공간에 위치하고 있기 때문에 '고독한 심리상태'[13]에 있는 것이다. 넷째 연에서는 결국 고독한 심리상태가 청각적으로 감각화된다. 즉, 귀가 소라 속같이 소란해지는 것이다. 이것은 항해하는 배의 기관소리일 수도 있으나, 그래도 인식하는 것은 화자의 귀인 것이다. 다섯째 연에서는 이러한 심리상태를 직접 고독이라고 드러내고 있다. 그것도 海峽 午前二時'의 공간과 시간에 던져진 고독인 것이다. 결국 고독은 '서러울 리 없는 눈물을 少女처럼' 흘리게 한다. 그러나, 이 부분은 素月의 「진달래꽃」의 눈물보다는 절실한 것은 아니다. 단지, 이 부분으로 인하여 이 작품이 사물시로서는 성공하지 못하고 정서가 지나치게 노출되었다고 볼 수 있다. 화자의 정신상태가 불안하다는 것은 지금까지 지적한 닫힌 공간의식에서 나온 현상이라고 볼 수 있다. 그런데, 이러한 정신상태가 여섯째 연부터는 바로 낙천적이 된다. 즉, 나의 청춘이 나의 조국으로 비유되는 것이 바로 그러한 정서의 급격한 변화를 단적으로 증명하는 것이다.

특히, '다음 날 港口의 개인 날세여!'라는 둘째 행은 낙천적인 느낌을 직접적으로 노출시키는 감탄형 호격조사 '~여!'가 등장하고 있다. 그러다가 마지막 일곱째 연에서 항해의 고통이 연애감정처럼 달아오르며 '내일의 太陽까지 피어 오른다'는 희망을 서술하게 된다.

---

12) 김준오, 『가면의 해석학』(서울, 이우출판사, 1985), pp.83.
13) 문덕수, 『한국현대모더니즘시연구』(서울, 시문학사, 1981), pp.80.

이상과 같이 의미의 전개과정이 사상과 세계관을 표출한 것이 아니고 화자의 진술이라는 점이 밝혀졌다. 그러한 정서의 흐름이 불안과 고독의 양상으로 첫째 연부터 다섯째 연까지는 나타나다가 여섯째 연과 일곱째 연은 갑자기 낙천적이고 희망적인 화자로 바뀌게 된다. 지용의 경험적 자아와 연결시키면 이 시를 발표한 지면이 '카톨릭 청년'인 것처럼 지용의 천주교 신앙과도 관계가 있을 것 같다.

그러나, 이렇게 급격한 변화 역시 불안의식을 반영한 것이라고 볼 수 있다. 고독으로부터 의도적으로 빨리 벗어나야 한다는 것 자체가 그렇다는 말이 되겠다. 한마디로 요약하면, 이 작품은 사물시가 아니고 닫힌 공간으로 인한 불안의식이 반영된 진술의 시이다.

이상과 같이 그는 육당과는 상이한 세계관과 공간의식을 가지고 있으며, 바다를 일반적인 속성인 열린 공간이 아닌 닫힌 공간으로 인식하고 있다는 점이 특색이며, 이 점이 30년대 일제강점하의 지식인의 고뇌가 반영된 것이라고 볼 수 있다.

3) 林和(1908~1953) - 긍정적인 상황의식

林和(본명 임인식)의 일본체험은 정지용처럼 본격적이 아니다. 서울 토박이로 1908년 10월 13일 서울 낙산 밑 중류가정에서 태어나 소학교를 거쳐 1921년 보성고등보통학교에 입학하여, 이원구·이상·이강국·유진산 등과 동기가 된다. 결국 1925년 보성고보를 중퇴하는데, 그 원인은 직접적으로 가정파탄이라고 볼 수 있다. 다른 원인으로 임화의 자유분방함도 작용한 듯 하다.[14] 1926년 12월에는 윤기정의 주선으로 카프에 가입하게 된다. 이 때부터 朝鮮日報를 통하여 활발하게 비평활동으로 함으로써 카프의 이론가가 된다. 1929년부터는 시창작에 주력하여 「네 거리의 順

---

14) 이하의 임화의 문학적 생애는 김용직의 『林和文學硏究』(서울, 세계사, 1991) pp.256-284를 참조한 것임.

伊」, 「우리 오빠와 화로」, 「우산 쓴 요꼬하마의 부두」 등을 발표한다. 1929년에 카프의 간부가 되기 위하여 연극을 배우게 된다. 그는 카프산하 연극동맹 전속극단에서 배우가 되고, 카프가 제작한 영화에 배우로 출연하기도 한다. 그런 후 연극을 배우기 위하여 동경에 가게 된다. 이곳에서 그의 첫부인 이귀례를 만난다.

그는 1931년 만 1년여의 일본 생활을 청산한 후 귀국한다. 그는 이 해에 일본에서 유대관계가 생긴 안악·김남천·권환 등과 손잡고 구 카프계인 박영희·김기진 등을 전면 후퇴시킨 다음 카프의 주도권을 장악한다. 1932년 윤기정 후임으로 카프의 서기장이 되었으며, 카프 기관지 《집단》을 창간하였으나 전량 압수당한다. 그도 감옥에 가게 되고, 석방 후 결핵으로 고생하게 된다. 그는 1933년에는 강경노선을 걷게 되며, 카톨릭·천도교 등 적대세력과 투쟁한다.

1934년부터 일제는 카프에 대해 더욱 심하게 탄압하고, 임화가 이끈 소장파의 노력에도 불구하고 전주사건으로 검거선풍이 불어닥치고, 임화는 건강 때문에 구금 투옥은 면한다. 그는 무료치료차 평양실비병원으로 갔다가 병원 폐쇄로 다시 상경하게 된다.

1935년 드디어 카프 해산계를 임화·김남천·김기진 세 사람이 종로경찰서에 출두하여 제출하고 8월에는 마산에 내려가 결핵을 치료한다. 37년까지 마산에서 머물면서 그가 북한에서 처형될 때까지 반려자가 되는 이현욱과 재혼한다. 이현욱은 동경 소화학교 출신으로 '지하련'이라는 필명으로 소설을 쓴 여류문인이기도 하다. 이런 와중에도 임화는 문학활동에 매진하였으나 1936년 8월 제 7대 조선총독으로 부임한 南次郎은 더욱 조선민족 말살과 철저한 황국신민화 정책을 강화한다. 이런 상황에서 쓰여진 작품이 「玄海灘(後에 '海峽의 로맨티스트'로 개재)」(1936. 3. 중앙)을 비롯한 여러 작품들이다. 따라서 1929년에서 1931년까지의 현해탄 체험이 카프의 간부활동, 해산, 신병치료 등의 과정을 거쳐 1936년에 형상화되어 발표된 셈이다.

바다는 잘 유착한 몸을 뒤척인다.

海峽 밑 잠자리는 꽤 거친 모양이다.

맑게 갠 새파란 하늘

높다란 해가 어느새 한낮의 카브를 꺾는다.

물새가 멀리 날아가는 곳,

부산 埠頭는 벌써 아득한 故鄕의 浦口인가!

그의 발 밑,

하늘보다도 푸른 바다,

太陽이 기름처럼 풀려,

뱃전을 치고 뒤로 흘러 가니,

옷깃이 머리칼처럼 바람에 흩날린다.

아마 그는

日本列島의 긴 그림자를 바라보는게다.

흰 얼굴에는 분명히

가슴의 '로맨티시즘'이 물결치고 있다.

藝術, 學問, 움직일 수 없는 眞理…

그의 꿈꾸는 思想이 높다랗게 굽이치는 東京,

모든 것을 배워 모든 것을 익혀,

다시 이 바다 물결 위에 올았을 때,

나는 슬픈 故鄕의 한 밤,

해보다도 밝게 타는 별이 되리라.

靑年의 가슴은 바다보다 더 설레었다.

… (하략) …

- 「玄海灘」 앞부분 (1936. 3. 「중앙」)

　이 작품은 「玄海灘」이라는 이름으로 발표되었으나 1938년 2월 23일 서울 동광당서점에서 발행한 시집 『玄海灘』에는 「海峽의 로맨티시즘」으로 게재되었다. 이 시집은 임화가 마산 결핵 요양소에서 요양할 때 엮은 시집으로, 이 작품 말고도 현해탄 체험과 관련된 작품으로는 「밤 甲板 우」, 「海上에서」 또다른 「玄海灘」, 「다시 인젠 天空에 星座가 있을 必要가 없다」, 「月下의 對話」, 「눈물의 海峽」 등이 있다.

　그런데 이 작품들 가운데 가장 카프계열성, 즉 계급적 갈등·당파성·전위성을 드러내놓고 있지 않을 뿐만 아니라 식민지 지식인의 비애가 드러나지 않는 것이 바로 이 작품이다. 시집 수록시 제목을 바꾼 까닭은 다른 작품 「玄海灘」 탓이라고 볼 수 있으나, 인용한 부분에서는 일본으로 향하는 희망이 가득찬 청년이 화자로 설정되어 있을 뿐이다. 이렇게 긍정적 화자가 설정된 까닭은 카프 해산계를 손수 제출하고 신병치료차 있는 마산에서의 절망을 극복하기 위한 몸부림이라고 볼 수도 있다. 마산에서 결핵을 치료한 후 임화는 1938년 상경한다. 이 때부터 일제의 탄압으로 카프에서 전향한 박영희·김기진 등과 함께 전향단체에 가입하는 한편, 활발한 시작활동과 비평활동을 하면서 시집 『玄海灘』을 엮었다. 이 당시, 이 시집에 대한 문단의 반응은 상당히 컸다고 한다.

이 바다 물결은

예부터 높다.

그렇지만 우리 청년들은

두려움보다 용기가 앞섰다.

산불이

어린 사슴들을

거친 들로 내몰은 게다.

대마도를 지나면

한 가닥 수평선 밖엔 티끌 한 점 안 보인다.

이 곳에 태평양 바다 거센 물결과

남진해 온 대륙의 북풍이 마주친다.

몽블랑보다 더 높은 파도,

비와 바람과 안개와 구름과 번개와,

아세아의 하늘엔 별빛마저 흐리고,

가끔 반도엔 붉은 신호등이 내어걸린다.

아무러기로 청년들이

평안이나 행복을 구하여,

이 바다 험한 물결 위에 올랐겠는가?

…(하략)…

- 「玄海灘」 앞부분(시집 『玄海灘』)

    위의 작품은 앞에서 인용한 작품을 시집에 수록할 때 게재하게 한 작품이다. 위의 작품이 잡지에 발표한 후 시집에 수록되었다. 시집에는 앞에서 언급하였듯이 현해탄 체험의 작품이 많다. 임화 자신은 시집후기에서 현해탄 체험에 대하여 다음과 같이 의미를 부여하고 있다.

"현해탄이란 題아래 근대 조선의 역사적 생활과 인연 깊은 그 바다를 중심으로 한
생각, 느낌 등을 약 2, 30편 되는 작품으로 써서 한 책을 만들어 볼까 하였다."

이러한 의미를 가장 잘 나타내고 있는 시가 바로 앞의 작품이다. 처음
인용한 작품의 화자가 현실을 지나치게 낙관적으로 인식하여 제목에 나타
나 있듯이 표면의 로맨티스트의 면모만 보이고 있는 점과는 대조적이다.
이 작품 역시 시적화자가 청년이다. 그런데, 청년이 복수로 등장하고 있는
점은 차이가 있다. 청년들의 현실인식이 보다 긍정적이다. 현실인식은 상
징적으로 나타나 있다. 둘째 연이 바로 그러한 부분이다. '산불이 어린 사
슴들을 거친 들로 내몰은' 것과 같은 상황에서 청년들은 두려움보다 오히
려 용기를 가지고 현해탄을 건너고 있는 것이다. 등장하는 제재들 역시
남성적인 활기를 가진 것들이 많다. '태평양 바다 거센 물결' '남진해 온
대륙의 북풍' 등과 같이 강인한 것들이 등장한다. 그리고 넷째 연에는 일
제 강점기의 아세아와 우리나라의 현실이 상징적으로 표현되어 있다. 그
러나 우리 청년들은 평안보다 민족의 장래를 염려하면 현해탄 체험을 하
고 있는 것이다. 이상과 같이 임화의 이 당시의 상황의식은 계급주의보다
민족주의에 가깝다고 볼 수 있다.

3. 광복 이후의 해양시와 대양 체험

1)朴寅煥(1926~1956) – 죽음에의 예감

1945년 8월 15일 일제강점으로부터 우리나라는 벗어났으나, 좌·우익
이데올로기 격동기를 거쳐 1950년에서 1953년까지의 6·25 사변기라는,
근대적 국가가 태동한 이후 이 지구상에서 최초라 할 수 있는 동족상쟁의
소용돌이에 휩싸이게 되었다. 이러한 전쟁으로 많은 시인들이 납북되었고

목숨을 잃기도 하였다. 그러나, 피난시절 임시수도인 부산에서는 지금까지 찾아볼 수 없는 많은 문인들이 찾아올 수밖에 없는 현실이 되었다. 이 당시의 분위기와 부산시단 활동은 뒤에서 필자가 밝힐 것이다.[15]

전쟁이 끝난 후 일단 상경하였다가 부산을 다시 찾아온 시인으로 태평양을 항해한 박인환을 주목하지 않을 수 없다. 그는 6·25직전에 결성되기 시작한 후반기 동인으로 6·25사변기에는 대구·부산지역에서 종군문인으로 활동을 하는 한편, 조향·이봉래·김경린·김규동·김차영·박태진 등과 함께 후반기 동인의 대표적인 시인으로 활동하였다. 그는 서구적 현대시의 한국적 토착화에 기여하는 모더니스트였다. 이러한 시적 경향을 가지고 그는 1955년 부산의 대한해운공사에 취직을 하게 된다. 그러던 어느 날 해운공사사장의 권유로 아무 계획도 기대도 없이[16] 화물선 '남해호'를 타고 태평양 횡단과 짧은 미국체류라는 체험을 하게 된다.

그의 미망인의 회고에 의하면 '새로운 세계에 대한 지식의 열망은 대단하였으며, 아마도 해운공사에 취직한 것도 그 때문'이라고 추측하고 있다.[17] 이 때의 체험을 형상화한 작품들로는 그의 시선집 『목마와 숙녀』(부산, 열음사, 1985)의 제 2부 「아메리카 詩抄」에 12편이나 엮어져 있다.

그 가운데 태평양 항해 도중에 쓴 다음 작품을 인용해 보기로 한다.

갈매기와 하나의 物體

〈孤獨〉

年月도 없고 태양은 차갑다.

나는 아무 욕망도 갖지 않겠다.

더우기 낭만과 정서는

---

15) 양왕용, 이 책의 제2부 pp.95-164를 참고할 것.
16) 박인환, 「19일간의 아메리카」(《조선일보》 1955년 5월 13~17일자).
17) 김용성, 『한국현대문학사탐방』(서울, 현암사, 1981), p.490 재인용.

저기 부숴지는 거품 속에 있어라.

죽어간 者의 표정처럼

무겁고 침울한 波濤 그것이 怒할 때

나는 살아 있는 者라고 외칠 수 없었다.

거저 의지의 믿음만을 위하여

深幽한 바다 위를 흘러가는 것이다.

… (중략) …

바람이 분다.

마음대로 불어라. 나는 데키에 매달려

기념이라고 담배를 피운다.

무한한 孤獨. 저 연기는 어디로 가나.

… (하략) …

– 「太平洋에서」 中에서

  새로운 세계를 갈망하고 승선한 항해이지만 그의 작품 속의 시적화자는 바다를 통하여 죽음만을 인식하고 있다. 첫째 연에서는 파도를 '죽어간 자의 표정'으로 비유하고 있으나, 셋째 연에서는 전쟁 중에 수십만의 죽은 자를 생각한다. 이러한 죽은 자에 대한 생각은 이 작품 뿐만 아니라 「아메리카 詩抄」에 엮어진 작품 「十五日間」, 「충혈의 눈동자」, 「異國港口」 등에서 보조관념 혹은 직접 진술로 나타나고 있다.

  이러한 시적 진술은 항해 중에 아내 이정숙에게 보낸 엽서와 편지[18]들과는 대조된다. 편지에서는 아내에 대한 사랑과 자녀 3남매에 대한 염려 등으로 점철되어 있다. 그렇다면, 이러한 죽음에 대한 인식은 그의 현실적

---

18) 김광균외, 「세월이 가면」(서울, 근역서재, 1982), pp.218-226.

인 삶의 욕구와는 다소 거리가 있다고 볼 수 있다. 그는 그 해 5월 미국에서 돌아와 대한해운공사를 퇴사하고 서둘러 그의 첫 시집 『박인환시선집』을 준비하여 10월 15일 출판한다. 그는 1956년 3월 2일 밤 9시 31세의 젊은 나이로 자택에서 갑자기 세상을 떠난다. 이러한 죽음을 그는 항해 중에 예감하였다고도 볼 수 있을 것 같다.

2) 金盛式(1942~2002)- 본격적인 해양 체험의 시인

2002년 3월 10일 부산시단은 정말 소중한 시인 한 사람을 잃었다. 1908년 육당의「海에게서 少年에게」이래 최초의 외항선 선장시인인 김성식이 바로 그 사람이다.

항해 도중에 투고한 「淸津港」이 1971년 1월 《朝鮮日報》신춘문예에 당선되어 '본격적인 해양시의 효시'[19]로 자리매김한 이래, 제 1시집 『淸津港』(서울, 수문서관, 1977), 제 2시집 『바다는 언제 잠드는가』(서울, 청하, 1986), 제 3시집 『누이야 청진의 누이야』(부산, 빛남, 1991), 제 4시집 『이 세상 가장 높은 곳에 바다가 있었네』(서울, 찬섬, 1999) 등을 발간하였으며, 그의 시의 대부분은 외항선 항해체험으로 되어있다. 이러한 그의 업적에 대해서는 부산에서 조직된 한국해양문학가협회의 기관지인 반연간집 창간호 『해양과 문학』(부산, 전망, 2003)에 그의 추모특집으로 정리되어 있다.[20] 뿐만 아니라, 최근에는 부산지역 연구자들에 의하여 연구논문으로도 발표되었다.[21]

그는 1942년 함경남도 청진 근처 이원항에서 아버지 김철수씨(아동문학가, 6·25때 납북)와 어머니 정명자 여사 사이에 2남1녀 중 차남으로 출

---

19) 전봉건, 「서」 김성식 시집 『淸津港』(서울, 수문서관, 1977), p.5.
20) 《해양과 문학》창간호(부산, 전망, 2003), pp.37-82.
21) 구모룡, 김정하, 부산지역 해양문학의 문화론(『한국문학논총』제37집, 한국문학회, 2004). pp.379-427.

생하였다. 해방과 더불어 부모님을 따라 월남하여 서울에서 초 · 중 · 고등학교를 다녔다. 아버지 김철수는 6 · 25 사변 때 납북되고 말았다.

　그는 서울의 선린상고를 졸업하고 한국해양대학 항해과에 1960년 16회로 입학하였으나 1962년에 중퇴하였다. 그러나 해양대 전수과 4기를 수료한 시기는 1970년 5월말이다. 육군에 입대하여 제대한 후인 1967년 9월 1일부터 미국선적 외항선 3등 항해사로 승선하게 된다. 그는 71년 신춘문예 당선 이후 6개월간 월간 《海技》주간을 맡은 기간을 제외하고는 2000년 11월에 임파선암의 발병으로 하선할 때까지 33년간 해양체험을 하였다. 1977년부터 선장이 되어 외항선의 책임자 역할까지 수행하였다. 2000년 12월부터 동아대 병원에서 암투병을 시작하여 2002년 3월 19일 타계하였으며, 유족으로는 72년 1월 통영 앞바다에서 결혼식을 올린 주정숙 여사와 2녀 1남이 있다.

　그의 작품세계에 대해서는 간단히 언급하기가 곤란하다. 앞에서도 언급하였지만 그의 작품은 대부분이 해양체험의 본격적인 해양시이다. 그의 데뷔작「淸津港」과 초기작「出港Ⅱ」에 대하여 살펴보기로 한다.

　　　　배를 타다 싫증나면

　　　　까짓것

　　　　淸津港 導船士가 되는거야

　　　　오오츠크海에서 밀려나온

　　　　아침 海流와

　　　　東支那에서 기어온

　　　　저녁 海流를

　　　　손끝으로 만져가며

회색의 새벽이

밀물에 씻겨 가기 전

큰 배를

몰고 들어갈 때

신포 차호로 내려가는

명태잡이 배를 피해

나진 웅기로 올라가는

석탄 배를 피해

여수 울산에서 실어 나르는

기름 배를 피해

멋지게 배를 끌어다

중앙 부두에

계류해 놓는 거야

청진만의 물이 무척 차고 곱단다

겨울날

감자떡을 들고 갯가에 나가노라면

싱싱한 바다 냄새

더불어

정어리 떼들 하얗게 숨쉬는 소리

엄마 가슴에 한아름 안기지만

이따금 들어오는 쇠배를 보느라고

추운 줄 모르고 서 있었단다

잘 익은 능금 한 덩이

기폭에 던져 놓고

하늘의 별만큼이나 많은 별을

기폭에 따다 넣고

햇살로 머리 빗긴

무지개를 꺾어 달고

오고 가는 배들이

저마다 메인 마스트에

태극기 태극기를

올 엔진 스텐바이

훠 샷클 인 워터

렛고우 스타보드 엥커

방파제 넘어

닻을 떨어뜨려

나를 기다리면

얼른 찾아가

나는

굿 모닝! 캡틴

새벽 별이 지워지기 전

율리시즈의 항로를 접고서

에게海를 넘어 온 항해사

태풍 속을 헤쳐 온 키잡이

카리브를 빠져온 세일러를 붙들고

주모가 따라주는 텁텁한 막걸리

한 사발을 건네면서

여기 청진항이 어떠냐고

은근히 묻노라면

내 지나온 뱃길을 더듬는 맛

또한

희한하겠지

까짓것

배를 타다 싫증 나면

청진항 파이롯이 되는 거야

- 「淸津港」 전문

    그는 앞에서도 잠시 언급하였지만 고향을 유년기에 떠난 월남가족의 일원이다. 거기에다가 부친 김철수씨가 6 · 25때 납북되어 이산가족이 되고 말았다. 이러한 이중의 고통 즉, 고향상실과 아버지상실이 형상화되어 있는 것이 바로 이 작품이다.

    이 시의 화자는 바로 김성식 자신이라고 할 수 있다. 그 자신이 배를 타다가 싫증이 나면 유년기에 떠난 고향에 돌아가 도선사가 되겠다고 미래에 대한 소망을 피력하고 있는 부분이 바로 첫째 연이다. 그는 고향의식을 이렇게 피력하고 있다. 뿐만 아니라, 남성적이고 거시적인 어조로 청진항에서의 도선사로서의 관찰자적 상상력을 펼치고 있다. 더욱 흥미로운 것은 그가 도선사가 된 시점은 이미 통일이 된 뒤고 남북이 활발하게 교역을 하는 시점이다. 그런데, 청진항에 대한 묘사나 상황설정은 그가 떠난 유년의 시점에 머물러 있다. 말하자면, 그에게 청진항은 유년기에 떠나온 그의 고향인 것이다.

한편, 도선사인 그에 의하여 인도되는 배의 승무원들을 붙들고 이야기를 나누는 부분에서는 김성식 자신의 항해체험이 그리스 신화 율리시즈 체험으로 비유되어 녹아있다. 이 작품은 그의 항해체험과 유년기 체험 그리고, 고향의식이 민족통일에 대한 소망으로까지 확대된 작품이다.

김성식은 비록 선상생활이 대부분이었으나 부산에서 청년시절을 보내고 만년에는 암투병까지 하다가 태종대 입구에 있는 한마음 선원 영탑에 그의 유해가 안치되었다. 이렇듯 부산은 그의 제 2의 고향임에 틀림없다. 그러나 앞의 작품에는 부산이라는 공간은 전혀 등장하지 않는다.

앵커를 올려라 닻을 감아

五六島 너머 水平線을

불끈 들어 일어서는

太陽쪽으로

윈드라스 레바를 힘껏 눌러 눌러

무거운 닻줄 감아

떠나자 船首를 돌려 떠나

거리의 창문마다 무늬진 햇살

골목길 개구쟁이 입술에서

묻어 나온 알사탕의 꿈

아내의 행주치마에 젖어 있던

짭짤한 생활을 뒤에 두고

거침없이 소리치며 흔들리는

물결 따라

여기

솟아오른 시뻘건 불덩어리를

선창 가득 실어

에메랄드 삶아 뿌려 논

카리브

전설이 녹이 소금이 된

地中海

달이 흘린 눈물로

파르르 떨고 있는

赤道를 향해

청동빛 팔뚝을 걷어

꿈틀대는 푸른 힘줄을

햇빛에 구워 또 구워

힘의 大洋을 힘을 내세워

펄펄 살아 뛰는

바다를 잡으러

풀무질 쳐 뜨거워진

가슴의 근육

狂風에 내 맡기러

메인 마스트에 소리치던

出港旗가 부풀기 전에

닻을 감아라 앵커를 올려

물살 헤쳐

돋아나는 太陽을 향해

윈드라스 레바를

힘차게 감아

잡아 당겨라

- 「出港 II」 전문

　이 작품은 그의 처녀시집 『淸津港』 첫 머리에 수록된 작품이다. 아마 출항이 항해의 시작인 때문에 그렇게 의도적으로 편집한 것 같으나 발표순서는 그렇지가 않다.[22] 이 작품 첫부분에서 항해는 부산항에서 시작된다는 것을 알 수 있다. '앵커를 올려라 닻을 감아/ 五六島 너머 水平線을/ 불끈 들어 일어서는/ 太陽 쪽으로' 라는 부분에 등장하는 五六島로 인하여 그렇다는 것을 알 수 있다.

　화자가 대양을 항해하는 승무원 혹은 선장의 입장이기 때문이기는 하지만 대단히 남성적이다. 바다의 적막감이나 장기항해에서 오는 권태감 등은 찾아볼 수 없이 박진감이 넘친다. 따라서, 화물선 '남해호'를 타고 태평양을 건넌 박인환과는 극히 대조적이다.

　바다의 세부적인 묘사나 파도의 사나움에서 오는 두려움 같은 것도 전혀 찾아볼 수 없는 의식구조를 화자는 가지고 있다. 물론 앞부분에서 '골목길 개구쟁이 입술에서 묻어나온 알사탕의 꿈'과 '아내의 행주치마에 젖어있던 짭짤한 생활'에 대한 회한도 있지만 이 시 전체를 지배하고 있는 항해의 다이나믹한 체험이다. 따라서 화자는 선상체험을 보다 적극적으로 형상화하고 있다. 파도를 이겨낸다는 의지를 뛰어넘어 '펄펄 살아 뛰는 바다를 잡으러' 가고 있다. 이러한 점에서 체험에 대한 현실적인 인식이라기 보다 낭만적인 태도를 보여주고 있다. 그의 다른 작품에서도 이러한 표현과 인식들이 빈번하게 등장한다. 김성식의 두 작품에서 찾아볼 수 있

---

22) 《해양과 문학》창간호(부산, 전망, 2003), pp.65-75. '시인 김성식의 시' 발표연보 참조.

는 그의 시적 세계관은 대양을 누빈 세계주의와 실향의식과 통일을 지향하는 민족주의가 혼재해 있으며, 보다 남성적이고 낭만적 어조를 가지고 있다. 말하자면 한국현대시에서는 이색적이고 개성이 넘치는 영역을 가지고 있었다. 그러나 아쉽게도 그는 암투병에 실패하여 우리 곁을 일찍 떠났다.

4. 현역시인의 해양시와 연근해 체험

1)김보한- 연근해 체험과 생명의 소중함

지금까지의 작품들은 전부 작고 시인의 것들이었다. 앞으로의 해양시의 방향에 대하여 전망하기 위해서는 현역 시인의 작품을 살펴보지 않을 수 없다. 그 동안 많은 '한국해양문학상'[23] 시부문 당선자가 배출되었지만 우선, 지금까지의 체험과는 다른, 이색적인 연근해 체험의 시인을 소개하고자 한다.

부산에서 활동하다가 지금은 통영에서 '대기수산' 이라는 연근해 어업을 직접 경영하면서 시를 쓰고 있는 김보한이 바로 그 장본인이다.

그는 《경향신문》 신춘문예에 시조로 당선된 후, 시집 『섬과 섬 사이』 『어부와 아내』등을 엮었고 현재 《시와 현장》 발행인으로 시단 활성화에 기여하고 있다.

　　웅크려 산고 끝에 새끼를 깐다. 만삭이 된 잡식성 우럭, 밤 자정이 넘고 축시가 시

　　작되는 시간 또는 그 언저리쯤부터 두터운 이불을 덮고 여러 종족들 덤빌 위험도 사

---

23) 1997년부터 부산광역시와 한국해양문학상 운영위원회가 주최하고 부산광역시 문인협회가 주관하여 2006년까지 11회에 걸쳐 기성·신인 불문하고 대상과 우수상을 시상하고있다. 그 가운데 시는 매년 대상과 우수상 가운데 한 부문을 차지하였다.

라진 시각 은밀한 곳서 새끼들 지저귄다. 새까맣게 잎눈은 벌어진 너의 핏덩이들 얼마나 날개짓 할까. 돌 틈서리 두 눈 빼꼼 뜨고 지느러미 할랑할랑 움직이다가 용을 쓴 어미 우럭. 씨족 번식을 위해선 새끼는 희망. 헤아릴 수 없을 정도로 엄청스런 어둠을 걷는다. 설익은 놈들 사산한 채 알로 나와 허옇게 둥둥 뜨고 마는, 눈도 뜨지 못한 채 종종 망가진 채 의식 없이 썩어버릴 때도 있다. 신방을 차리고 알을 배었던 그대. 따뜻한 자궁 속에서 헤아릴 수 없이 깨알같은 새끼들 빠져나와 새벽이 오고 세상 속 눈뜨기 시작한 날부터 숱한 위험은 오르르 튀어 나왔다. 새끼의 목숨은 때때로 애벌레 목숨. 그래도 꿈실대는 놈들 애를 쓴다. 이 근해 어둑한 구성자리서 너희들의 종족보존을 꿈꾸며 생명체로 발돋움하라 발돋음하라 간절히 갈망하며 악을 쓰며 새끼들 다독인다. 먹성 좋아 덩치 큰 어미 우럭 몸 풀기 위해 통통하게 부풀은 배를 움켜쥐고 포근한 이곳에 와서는

　

– 「새끼를 깐다. 잡식성 우럭」 전문(《해양과 문학》창간호, 2003)

이 작품은 시인의 양식체험이 제재가 되어 있다. 우럭의 새끼 까는 모습이 대단히 구체적으로 형상화되어 있으며, 그것이 직접체험하지 않은 사람들이 아니고서는 접근할 수 없을 정도로 세밀하다. 밤 자정부터 3시 정도에 어미가 새끼를 낳는다는 부분이 특히 그렇다. 그런데, 이 작품이 가치를 획득하는 것은 우럭의 종족본능의 현장을 우리의 삶에다 견주어 볼 수 있다는 점에서이다. 시인도 직접 이 시가 생명의 귀중함, 종족 보존의 중요성 등을 알리기 위해서 쓴 시라고 언급하고 있다.[24] 말하자면 소재주의로 떨어지지 않았다는 표현이 되겠다. 연근해 체험은 이러한 것 말고도 다양하다. 해마다 되풀이되는 적조현상과 투쟁하는 어부들의 모습, 열악한 어부들의 항해, 특히 조그마한 섬을 외롭게 지키는 어민들의 삶, 환

---

24) 김보한, 「나의 연근해 체험과 창작법」 《海洋과 문학》(2004, 제2호: 부산, 전망), pp.24-33.

경이 점점 파괴 되어가는 연안과 섬의 아픔 등 이루 열거할 수 없을 정도로 많다. 따라서, 굳이 직접체험만 시나 소설로 형상화 돼야 하느냐하는 의문이 대두된다. 간접체험에 의한 상상력 혹은 창작을 위한 취재, 일시적 참여에서 얻는 창작의 모티프 등도 해양문학의 원천으로 편입되어야 할 것이다.

2) 이충호- 상상을 통한 어부의 삶

해양체험이나 연근해 어로 체험을 직접하지 않고도 현장취재나 상상력을 동원하여 해양시나 해양소설을 쓸 수 있다. 이러한 시인이자 소설가인 사람이 이충호이다. 그는 「그 바다에 노을이 지다」라는 소설로 제6회 해양문학상 대상을 받았다. 이 작품은 「투명고래」로 개재되어 단행본으로 출판된 바 있다.

발표자가 보기는 그는 의도적으로 해양소설이나 해양시를 쓰기 위하여 취재를 하는 것 같다. 취재를 통하여 사실성을 어느 정도 획득하고 거기에다가 상상력을 더하는 방법으로 작품을 형상화하고 있는 것이다.

그는 《시대문학》 신인상을 1989년에 받아 시인으로 데뷔한 후, 공단 이주 마을의 애환을 다룬 「잔상의 비탈」(1994)이라는 소설로 《월간문학》 신인상에 당선되어 소설가가 되었다. 시집으로는 『마라도를 지나며』(1992) 『바다 머나먼 추억의 집』(1995) 등이 있다.

지난해부터 출판되고 있는 반연간지의 《해양과 문학》창간호(2003. 9)와 2호(2004. 3)에 연작시 「눈물의 마을 쪽으로」 1~50을 발표하였다. 연작시라고 하였으나, 이 시는 화자 아들을 통한 어부 아버지의 삶이 형상화된 일종의 서술시라고 볼 수 있다. '서사시' 라고 장르를 규정하기는 다소 문제가 있기 때문에 서술시라는 명칭으로 규정해 보았다.

바다의 문이 열리고 아버지가 오실 때는

걸걸한 목소리에

싱싱한 바다의 톱날을 가지고 왔다.

때로는 어깨에 바다를 걸치고

오기도 했다.

돌아온 아버지는

마루에 톱질을 하거나

쓱쓱

어머니의 가슴에 톱질을 했다.

말총 구두를 신은 아버지에게선

늘 죽은 고기의 내장 냄새가 났다.

호탕한 웃음 속에선 툭툭

고래가 튀어나오기도 했다.

아버지가 장지문을 열면

왈칵 원색의 바다가

방안으로 밀려 들어왔다.

우리는 둥둥 떠서

이러저리 천장을 잡고, 문고리를 잡고

방안을 헤맸다.

얘들아,

이렇게 허약해서 쓰겠나

어디 곤두서서라도 한숨 자야지.

아버지는 노련하게 파도를 타며 말했다.

두 번씩 세 번씩 말했다.

– 「눈물의 마을 쪽으로」 (4)《해양과 문학》창간호, 2003)

　이 작품은 50편 가운데 네 번째 작품이다. 이 부분은 축어적 진술보다 비유적 표현과 상징성이 더욱 두드러진 것이 특색이다. 작품 한 편으로서 긴장성과 미적구조는 상당한 수준을 유지하고 있다. 그러나 1~50 전편을 살펴볼 때 지나치게 비유적인 표현이 많아 전체의 서술적 구조를 파악하기는 어려운 점이 있다. 1은 전반적인 시적 공간을 제시하고 있으며, 2에서는 바다로 나간 아버지의 부재를 형상화하였으며, 3은 화자인 아들이 살던 장생포 초등국민학교 근처가 묘사되고 있다. 그러다가 인용한 4에서 아버지의 귀가가 거의 상징적 표현에 가깝게 제시되고 있다. 이렇게 앞부분에서는 서술적 얼개를 가지고 있다. 중간 중간에 화자가 어머니와 아버지로 바뀌기도 한다. 이러한 점은 장시의 단조로움을 극복하기 위한 하나의 방편이 될 수 있다. 후반에 39부터 43까지는 '고래'가 모티프가 되어 있는 부분도 있다.

아이들아, 달밤이면 동해바다는

한 그루 연약한 은사시나무였단다.

우수수 바람에 떨며

인정의 하얀 달이 쏟아지는 바다는

은비늘 퍼덕이며 돌아오는

수만 마리 도다리였다네.

바다에는 수많은 바다가 있고

한 마리 도다리의 가슴에도

집채만한 바다가

둘씩이나 셋씩이나 있었다.

수염이 허연 바다도 있었고

먼 먼 이방을 떠 다니는 바다도 있었다,

밤이면 수줍어 수줍어

고개 숙이는

여린 잎의 바다도 있었다.

낙뢰처럼 파도가 보여주는 길을 따라

환한 웃음을 준비하는 바다는

개나리꽃 진달래꽃 가슴에 달고

우리를 기다렸다네.

그 싱싱한 팔뚝이며

풍만한 가슴은 아름다웠지 잘록한 허리엔

해파리들이 자라고

해파리들은 자라서 가슴 위로

사랑을 더듬으며

목을 앓고 있었다.

- 「눈물의 마을 쪽으로」(45)(『해양과 문학』 창간호, 2003)

이 부분 역시 한 편의 작품으로 형상화에 어느 정도 성공하고 있다. 특히 첫째 연은 성공적인 비유를 구사하고 있다. 이 작품은 아버지가 직접 아이들에게 이야기하는 어조로 다양한 이미지를 동원하여 바다를 묘사하고 있는 점이 특색이라고 볼 수 있다. 이 작품은, 이러한 부분적 성공에도 불구하고 1부터 50까지의 전체적인 구조의 측면은 서술성 혹은 서사성에서 많은 한계를 가지고 있다. 말하자면 비유적이고 상징적인 표현의 과다와 화자의 빈번한 교체로 서술성이 훼손되었다고 볼 수 있다. 그러나, 상상력을 통한 어부의 삶을 이렇게 장시로 형상화하였다는 점에서 한국 해양시의 미래를 보는 것 같다.

이충호 시인뿐만 아니라 다른 시인들에 의하여 보다 구체적인 삶을 살아간 어부 혹은 해녀, 기타 어업 종사자들을 제재로 한 장시들이 많이 창작될 것이라 기대해 본다.

5. 여성 시인의 두 경향

1) 진경옥 – 바다의 모성성 혹은 여성성

지금까지 주로 남성 시인들의 작품을 살펴보았다. 그러나, 바다는 원초적으로 모성성 즉 여성성을 가지고 있다. 따라서 부산 지역에서 활동하고 있는 여성 시인들의 작품에는 바다 혹은 해양 체험이 어떻게 나타나 있는가에 대하여 살펴보기로 한다. 우선 진경옥의 바다를 제재로 한 시의 특성에 대하여 주목하고자 한다.

진경옥은 그의 첫 시집인 『불을 스쳐가는 작은 바람』(서울 문예 비평사, 1980)부터 2000년에 발간한 5시집까지 꾸준히 바다를 제재로 한 시를 창작하고 있다. 특히 첫 시집의 경우 제3부 「라일락의 바다」[25]에는 7편의 바

---

25) 진경옥 시집 『불을 스쳐가는 작은 바람』(서울 문예 비평사, 1980), pp.63-84.

다에 관련된 시편들이 수록되어 있다. 진경옥의 경우 이렇게 바다에 대한 이야기가 많다는 것은 그의 출생과 성장과 같은 전기적 사실에서 연유한 것이라고 추측한 언급도 있다.[26]

　사실 진경옥의 선대는 경남 거제도가 고향이다. 그는 부산에서 출생하였으나, 어린 시절부터 부산 앞바다를 바라보고 자랐으며, 결혼하고부터 지금까지 광안리 바닷가를 몇 군데 옮겨가며 살고 있다.

　　　　햇빛도 떨어져
　　　　뿌리째 깨어지고

　　　　천둥 먹구름
　　　　씻은듯 갈앉혀서

　　　　누워도
　　　　앉아도
　　　　일렁이는 미궁 속

　　　　떠나고 떠나도
　　　　다시 오는 미궁 속을
　　　　슬픔이 슬픔으로
　　　　그냥 남아서

---

26) 홍신선, 소멸과 상실의 美學—진경옥의 시세계(앞의 책, 시집해설) pp.142-150 가운데 149에서 지적하고 있다.

바람결에

묻어 온 우리들의 삶

알겠다

바다여 네 입다문 것을

- 「해운대」 全文

　이 시는 그의 첫 시집 『불을 스쳐가는 작은 바람』에 수록된 작품이다. 부산 지역의 명소인 해운대를 제재로 하고 있으나, 해운대의 풍광이나 여름철의 다이나믹한 모습을 형상화한 것은 아니다. 해운대의 여성성 혹은 모성성을 형상화한 것이라 볼 수 있다. 해운대 바다는 햇빛도 깨어지고 천둥과 먹구름도 갈아 앉히는 곳이다. 즉 햇빛과 천둥과 먹구름과 같은 남성성을 상징하는 사물들이 해운대 바다 앞에서는 무력해 진다. 뿐만 아니라, 바다는 눕거나 앉는 행동이나 떠남으로 인한 슬픔의 감정도 모두 용해해 버려 표출하지 않는다. 따라서 바다는 우리들의 삶까지도 삼켜 버린다. 이렇게 삶의 구체적인 모습에 대하여 모두 입다문다는 것은 바로 모성성을 객관화한 것이라고 볼 수 있다. 특히 한국적 여성성의 정서적인 현상인 체념과 모든 것을 포용하는 포용성을 형상화한 것이 바로 이 작품이다. 사실 계절에 따라 변화무쌍하고, 기상에 따라 변하는 해운대 바다를 이렇게 모성성으로 인식하는 것 자체가 바로 해양시의 또다른 측면이다.

　지금까지 남성시인들에게서는 찾아볼 수 없는 특성이 진경옥에게는 존재하고 있다.

물새들의 비상이 햇빛에 눈부시다

걸리다만 광안대로

철교각은 창가로 비켜섰다

잔잔한 나울이 일었다가 스러지고

스러졌다가 다시 인다

여름 인파가 돌아간 모래톱

드문드문 연인들의 산책이 한가롭다

커피 한잔에 송두리째 잠기는 풍광

낯익은 화가들이 문을 밀고 들어선다

바다는 시간따라 색깔을 바꾸고

느린 첼로 현이 팽팽히 당기면서 운다

자 크린 뒤 프레니 광기, 비애

런던에서는 볼 수 없었던 그를

호젓이 느껴보는 그 후

찻 집, 필하모니

- 「가을, 찻집에서」 全文

이 작품은 그의 여섯 번째 시집 『길을 묻는다』(세종문화사, 2000)에 수록된 작품이다. 이 시집에 수록된 작품의 대부분이 일종의 여행시 경향인데 비하여 이 시는 찻집 그것도 지금은 완성되어 그 위용을 자랑하고 부산의 명물인 동시에 광안리 해변의 상권을 부흥시킨 광안대교가 완성되기 전의 광안리 앞바다를 제재로 하고 있다. 앞의 작품이 해운대 해수욕장이 제재가 되었다면 이 작품은 광안리 해수욕장이 재제가 된 것이다. 이 작품의 시적 화자는 앞의 작품에 비하여 감정이 적절히 절제되어 있다. 그리고, 광안리 해변의 가을 풍경을 형상화시킨 점은 충분히 긍정적인 가치 평가를 내릴 만 하다. 그런데 이 시의 화자를 결코 남성적 특성을 가지고

---

27) 최영철 「길 위에서 얻은 먼 길의 기록들」(『길을 묻는다』 부산 세종문화사(2000) pp.79-81)에서 이러한 특색을 밝히고 있다.

있다고 볼 수는 없다. 찻잔을 앞에 놓고 첼로로 반주되는 음악을 듣고 있는 이는 여성이라고 보아야 할 것이다. 앞의 시가 감정이 노출된 모성성을 형상화 하였다면 이 작품은 감정이 절제된 여성성을 형상화하고 있다고 볼 수 있을 것이다.

이상과 같이 그는 1980년이나 2000년이나 한결같이 바다를 여성성 혹은 모성성으로 파악하고 있는 점이 특싱이며 이러한 경향은 대부분의 한국 여성 시인들에게로까지 확대시킬 수 있는 측면이라고 볼 수 있다.

2) 송유미- 상상력에 의한 남성성

2000년 한국해양문학상을 수상한 송유미의 수상시집 『白波〈백파〉를 찾아라』(부산 동남기획, 2000)의 시편들은 앞의 진경옥의 작품과는 정 반대의 경향을 가지고 있다. 같은 여성, 그것도 진경옥에 비하면 훨씬 젊은 송유미에게서는 도저히 여성시인의 작품이라고 짐작할 수 없는 남성적 화자로 형상화 되는 남성성이 있다. 물론 이 작품은 한국해양문학상을 겨냥한 작품인 탓도 있겠으나 그는 간접적으로 어부, 그것도 원양어선 어부의 체험을 정보로 가질 수 있는 여건을 갖춘 여성시인이라고 한다.

이 시집에 수록된 작품은 한결같이 그러한 특성을 가지고 있다.

   1

바다는 사막이다. 모래늪처럼 푹푹 빠져가는 어둠의 船體, 적도를 지나는 열기의 끝자락에도 아직 魚群은 보이지 않았다. 갑판 위에 가시오떼 시체처럼 썩어가도 달은 뜨지 않았다. 바다에 없는 黃金漁場, 어부들은 실크로드를 꿈꾸듯 달려가고 있다. 고래를 찾으면 고래가 사라지고 다랑어를 찾으면 다랑어가 사라지는, 적도의 태양이 붉은 살점을 흩날리는 인도양에도 가다랑어는 보이지 않았다.

바다는 사막이고 어두운 해저의 동굴이라는 것을, 까맣게 구름떼처럼 몰려오는 샤치떼에 포위되어, 작살을 소나기처럼 내리꽂는 피바다에서, 어부들은 제 어깨쭉지에 작살을 찌르고 만다. 바다의 不在는 숱한 절망의파도에 가슴을 철썩이고, 그 航跡의 짙은 고뇌도 물길에 묻히고 만다.

2

이제 곧 未明이다. 어둠의 문을 밀치고 떠오르는 태양을 향해 노를 저어야 한다.

밤은 아득하고 뱃길은 멀지만,

세상에서 사라진 海圖 속에 빛나는 보물섬 같은 황금어장,

그 빛나는 白波 하나 꿈꾸며 모래벌판 같은 바다의 사막을 건너가야 한다.

밤마다 黃金漁場이 있는지 바람에게 묻는다. 물길 헤치며 캄캄한 벽을 향해 달려가는 밤, 항적의 검은 물그림자들은 시커먼 고래 뱃구레에 삼켜지고, 가물가물 綠燈 밝히며 꿈결인 듯 잠 속인 듯 달려가는 어둠 속의 항해여, 애초에 뱃길이 없는 황금어장을 찾아가는 신기루의 노래여,

*백파 : 참치가 멸치 떼를 공격할 때 만드는 파도

- 「夜間航海」 全文

이 작품의 경우 화자는 작품 속에 존재하지 않는다. 작품 밖에서 야간항해를 철저히 관찰하고 있다. 물론 관찰하고 있다고 해서 사실적인 묘사만 하고 있는 것은 아니다. 주로 은유와 직유를 구사하여 시적 긴장감을 유지하면서 관찰하고 있다. 즉, 작품 모두에서 '바다는 사막이고 어두운 해저의 동굴'로 인식한 것이나 달의 보조관념으로 '가시오떼 시체'로 직유한 것이나 '구름떼', '소나기', '보물섬', '모래벌판' 등이 역시 바다의

여러 모습의 보조관념으로 사용되는 점이 시적 형상화에 기여하고 있다. 이 작품 맨 끝부분의 마지막 연은 이러한 관찰자의 입장에서 이탈하여 시적화자의 감정이 노출되면서 '어둠 속의 항해여'와 '신기루의 노래여'로 영탄하고 있는 부분에서 일관성을 유지하지 못하고 있기는 하다. 그러나, 오히려 이러한 마지막 연의 감정노출로 인하여 시적 화자의 사물에 대한 태도는 적절한 거리를 유지하고 있다고 볼 수 있다. 문제는 이러한 시적 화자가 작품 속에 등장하고 있지는 않으나 승선한 어부 즉 남성화자라고 인식할 수밖에 없다는 점이다.

이렇게 송유미는 철저히 가상적인 남성화자를 설정하여 시를 형상화하고 있는 셈이다.

어장도의 투승코스를 별자리로 점을 쳐보는 밤,

가난해도 함께만 살자던 아내의 얼굴이 달에 어린다. 작년 여름 입항 때

가을빛처럼 창백해 보이던 아내, 잔주름이 늘어나서, 입은 옷이 낡아 너무도 타인같아

보이던 아내, 오늘 밤 저 홀로 깊어가는 병처럼, 연애시절 아내와 걷던 남포동을 걸어본

다. 벼랑에 핀 구절초처럼 청초하던 아내, 아내는 수평선 밖에서 자꾸 나를 손짓한다.

파도소리마저 뜨거운 적도의 밤, 해맑은 아내의 옛 사진을 들여다본다.

─다음 歸港에는 연쇄점이라도 차려 같이 함께 살아요.

아내가 있어도 외로운 홀아비처럼,

파도소리에 새록새록 살아나는 아내의 눈썹, 입술을 하나 둘씩 그리움으로 지운다.

─「赤道의 밤」全文

이 작품의 경우 '–아내에게 쓰는 편지'라는 부제가 밝히고 있듯이 작품 속에 어부 '나'가 직접 등장하고 있다. 그리고 작품 전체의 어조는 다소 센티멘탈하다, 특히 마지막 연에서는 그 감정이 직접 노출되고 있다.

이 작품 역시 군데군데 직유가 등장하고 있으며, 그 효과는 센티멘탈한 정서와 어울리고 있기 때문에 가치평가 측면에서 다소 부정적일 수도 있다.

그러나, 송유미의 경우 철저히 남성화자를 등장시켜, 남성적 어조를 성공시키고 있다는 점에서 충분히 긍정적인 평가를 얻을 수가 있다. 이러한 경우 역시 다른 여성 시인들의 다른 작품에도 적용될 수 있는 하나의 특징이다.

6. 결론

한국 현대해양시는 부산이라는 해양도시와 밀접한 관련을 맺고 있다. 일제 강점기의 시인들이나, 해방 이후의 경험 유형이 해양과 직접 관련되어 있거나 간접적으로 연결되는 시인들의 경우 모두 그렇다. 이렇게 된 까닭으로는 일제 강점기부터 지금까지 한국 해양산업과 일본과의 여객선 운항을 주도하고 있고 해양문학과 같은 해양문화를 도시의 특성으로 잡고자 하는 부산시 즉 해양수도를 소망하는 부산항의 지향성 때문이라고 볼 수 있다.

일제 강점기에는 최남선, 정지용, 임화가 관부연락선에서의 현해탄 체험을 형상화한 점에서 한국 해양시는 부산과 관련을 맺고 있다. 그들은 같은 현해탄 체험이지만 개화의식, 불안의식, 현실극복의지 등으로 다양한 주제를 가지고 있다.

해방 이후에도 부산에서 외항선을 타고 출발한 점에서 역시 부산과 관련이 있다. 박인환은 태평양에서 죽음의 그림자를 보았고, 한국 유일의 선

상 출신 해양시인인 김성식은 부산에서 출항한 외항선을 타고 대양을 누
볐다. 그는 함경도에서 월남한 실향민으로 민족의식과 세계주의를 공유한
남성적 어조의 작품을 남겼다.

　연근해 어로작업을 제재로 한 김보한과 이충호의 경우 부산 인근 바다
의 현장 체험을 제대로 하고 있는 점과 상상에 의한 시적 형상화라는 두
측면에서 미래 한국 해양시의 가능성을 열고 있다. 부산의 여성 시인인
진경옥의 경우 해운대와 광안리 바다를 모성성과 여성성으로 인식하고 있
고, 송유미의 경우 남성화자를 내세워 가상의 원양어선 체험을 형상화하
고 있다.

　결국 시인들에 따라서 다양한 태도로 해양시를 창작하고 있는 현상에서
앞으로 한국해양문학 혹은 해양시의 가능성을 예견할 수 있는 셈이다.

동기 이경순 시인의 삶과 시세계

1. 서 론

최근에 발간된 《PEN 문학》 2005년 가을호에 발표된 姜熙根 시인의 「그 시인은 서정시를 쓰지 않았다」라는 시를 읽고 필자는 새삼 놀라지 않을 수 없었다. 그 시는 「동기 선생 탄생 100주년에 부쳐」라는 부제가 있는 일종의 東騎 李敬純(1905~1985) 시인의 추모시였는데, 새삼 놀라게 된 까닭은 벌써 동기 선생의 탄신이 100주년이 되었다는 점과, 이 사실은 근대 문학 이후 활발하게 작품 활동을 한 경남·부산권 문인으로서는 처음이라는 점에서였다. 동기 선생은 소설가 이주홍(1906) 선생보다는 1년 먼저, 소설가 김정한(1908) 선생과 시인 유치환(1908) 선생보다는 3년 먼저 탄생하셨으며 진주에서 쌍벽을 이룬 설창수(1916) 시인보다는 무려 11년이나 연장자였으니 말이다. 또한 금년이 동기 선생께서 떠나신 지 20년이나 되었다는 점에서도 세월의 무상함을 느끼지 않을 수 없다.

한편 필자는 최근 몇 년 동안 해마다 탄생 100주년이 되는 문인들에 대하여 지면에서 집중적으로 조명하고 있는 점을 감안하여 동기 선생과 같은 해 탄생한 문인들이 도대체 어떤 분들인가 궁금하여 조사하여 보았다. 시인 김광섭, 박팔양, 극작가 유치진, 동화작가 마해송, 평론가 이헌구, 울산 출신인 평론가 정인섭 등이 금년에 탄생 100주년을 맞이하고 있다는 사실이 확인되었다. 그런데 이들은 한결같이 일제 강점기인 1930년대부터 활발하게 작품 활동을 한 분들이다. 그러나 동기 선생께서는 이들과 달리 일제 강점기에는 1928년 朝鮮日報에 단 한 편의 작품(1928.10.26 「하얀 百合花」)을 발표하고는 시작 활동을 중단 하였다.

  본고에서는 우선 이경순 시인의 이러한 삶의 역정에 대하여 실펴보기로 한다. 어린 시절부터 유학과 아나키스트 운동을 한 동경 체류 시절 (1905~1945)), 해방공간에서의 진주농림학교 교사시절(1945~1952), 그리 고 전쟁기 직후의 짧은 부산시절(1954~1955)과 경남 남해군 창선중고교 교장시절(1955~1958), 다시 진주로 귀향하여 돌아가실 때까지 고향을 떠 나지 않으신 긴 세월(1959~1985)의 삶을 추적하여 지금까지 밝혀지지 않은 그의 가족사도 살펴보고자 한다. 다음으로 이러한 삶의 역정에 따 른 작품세계를 살펴보고 그에 따른 지속적인 특성과 차이를 찾아보고자 한다.

2. 생득적 허무주의로 일관한 생애

  東騎 李敬純 시인은 1905년 11월 11일 오늘날에는 진주시로 통합된 진 양군 명석면 외율리에서 부 李弘濟씨와 모 白南星씨 사이의 3남 2녀의 장 남으로 태어났다. 그의 부친 李弘濟씨는 구한국 말 궁내부 주사로 水輪院 (일종의 전국 물방아나 관개사업을 총괄하는 기관)을 총괄하다가 한일합 방과 더불어 관직을 버리고 고향에 낙향하여 농사를 지었다고 한다. 뿐만 아니라 그의 집은 마을에서 천석꾼 소리를 듣는 부자였다고 한다. 이런 환경에서 태어난 그가 3·1운동 직후 상투를 자르고 도일하여 동경사립 主計 상업학교를 졸업(1924. 4. 1)하고 일본대학 전문부 경제과를 진학하 여 중퇴(1927. 3. 20)한 후 일제 강점기 말기(1942. 9. 22)에는 일본 浦和

市 東北치과의전을 졸업하였다.

그는 어린시절부터 시적 감수성이 있어서 한문 서당에서 다음과 같은 한시를 창작한 기억이 난다고 회고하고 있다.

觀水逝無息 汪汪千萬聲 새겨보자면 흐르는 물을 보매 가고 다함이 없으니, 왕왕하며 우는 천만소리로다.' 그러한 한문시 절구를 쓴 기억이 난다. 이제 보는 바와 같이 詩와 文 도 되지 않는 것이지만 그 어린 의식, 감정에도 막연한 無常感이 잠재해 있었던 것이 아닌가 생각한다.[1]

그는 13세 때인 3·1운동 직전에 장가를 갔다. 그러나 결혼 후 유복한 집안인 덕택에 진주제일보통학교를 유학하였으며 그런 후 결혼한 부인을 남겨두고 일본 유학의 길을 떠났다.[2]

東騎 시인의 글에도 밝혀져 있지만, 일제 강점기의 대부분의 지식인이 그러했듯이 본부인 조순진(1902-1962) 여사와는 가치관이 달라 아들 한 사람만 낳고, 일본 동경에서 돌아와 시인이 작고할 때까지 보살핀 부인 全吉順(1921-2003) 여사와 함께 삶을 꾸려가게 된다. 조순진 여사가 1962년 3월 8일 61세로 작고하게 되자 비로소 전길순 여사는 시인의 호적에 부인으로 입적하게 된다.

이 자리에서 필자의 개인적 인연을 밝히면, 시인이 창선중·고등학교 교장으로 부임한 1955년 8월 1일 필자는 창선초등학교 6학년에 재학중이었고 1956년 3월부터 중학교에 입학하여 중학교 교장선생님으로 모시게

---

1) 李敬純 「그때 그 시절」(『東騎 李敬純 全集〈詩〉』), 서울 자유사상사, 1992, pp.364.
2) 이 이후의 그의 삶의 역정을 그의 회고기 「그때 그 시절」(《경남신문》1981.8.4-9.19(25회 연재),《문예정신》9〈1982〉, 10〈1982〉 (2회 연재) 위의 책 pp.364, 413 재수록) 과 다음의 회고기들을 참고로 하였다.
  ㉠ 김한봉 기자, 詩碑찾아 문학기행 (《동남일보》, 1991. 2. 26) (위의 책, pp.435, 444)
  ㉡ 윤성호 기자, 진주의 인물재조명〈李敬純〉(《진주 신문》, 1991. 7. 29) (위의 책, pp.445, 451)
  ㉢ 李命吉 시조시인, 東騎 李敬純 선생에 대한 추억(《진주문단》, 제 7집, 1989) (위의 책, pp.473, 482)
  ㉣ 이월수 시조시인, 향토문단에 바친 고고한 시심 (위의 책, pp.483, 489)
  ㉤ 최용호 시인, '空 으로 자리하신 東騎 선생님 (위의 책, pp.491, 494)

되었으며, 1959년 3월 진주고등학교에 입학하여 1962년 5월 몸이 아파 휴학할 때까지 1958년 9월 30일 창선중·고등학교 교장직을 사임하고 귀향하신 진주시 상봉서동 1005번지 3호의 하숙생이 된다. 창선중학교 시절부터 필자는 교장선생님이신 시인과 전길순 사모님의 사랑을 많이 받았다. 뿐만 아니라. 하숙생이었던 시인의 7촌 조카 李明來(당시 진주농림고등학교, 경찰공무원으로 퇴임후 진주에 거주하고 있음)군과는 1학년초부디 3학년 초까지 한방에서 기거하였다. 이명래군은 필자의 이 글을 쓰는데 전길순 사모님의 돌아가신 사실과 시인의 가족관계 자료 제공과 증언을 해주는 등 많은 도움을 주기도 하였다. 필자는 이러한 인연으로 동기 시인과의 회고기와 작품세계를 두 번이나 쓴 적이 있다.[3] 시인의 외동아들인 李向來(1928－1990) 씨는 진주농림학교와 서울대학교 상과대학을 졸업한 후 공군경리장교로 임관하여 주로 김해 공군 기지에 근무하였으며 소령으로 제대하였다. 1970년대 초반에 진주성 복원사업 건설회사의 현장 사무소장으로 근무한 바 있으며, 부인과 함께 먼저 미국 이민을 간 자녀들에게도 다녀온 적이 있다. 그는 1990년 부산에서 암으로 사망하였다. 그러나 그가 남긴 2남 4녀의 자녀들과 부인 즉, 동기 시인의 며느님은 생존하여 있고, 손자 손녀들은 미국과 부산에 살고 있다. 손자 둘은 자영업자와 미연방경찰공무원으로 남부럽지 않게 살고 있다. 손자사위 가운데 한 사람은 부산에서 정당인으로 막내 손자사위는 치과 의사로 활동하고 있다. 동기 시인이 이루지 못한 치과의사의 길을 손자사위가 이루었으니 정말 인연의 끈질김을 느끼지 않을 수 없다.

평생의 반려자였던 전길순 사모님 사이에는 혈육이 없었으며, 그는 동기 선생이 돌아가시고 난 뒤 근 20년 생존해 있다가 2003년 작고하셨다.

---

3) ㉠양왕용, 昌善島 시절부터 맺어진 인연 (작고문인추모특집, 이경순시인), (경남문학, 1985) pp.74~77
　㉡양왕용, 허무주의 사상을 신념화 한 후의 시작 행위 (경남문학관 주최, 경남작고문인 문학 심포지엄, 2005. 10. 22)

그러나 첫 번째 부인 사이에서 동기 시인이 24세 때 출생한 외아들로 인하여, 2남 4녀의 손자, 손녀들이 태어난 것이다.

일제 강점기의 시작 발표에 대한 동기 선생 자신의 다음과 같은 회고기가 우리에게 많은 점을 시사하고 있다.

> 나는 하기 방학에 귀향해서 진주에 있던 金炳昊 씨(병호는 당시 東京서 발행하는 문예사상지 《문예전선》에 시를 기고하기도 했다)소개로 어느 일간지에 「百合花」란 제목으로 쓴 시편을 발표하고, 다시 東京으로 돌아가서 문학으로 살아가기보다는 이 문학을 할 수 있는 자유스러운 정신상황을 이루어야 하겠다고 생각해서 그해 東京 戸塚町源兵街에 있는 사상단체 〈黑友會〉 동지로서 활동했다. 그래서 조국의 독립과 민족의 자유를 먼저 찾는 것이 이 나라에서 생을 추구하는 사람으로서 떳떳한 것이 아닐까고 생각되어서 20년을 동경에서 지냈었다.[4]

그의 실질적인 처녀작인 「百合花」는 최근 경남·부산지역문학회 학술지인 「지역문학」10집에 이순욱이 발굴하여, 동기 선생과 薛昌洙 시인, 趙眞大 소설가의 공동 작품집 『三人集』(1952. 8. 영남문학회)에 대하여 「근대 진주 지역 문학과『三人集』이라는 논문을 쓰면서 소개한바 있다. 그 전문을 인용하면 다음과 같다.

> 나는꽂이라오
>
> 조고마한산골에 남몰으게핀
>
> 한송이꽂치라오
>
> 남이야알건말건 나만피어잇는꽂이라오
>
> 조흔세상을 바라고혼자피고

---

4) 이경순, 〈그때 그 시절〉,(「東騎 李敬純 全集〈詩〉」, 서울 자유사상사, 1992), pp. 365~366

잇는숯이라오

나는믓슥 시들어진숯치라오

춤추는나비도안이오고

노래하는벌도안이와요

그러나 언제나다시 필날이잇는百合숯이라오

지금까지 「百合花」로 알려진 실제 작품의 제목은 「하얀 百合花」이며, 정확하게 1928년 10월 26일자 신문 4면에 게재되어 있다. 이 작품은 우선 표기법상으로 한글맞춤법이 제정되기 이전에 발표된 것이기에 오늘날과는 상당한 거리가 있고 띄어쓰기도 제대로 되지 않고 있다. 그리고 그의 전집에는 수습되어 있지 않다. 시적 화자 '나'를 꽃으로 단순히 비유하고 있는 점에서 그의 광복 이후의 작품보다 훨씬 난해하지 않다. 특히 주목할 만한 시적 세계관은 그의 무정부적 허무주의 사상이 보이지 않고 오히려 민족주의가 암시되어 있다는 점이다. '시들어진 꽃', 그것도 춤추는 나비와 노래하는 벌도 오지 않는 꽃은 1928년 그 당대의 식민지적 상황을 상징한 것이라고 볼 수 있다. 그런데, 마지막 행에서 '다시 필 날이 있는 백합꽃'이라는 비유는 동기시인보다 훨씬 뒤에 창작된 이육사의 「꽃」을 연상시키는 상황의식이 형상화된 것이라고 보아도 큰 무리는 아닐 것이다. 또한 1928년 그 당시의 다른 작품들과 비교해 보아도 크게 손색이 없는 작품이라고 평가 내릴 수 있을 것이다. 그런데 이 작품만 발표하고 해방될 때까지 발표를 삼가고 있는 까닭은 앞에서 인용한 동기 선생의 글에서 그 단서를 찾을 수 있을 것이다. 문학을 할 수 있는 자유스러운 정신상황을 이루는 그러한 삶의 대응방식과도 무관하지 않을 것이다. 그 이후로 근 20년 동안 동경에서의 아나키스트 운동 단체인 〈黑友會〉의 활동에서 그는 무정부적 허무주의를 실천하게 된다. 이러한 그의 아나키즘에 대한 경도는 앞에서 인용한 그의 회고기 「그때 그 시절」 가운데 많은 부분(전집 p.365~387)으로 언급되어 있다. 이러한 세계관의 연장선상에서 해방직후에 발표된 작품이 「盞」(1948)이라고 볼 수 있다. 1905년생이니 40대에 비로소 본격적인 시작의 길에 들어선 셈이다. 마치 이육사(1904~1944)가 일제 강점기 시인으로는 드물게 30대에 접어드는 1933년부터 시작활동을 시작한 것과 유사한 선택이라고 볼 수 있다. 아나키즘 운동으로 신념을 확립한 후 시작활동을 시작한 것인데, 광복 직후의 사상적 혼란기에도 선생께서는 현실과 거리를 둔 허무주의적 생활태도를 가졌으며 이러한 태도가 그대로 시에 나타났던 것이다.

일제강점기 기간 동안 특기할 사항은 1928년 고향 진주에서 치안유지법 위반혐의로 5개월간 감옥생활을 한 점이다. 그의 회고기에 의하면 일본 어느 대학 2학년 되는 해에 일본 裕人천왕 즉위식이 거행되기 한 달 전부터 사상이 과격한 한국 유학생을 예비검속하게 되어 그것을 피하여 黑友會 친구이자 朴烈 사건과 관련된 鄭泰成과 함께 고향 진주로 돌아왔다고 한다.5) 진주에서 동경농업대학 재학중인 洪斗杓과 함께 세 사람이 문산면 청곡사에 체류하면서 시를 쓴다는 핑계로 아나키즘을 연구하다가 진주경찰서에 검거되었다고 한다. 홍두표는 면소되고 시인과 정태성은 진주교도소를 거쳐 대구복심법원까지 가서 풀려났다. 시인에게는 진주에서 검사가 1년을 구형하였다. 판사는 증거불충분으로 무죄 판결하였으나, 검사의 항소로 대구까지 간 것이다. 대구에서도 역시 무혐의로 무죄 판결되었다. 석방된 그는 다시 일본으로 건너가 본격적으로 아나키즘운동에 열중하였고, 대학을 중퇴하고 일본인 동지들과 한국유학생 연합체인 〈黑色靑年聯盟〉, 〈自由聯合〉등과 교류하였으며, 일본 문필가들과도 교류하여 아나키즘문예비평론지 『黑色戰線』, 『니힐』등의 사상지를 연대 집필하였다.

---

5) 동아일보, 1928. 12. 24. 「無政府主義 三被告 公判, 18일」 '진주지청' 에서라는 표제의 기사참조.

이러한 과정을 통해 니힐리즘과 아나키즘의 방법론인 다다이즘을 체득하
였으며, 시인 北原白秋를 찾아가기도 하였다.

　시인 자신은 1940년에는 징용을 안 가려고 浦和市 東北齒科 醫專에 입
학하여 42년 9월22일 졸업하였다. 李命吉의 회고기에 의하면 징용을 가지
않으려는 의도는 당시 시인의 나이가 35세 장년임을 감안할 때 의심스럽
다고 추궁하여 너털웃음으로 다른 뜻이 있음을 수긍 받았다고 한다.[6]

　그러나 이 치과 의전 졸업장은 그를 해방 직후 진주농립학교 축산과 위
생교사의 길을 걷게 하였으며, 교직은 해방공간의 삶을 영위하는 생계가
되기도 하였다.

　해방공간과 더불어 그는 1946년 8월 31일 진주농립고등학교 급 2급봉
교사로 부임한다. 48년 10월1일에는 교사 7의 4급봉으로 승급하고, 50년
8월31일에는 8호봉으로 승급하며, 봉급은 33,200圓임이 발령원부에 기록
되어 있다. 그러다가 1951년 8월31일 학제 개편으로 뒤에 진주남중학교로
개칭되는 진주농립 하급학년인 진주농립중학으로 전근된다. 그러다가
1952년 4월 30일에는 마산동중학교 교사로 전근된다. 이상이 진주농립고
등학교(현재 진주 산업대학교)에 남아 있는 발령원부의 기록이다. 지금까
지 마산동중학교로 전근한 것은 잘 알려진 사실은 아니다.[7] 그러나 마산
동중학교 교사 발령명부에 의하면 그는 1952년 5월24일 의원면직으로 교
사의 직을 버린다. 이 시기는, 50년 6월 25일 시작된 6·25사변과 53년 7
월28일 휴전협정이 조인된 전쟁기이기도 하여 여러 가지 혼란이 있었을
것이다. 그러나 전쟁기의 와중에 동기 시인은 마산으로 전근하게 되며, 앞
으로 충실하게 교사직으로 근무한다면 건국초기의 교육계에 큰 인물이 될
기회를 스스로 버린다.

---

6) 李命吉, 앞의 글 (앞의 책), pp.473.
7) 필자의 요청에 의하여 진주산업대학교 명예교수인 김기원 시인이 오래된 인사발령서류를 직접 확인한
　바 있음

진주농림학교 시절 진주를 떠나지 않으려는 과정의 동기 시인의 헤프닝과 진주농림고등학교 축산과 위생교사 시절 수업시간과 직원종례시간에서의 파격적 행위는 해방기의 진주문단의 신화적 일화로 여러 사람에 회자되고 있다.

어쩌면 그는 처음부터 교육자로서는 부적격자였는지도 모른다. 그러나 그는 해방공간의 진주문단 나아가서는 예술계의 중심인물로 부상 된다. 물론 그와는 대조적인 성격과 인격을 만년에까지 지속한 巴城 설창수(1916-1998)와 항상 함께 하는 길이지만, 1946년 동기 시인은 巴城, 青馬, 白相鉉 등과 함께 〈진주시인협회〉를 발족시켜, 시지《등불》을 47년 2월 발간하여 4집을 내고 48년 4월 5집부터는 《嶺南文學》으로 확대 개칭되면서 〈진주시인협회〉는 〈영남문학회〉로 바뀌고 6집까지 낸다. 그런 과정에 《嶺文》으로 개칭되고 6·25가 나던 1950년에는 결간하고 51년부터 60년까지 모두 18집을 낸 뒤 중단되었다. 이《嶺文》의 대표가 巴城이고 主幹이 東騎였다. 48년 7월에는 전국문화단체총연합회 진주지부 부위원장을 맡고 49년 4월에는 부산에서 창간한 《자유민보》 논설위원이 되기도 한다.

말하자면 東騎는 1947년 《등불》(「여인에게」)을 통해 진주 지역 시단에 데뷔하였고, 1948년 《京鄕新聞》에 「盞」으로 1949년 1월 문예지《白民》에 「流星」을 발표하여 중앙 시단에도 데뷔하였다. 이러한 신인임에도 불구하고 그는 40대 장년이었기에 경향각지의 문단에서 항상 형님으로서의 대접을 받았다. 이 작품 가운데, 「盞」은 비록 불발에 그쳤으나 《嶺文》10호(1952. 11) p135에 시집 『盞』이 발간된다는 광고를 게재할 정도로 아끼던 작품이다.

전국 문화단체총연합회 진주지부는 1949년 東騎 시인과 巴城, 朴世濟, 李龍俊, 朴生光, 吳濟峰 등이 발기인이 되어 제 1회 「嶺南예술제」를 개최하여 오늘날의 전국 예술제의 효시가 되었으며, 5·16 이후에도 개천예술제로 개칭되어 오늘날까지 최장수 지역예술제로 주목받고 있으며, 이 시절 그는 세르반테스의 소설 돈키호테의 주인공에서 따온 東騎라는 호를 가지게 되며, 그의 삶은 돈키호테적 기질로 가득차게 된다.

52년에는 巴城, 趙眞大와 함께 『三人集』을 내었으며 그 안의 東騎 시집은 15편의 작품으로 제목은 「生命賦」였다. 이 책은 영남문학회 발행이었으며, 오늘날 한국화의 대가로 평가 받는 朴生光(1904~1985)이 표지화를 그렸고, 제자는 진주를 지켰지만 대 서예가로 평가되는 鄭命壽(1909~2001)가 썼다. 이 작품집에 대해서는 앞에서 언급한 대로 이순욱이 자세하게 살펴본 바 있다.[8]

그러나 6·25의 소용돌이 속에 그는 앞에서 살펴본 대로 진주를 떠난다. 6·25 전쟁 중인 1952년 5월 24일 그는 마산동중학교 교사직을 스스로 던진다. 1952년 5월 24일부터 1954년 11월 4일까지의 1년 6개월 동안의 공백기는 어디서 무엇을 하셨는지 현재로서는 확인할 길이 없다. 그러나 이 시기 동안 시의 발표 매체가 부산 지역에 집중되어 있는 것으로 보아 부산에 머물고 있었다고 추측해 볼 수 있을 뿐이다.

그런 후 6·25 전쟁이 휴전된 지 3개월이 조금 지난 1954년 11월 5일 부산의 경남상고 전임강사 그것도 담당과목은 국어 문예반 지도 교사로 취직을 한다. 말하자면 정식교사의 직을 떠난 그가 시인인 탓으로 문예담당 교사로 부임하여 그 해의 경남상고 교지《九德》 3호 발간을 지도하며 그 곳에 시 「春心」도 발표한다. 그의 부산 생활은 6·25사변 직후의 피난 시절과 연결되어 있었기 때문에 단칸방에 전길순 사모님과 가난하게 둘이서 살았다고 부산의 원로시인 朴哲石은 기억하고 있다. 그러나 부산생활도 곧 끝나고 1955년 8월 1일 필자와 운명적으로 만나게 되는 창선중학교 교장으로 초빙된다.

---

8) 이순욱, 근대 진주 지역 문학과 『三人集』《지역문학연구》 제10집, 경남·부산 지역문학회, 2004, pp303-325

　필자는 동기 시인의 생애 가운데 경제적으로 안정적이고 정신적으로 여유를 가진 시절이 창선중·고등학교 교장시절이라고 생각한다. 선생께서는 창선중·고교 인사기록 서류에도 정확하게 기록되어 있듯이 1955년 8월 1일 창선중·고등학교 재단 측에 의하여 초빙되어 오셨다고 필자는 기억하고 있다. 경남상고 인사발령원부에는 55년 10월 13일에 의원면직으로 퇴직하였다고 기록되어 있다. 그 당시의 교사가 아닌 전임 강사는 어떠한 신분이었는지 창선중·고교 부임 날짜보다 뒤에 사직 처리된 정황은 알 수 없으나 아마 부임한 후에 사직서를 보내어 처리될 수도 있었다고 추측하여 볼 수 있다. 1956년 3월 개교한 창선고등학교의 초대 교장까지 겸임하시면서 초창기의 창선중·고등학교 발전에도 기여한 바가 많다. 시인께서는 창선중·고교의 재단 분규와 시인의 파격적인 행보를 일부 학부형이 문제 삼는 등 학교 사정이 복잡해지자 필자가 중학교 3학년 때인 1958년 9월 30일 사임한 후 고향 진주로 가시게 되는데, 그 동안 창선중학교와 개교 초기의 창선고등학교에는 진주에서 많은 교사들이 부임하였다.

　1956년 필자는 창선중학교에 입학하여, 드디어 선생의 제자가 된다. 이때부터 근 3년 동안 시인의 訓話를 들었는데, 시인의 훈화는 유창한 편은 아니었으나 의례적인 훈화와는 다른 시적 분위기를 가지고 있었다. 선생은 교장직을 수행하시면서도 한문 과목과 치과 전문학교를 졸업하신 때문인지 생물 과목도 담당하시곤 하였다. 특히 수업 중에 인상이 남는 것은 낭랑한 목소리로 한문을 먼저 읽고 우리가 따라 읽도록 지도하시던 것과 생물시간에 관절에 대하여 가르치시면서 그림을 그려 가면서 열정적으로 설명하시던 모습이다. 뿐만 아니라 서점과 신문사 지국을 경영하시던 아버님과 동기 선생님은 의기투합하여 함께 술자리를 자주 하였으며, 우리 집에 종종 초대되곤 하셨다. 또, 진주에서 창선중학교로 잠시 전학 온 시인의 필자의 바로 한 학년 아래 생질과 친하게 되어 필자는 교장 사택에도 자주 놀러가곤 하였다.

어느 해 개교 기념 행사 때 선생은 교직원팀 대표로 축구시합에 출전하셨는데, 바지 끝을 양말 속에 넣고 실수를 연발하실 때마다 온 운동장이 폭소의 도가니가 되었다. 어느 해 소풍 때에는 사회자의 권유로 그 독특한 목소리로 노래 대신 三將士의 詩를 읊고 해석까지 해 주셨다. 필자의 중학교 1학년 2학기 어느 시점인가 확실한 기억은 없으나, 동기 시인께서 교장이신 인연으로 巴城 薛昌洙 시인을 초청하어 전교생을 교실 몇 개를 틔운 강당에 앉히고는 문학강연회를 가졌다. 필자는 맨 앞자리에 앉아 메모를 해가며 巴城 시인의 열정적인 문학 강연을 들었다. 막연하지만 이 강연을 들으면서 필자는 시인의 꿈을 키웠던 것 같다.

창선중·고등학교 교장직을 사임하고 귀향한 1958년 10월부터 동기 시인이 이 세상을 떠날 때까지인 1985년까지 기나긴 진주생활 그것도 청빈이라고 보기보다 적빈이라할 가난한 시인 생활이 시작된다. 진주로 귀향한 뒤의 초창기인 1959년 3월부터 1961년까지 5월까지 앞에서 잠시 언급한 대로 필자는 2년 넘게 상봉서동 1005번지의 3호 동기 시인 댁에 하숙을 하였다. 그 당시 경남일보 논설위원으로 집필을 하고 계셨지만, 그것이 큰 생활의 보탬이 되지는 않은 것 같았으며, 앞에서 언급한 이명래군과 나의 하숙비와 길가 쪽의 사랑채에 함석 가공하는 점포와 셋방의 수입과 전길순 사모님의 노력 등으로 살림을 꾸러간 것으로 기억된다.

진주문인들의 회고에 의하면 1962년 1월부터 6개월간 진주상고 교장을 잠시 맡았으나, 신원진술서 쓰기가 번거롭다고 그만 둔 뒤에는 작고할 때까지 생계를 책임질 수 있는 직장에는 전혀 나가지 않았다. 필자는 61년 5월 고등학교를 도중 1년 휴학하기 직전 하숙을 옮겼으며 62년 3월 복학해서는 간간이 동기 시인 댁을 방문하였다. 특히 62년 가을 진주고 교내 백일장에 입상하여 개천예술제 백일장에도 참가하고 그 작품이 경남일보에 발표되면서 몇 번 찾아뵙게 되었다. 63년 봄 진주고를 졸업하고 난 뒤에도 경북대학교 사범대학 생으로 방학 때 귀향하는 도중에 여러번 찾아뵙게 되었으며, 그 기간 동안 동기 시인은 상봉서동 집을 처분하고 봉곡동 374번지로 거처를 옮기게 되는데, 그곳으로 필자는 몇 번 방문하였다. 특히 대학 4학년 때인 1966년 여름 방학 때에는 필자가 김춘수 은사님의 추천으로 시단에 데뷔한 직후 직접 방문하였는데 그때 동기 시인은 필자가 시인이 된 것에 대하여 크게 기뻐하셨다.

그는 비록 적빈의 생활이었지만, 1962년 한국문협 진주 지부장으로, 1963년에는 잠시 한국예총지부장을 맡기도 하였다. 그러나 행정과 격식을 싫어하는 기질 탓으로 그러한 굴레도 곧 벗어 던졌다고 진주 문인들은 회고하고 있다.

그러나 그는 1964년 12월 경남 문화상을 받았으며, 1977년에는 부산의 눌원 문화상을 받았다. 또한 1978년에는 제 10회 대한민국 문화예술상(문학부문)을 수상했고, 1982년에는 진주시 문화상을 수상했다. 이러한 수상에서 받은 상금은 가난한 시인의 생활에 큰 보탬이 되었다고 한다.

평론가 조연현의 서문으로 1968년 제 1시집 『太陽이 미끄러진 氷板』(문화당)을 발간했으며, 1976년 5월 30일에는 진주 지방 최초의 문예 진흥기금 수혜자가 되어 시집 『歷史』(학예사)를 발간하였다. 특히 각종 수상과 작품집 발간은 그 자신의 노력보다 진주의 후배 문인들의 인정미 넘치는 주선으로 이룩된 것이기에 한국 문단사에 반드시 남겨져야 할 미담이다. 진주의 개천예술제 때면 경향 각지에서 몰려드는 문인들을 진주를 대표해서 맞아 드리는 그에게 뜻하지 않은 사고가 났다. 1983년 그의 오랜 친구인 서예가 정명수씨가 기거하는 비봉루를 오르다가 낙매하여 팔순 노구는 이 길로 투병 생활을 하기 시작 한 것이 바로 그것이다. 적빈의 표상이었던 시인은 1985년 5월 4일 드디어 이 세상을 하직한다. 그러나 1980년대까지 작품 활동을 하는 현역시인으로 건재하였다.

그 당시 진주예총회장이던 현재 경남문화예술회관 관장을 맡고 있는 최용호 시인과 이명길 시조시인을 비롯한 많은 문인들이 솔선 수범한 장례식 또한 두고두고 아름다운 미담으로 남아 있다. 그리고 시인의 적빈에 위안을 주었던 이덕 시인 또한 기억될만한 후배이다. 인정미 넘치는 진주 문단에 동기 시인 작고 후일담 역시 아름답다. 동기 시인이 서거하신지 4 년 지난 1989년 4월 9일 이덕 시인의 발의로 전개된 시비 건립 운동이 결실을 보아 동기 시인이 거닐던 진주 남강가에 그의 시비가 세워졌다. 그리고 1992년 10월 30일에는 《진주신문》 칭간 2주년 기념사업으로 바노정 시인이 주관하여 『東騎 李敬純 全集』(詩)이 간행되었다. 지난 2005년 11월 1일 시의 날에는 진주 문인협회가 시의 날과 겸한 동기 탄생 100주년 기념사업도 하였다. 그러나 선생이 남긴 많은 산문이 한 데 모아지지 않고 있다. 1992년 전집에 詩 라는 단서가 붙은 것은 바로 그러한 때문이다. 어떤 독지가가 나와 연구 집단에서 보다 체계적으로 시전집을 다시 개정 발간하고 산문집을 엮을 수는 없을까 하는 소망을 필자는 가져본다. 그리고 1928년부터 29년 사이의 세칭 《〈진주〉아나 사건》연루된 5개월 동안 옥고 사실에 대한 재평가를 통하여 애국지사의 반열에도 오를 수 있기를 기대해 본다.

지금까지 살핀 동기 시인의 문학적 삶을 몇 시기로 나누어 볼까 한다. 시인으로 데뷔하기 전은 1905년부터 일본 유학을 떠나기 전인 1920년대까지의 고향에서의 생활과 1920년부터 1945년의 일본 동경에서의 삶으로 나눌 수 있을 것이다. 특히 1920년대부터 1945년까지는 아나키즘과 허무주의 사상을 실험화 한 트레이닝의 시기로 볼 수 있다. 비록 이 시기에 한 편의 시 「하얀 白合花」가 있으나 그것은 앞에서 살펴본 것으로 언급을 대신할 수 있을 것이다.

그렇게 되면 1946년부터 1952년 진주를 떠나기 전의 해방기와 6·25 전쟁 초기를 제 1기로 볼 수 있을 것 같다. 다음으로 마산을 거쳐 부산으로 그리고 남해 창선도 시절 즉, 1952년부터 1958년 10월까지 고향 진주를 떠나 있던 시기를 제 2기로 볼 수 있다. 그 가운데 필자는 앞에서 밝힌 대로 동기 시인의 정신적으로나 경제적으로 가장 안정기인 남해 창선도 시절을 특히 주목하고자 한다. 다음으로 1958년 10월부터 1985년 5월 작고하시기까지의 귀향시절, 비록 27년이라는 긴 세월이지만 적빈의 삶을 살아간 시기를 제 3기로 보고자 한다. 마지막 25년 동안의 작품 세계는 정치하게 분석하면 다소 변모할 수도 있겠으나 일단은 같은 시기로 살피고자 한다.

3. 시기별 발표 양상과 특성

전집 수록 246편 가운데 발표 시기가 불분명한 32편을 제외하고 발표 시기별로 발표 매체 지역 분포를 도식화하면 다음과 같다.

〈전집수록 시 발표 양상〉

시 기	발표지역	진주	부산	서울	기타	계
① 해방기와 전쟁기 진주시절 (1947-1952)		18	2	11	3	34
② 부산과 창선 시절 (1953-1958)	부 산	3	10	4	1	18
	창 선	1	3	18	·	22
③ 다시 진주 시절 (1959-1985)	59-69년	8	3	38	·	49
	70-79년	7	6	47	6	66
	80-85년	6	1	10	8	25
계		43	25	128	18	214

동기 시인을 진주 지역 시인이라 하고 있으나, 위의 도표처럼 그가 가장 많이 발표한 매체의 발행지역은 서울로 그 당시에 발행된 중요 일간지, 종합지, 문예지, 시 전문지 등이 주된 발표 지면이었다. 60퍼센트 가까운 지면이 서울서 발행하는 매체들이었다.

그 가운데 《現代文學》 600호(2004. 12) 총 색인목록에 의하면 통권 4호부터 349호까지 총 33편이나 발표하였다. 그 외 《자유문학》, 《경향신문》등에 빈번하게 발표하고 있다. 따라서 그를 한 지역의 시인으로 보다 한국 문학사에 남을 시인으로 평가하여야 할 것이며 60대 후반부터 70대 전반까지의 시기에 가장 왕성하게 작품을 발표하였으며 80대를 목전에 두고 있는 80년대에도 25편이나 발표하였다. 그의 생전의 마지막 작품 「만다라(曼陀羅)」는 투병 기간인 1984년 12월호 《월간문학》에 발표되었다.

특히, 부산과 창선을 거쳐 다시 진주로 귀향한 1959년은 그의 나이 55세부터 80세 까지의 26년 동안이었는데, 앞에서 언급한 대로 그는 생계를 위한 직업으로는 단 6개월 정도 1962년 진주상업고등학교, 그것도 영세한 사립학교 교장 생활을 한 것뿐이다. 신원진술서를 제출하지 않아 제대로 봉급을 받지도 못했을지도 알 수 없는 일이다. 이러한 적빈의 생활 속 그는 맹렬히 시작 활동을 하였던 것이다.

1) 해방기와 전쟁기 진주 시절의 시

①

女人은

人間의 崇高한 藝術品이다.

그리하야

그대는

人間의 얄미운 誤作일지니!

지나간 西域나라 쟈느 다르끄가

되지 못할진대

차라리

이 나라 閔英婦人의 뒤를 본받으소서

蒼白한 詩人의 가슴에도

아득한 옛날부터

끓는 火山 있다니

이제

그 噴火口가 터질 때

곰팡이 핀 空間을

모조리 태워 버리고

빛나는

祖先의 太陽 아래

創世記를 다시 쓰리라.

－詩人에게를 읽고

－「女人에게」 1947, 《등불》

②

쾅!

彈丸이 달아났다.

壁 넘엔

구멍난 밤이

窒息한 歷史를 흔들어 깨우고.

冊床엔

亡命의 길을 잊은

데카단티즘이

呻吟만 한다.

理論이 끝난 도래床 뱃바닥에

막걸리 방울방울

눈물 흔적이 濁하고.

짚조각이 흩어진 머리맡엔

기름 다 탄 호롱불

가물가물

臨終을 지킨다.

鼓動이 急한 心臟은

來日의 悔恨을 그러안고

가스를 吐하는 숨길만

이 밤의 地軸을 흔든다.

— 「짚」, 1948, 《경향신문》

③

機械人形이 市街行列을 할 때 'Z機'가 抛物線을

그리고 가면, 마이나스 無限大가 슬픈 歷史을 排泄한다.

텅 빈 하늘 아래 나는 소라껍질 喇叭을 불며 피묻은

내 발자국에 絕對値를 證明하려 내가 나와 非公式 會見을 한다.

彈丸이 스쳐 간 윈드그라스에 影寫된 人生이 금갔구나.

나를 凝視하는 내 눈초리에 嘲笑도 주름의 자취만 남기고

懷疑마저 떠나가는 내 가슴에 차거운 생의 메달만 매여 달려

이 날도 플라스 無限大를 저울질 한다.

―六 · 二五, 戰亂의 거리에서, 「生命賦」, 1952, ≪「生命賦」, 三人集≫

작품 ①은 동기 시인의 진주 지역 시단 데뷔작이자 해방 이후의 첫 번째 작품이다. 이 작품은 해방직후 결성된 진주시인협회의 회지 격인 ≪등불≫에 발표 되었다. 그러나 그의 세 권의 시집들에 수습되어 있지는 않으나, 평소에 그가 시집을 낼 염원으로 1975년 6월 18일 필사하여 간직하고 있던 東騎詩集 『生命譜(賦)』에 수록되어 있다. 작품 말미에 「詩人에게」를 읽고, 라는 기록이 있는 것으로 보아 「시인에게」에 대한 일종의 화답시이다. 그러나 지금으로서는 「시인에게」가 어떠한 작품이며 어떠한 연유로 읽게 되었는가를 확인할 길이 없다. 그러나 이 작품은 곧 발표될 많은 해방기와 전쟁기의 작품보다 난해하지 않다.

전반부는 여인에 대한 화자의 소망을 형상화한 것이다. 시적 화자는 여인을 인간이 만든 예술품으로 비유한 뒤, 인간의 오작이라고 본 것은 다소 시니컬하다. 그러나 불란서의 구국의 여인 잔다르크보다 이 나라의 어영부인을 본받으라고 하면서 다소 전통지향적인 여인상에 동경을 보내고 있다. 그런데 후반부는 일종의 메타시로서 앞으로 어떠한 시를 쓰겠다는 시적 세계관을 피력한다. '빛나는 祖先의 太陽 아래' 부분에서는 낡은 공간을 모조리 태워버리고 새로운 창세기를 쓰겠다는 점에서 앞으로의 시작 태도가 다소 파격이라는 것을 암시하고 있을 뿐이다. 그러나 전반부와 후반부의 어긋남은 앞으로 구조적 비약으로 시적 긴장감을 추구하게 될 것이라는 점과 다소 초현실적인 특성을 예견하고 있다.

작품 ②는 앞에서 잠시 언급하였지만, 서울 지역에 처음으로 발표한 작품으로 비록 발간하지 못했지만 첫 시집 제목으로 삼으려는 작품이다. 전쟁기 이전의 작품이기 때문에 첫째 연의 전쟁 체험은 일본이 패망한 2차

대전을 염두에 둔 것이다. 그런데 이 작품은 앞의 작품보다 훨씬 난해하다. 그 까닭은 각 연에 등장하는 사물과 관념 때문이다. 등장하는 사물들은 탄환, 벽, 밤, 책상, 도래상, 호롱불, 심장, 가스, 밤 등이 있지만 관념어 내지 관념 '역사', '데카단티즘', '이론' 등의 등장으로 의미 전개의 비약이 심하다. 말하자면 '데카단티즘'을 실천하는 첫 작품인 셈이다. 이 작품은 초현실주의 데뻬이즈망 기법에 의한 광의의 모더니즘으로 파악할 수 있는 작품이다.[9]

그러나 관념을 일단 배제하고 이 작품을 문맥적으로 해석하면, 호롱불 켜진 방안에서 막걸리를 마시다가 시대에 절망한 시적 화자가 잔을 던지면서 고민하는 모습으로 다가 올 수 있다. 그러나 구멍난 밤이 질식하는 역사를 흔들어 깨운다든지, 책상 위에서 신음하는 데카단티즘과 같은 것을 상상하면 구체적인 그림이라기보다, 환상적이고 해체적인 그림일 수밖에 없는 것이 바로 이 작품이다. 이 시기의 작품은 동기 시인 자신이 일제 강점기 東京의 黑友會 등에서 체득한 아나키즘의 방법론으로서 초현실주의 혹은 다다이즘을 실천하는 작품들이 많다. 이 시기의 이상과 같은 특색을 잘 나타낸 작품으로 「로만쓰」(《文藝》3호, 1949. 10)가 있다.

작품 ③은 비록 3인 공동 작품집이지만 그의 첫 저서인 『三人集』 수록 15편 가운데 그의 소시집 『生命賦』의 제목이기도 한 작품이다. 별도로 발표되지 않고 시집에 바로 수록되었는데, 유일하게 6·25사변에 대한 시인의 세계관이 피력된 작품이다. 특히, 동기 시인이 거주하던 진주는 비록 시인의 거처 상봉서동 1005번지 일대는 폭격의 피해가 없었지만, 6·25사변 당시 점령군 남부사령부가 있었던 도시였기 때문에 폭격으로 초토화되었다. 이러한 도시를 바라보며 그 소감을 형상화한 작품이 이 작품이다.

동기 시인의 아나키스트의 기질은 무정부주의적인 현실인식 때문에 해

---

9) 강희근, 「자유의지와 오성의 미학(이경순론)」, 東騎 李敬純 全集(앞의 책) pp415-434 가운데 pp419

방 공간의 이념 대립에서도 어느 편에 속하지 않은 自由를 누렸다.[10] 이러한 점이 반영된 작품이 바로 ③이다. 전쟁의 폐해에서 민족이나 이념이나 고통스러운 삶을 노래하지 않고, 오히려 시적화자 '나'의 자의식을 형상화시킨다. '나'의 텅빈 하늘 아래 소라껍질 '나팔' 부는 행위는 돈키호테적 외향성이다. 그러나 시적 화자 '나'가 발견한 그 자신의 모습은 오히려 내면적이고, '회의도 떠나고 가슴에 차가운 生의 메달'만 달려 있다고 비유적으로 표출하고 있다. '마이너스 무한대'와 '플라스 무한대'의 시간 속에서 '나'는 어떻게 존재하는가에 대하여 고민하는 등 인간에 대한 근원적인 문제를 제기하고 있을 뿐이다.

이상과 같이 이 시기의 작품들은 민족분단이나 민족상쟁의 절대절명의 상황의식을 직접적으로 표출한 작품은 거의 없다. 다만 『三人集』, 「生命賦」의 후기에서 축재도 멸시하고 건강관리를 통한 장수도 선망하지 않는 자신의 어머니에 대한 불효를 사과하는 마음을 피력하고 있을 뿐이다.[11]

2) 부산과 창선 시절의 시

앞에서 밝힌 대로 그는 전쟁기의 와중인 1952년 5월 24일 馬山東中學校에서 정식 교사의 자리를 내던진다. 그로부터 1년 6개월이 지난 1954년 11월 5일 경남상업고등학교 국어 담당 전임 강사 자리를 마련하여 교지를 만드는 문예반 지도 교사가 된다. 이 시절의 발표 양상의 특징은 아직 서울 쪽이 피난에서 환도한 지 얼마 되지 않아[12] 서울에서 문예지와 잡지 등의 발표 매체가 많이 마련되지 않은 탓도 있겠으나 유독 부산 지역의 발표 매체에 많이 발표하고 있다.[13] 경남상고에 전임강사 자리로 마련하기

---

10) 李命吉, 앞의 글(앞의 책), pp.475
11) 三人集, 동기시집 후기, (위의 책), pp.47

직전 당시 부산에서 발간하던 《民主新報》에 다음과 같은 시를 발표하였
다.

어느 날에야

그 사연을

서로

이야기하리라.

해가 가고, 달이 가고.

기다리던

어느 날이

오늘인가 하는데.

그대는

이미

어제를

따라가고.

조각난

내 사연에

외로운 내일이 온다.

-「期約」 1954. 10, 4, 《민주신보》

---

12) 1953년 7월 27일 휴전협정이 조인되고 국회가 마지막 정부기관으로 부산을 떠난 것이 53년 9월 16일
이었다.
13) 앞의 표를 참조하면, 18편 가운데 10편을 부산지역에서 발표 하였다.

이 작품은 지금까지의 관념어나 한자어가 많은 작품과는 판이하다. 아마 이 시절 동기 시인은 피난민들이 몰려 있다가 떠나가는 부산에서 서울로 돌아가는 문단 친구들을 배웅하면서 생계를 위한 직장을 마련하기 위하여 노력했을 것이다. 그 때의 심정이 형상화된 작품이 바로 이것이라고 생각된다. 그는 동향의 東京高師 출신 姜在鎬가 교장인 경남상고[14]에 자리를 마련하게 되는데, 어쩌면 그는 방랑을 떠나는 돈키호테의 심정으로 부산에 왔을 것이다.

이 작품의 특성은 시간의식이 나타나는 것이다. 물론 앞의 작품들에서는 부분적으로 보이고 있지만, 이 작품을 지배하고 있는 것은 시간 의식이다. 많은 사연을 이야기할 그대는 이미 어제를 따라 떠나고, '조각난/ 내 사연에,/ 외로운 내일이 온다' 라는 마지막 연에서 삶의 예측불가능성이 보이고 있다. 그러나 이러한 절망도 담담하게 짧은 시로 형상화한 동기 시인의 시적 능력이 보이는 작품이 바로 이 작품이다.

이러한 작품들만 한 자리에 모아 보면, 동기 시인은 난해한 아나키스트 시인이 아니라 삶을 달관한 구도자적 자세가 엿보이는 서정시인이라고도 볼 수 있다. 이 무렵 그를 교장 선생님으로 초빙하기 위해 부산으로 간 창선중학교 재단 관계자를 만나 1955년 8월 1일부터 전혀 예측도 못한 창선중학교 교장으로 부임하여 남해 창선도 시절이 시작된다.

앞에서 잠깐 언급하였지만 창선중학교에서 교장으로 그는 그의 생애에서 비록 사립 면단위 중학교였지만 첫 번째 기관장으로서의 삶을 시작한다. 그 당시 창선면에서의 동기 시인에 대한 반응은 好惡가 갈라질 수 밖에 없었다. 술 좋아하시고 격식 따지지 않는 돈키호테적 기질로 교장을 하셨고 지역사회 유지들과 어울렸다. 시인에 대한 경외감을 가진 필자의 부친 같은 분들은 절대적 지지와 존경을 보냈다. 이 존경심 탓으로 필자

---

14) 경남상고 교지, 《九德》 3호(1954. 11. 11), pp.149 교직원 명부에 나타나 있음.

의 진주고등학교 입학 이후의 하숙집은 동기 시인 댁 말고는 달리 생각할
수 없을 정도로 2년 넘게 붙박이 하숙을 하였다.

아래 작품은 창선도 시절의 생활이 어느 정도 정착된 시점에 창작되어
그 당시 서울에서 창간된 《문학예술》에 발표된 작품이다.

바위는 山머리에 묵묵히 앉아 있어야 했다. 그것은 돌에 屬해 있었기 때문이다.

검푸른 얼굴 그대로 마구 주저앉아서 바람이 부딪치고 빗방울이 내려때려도 몸부
림 칠 수도 없었다.

어느 때일지 바위의 行動은 하늘이 무너지고 땅이 꺼져야 한다

그래도 靑山에 뻐꾸기 우는 時節이 오면 바위는 하얀 이빨 벌리고 喇叭 불며, 바위
란 바위는 메루치 춤추는 바다로 내려 行進을 해보는 것이다

숲은 낭자한 벌레 소리를 지닌 채

그 때, 들며 나며 恒時 찰랑거리던 바다 바닷물은 놀라는 것이다.

그리고 보니 바다는 진달래 피는 산으로 기어 올라가야 한다.

좀먹은 世日이 가고 왔다. 하늘이 무너지고 땅이 꺼지고 日月星辰이 행방을 숨겨
야 하는 距離 없는 空間이 베풀어 진다.

이제야 바다는 물결을 따라 바다로 가야 하고 바위는 그것이 돌에 속해 있다는 것
을 알게 되는 것이다. 그의 검푸른 얼굴에 하얀 이빨 악물고 침묵의 행진은 다시 山
머리를 찾아가야 한다.

바위야 어쩌다가 바위여- 하늘이 무너지고 땅이 꺼져야 해도 뻐꾸기 울고 가는
그 歲月을 靑山에 默默히 앉아 맞이하고 보내야 한단다.

-「바위야 어쩌다가 바위여」, 1956, 《문학예술》

　창선도 시절의 작품에는 바다와 바닷가의 사물들이 제재로 등장하는 경우가 간혹 있다. 이 작품 말고 「颱風」(《현대문학》, 1957. 4), 「波濤」(《현대문학》, 1958. 6) 등이 있다. 그 작품들 가운데 창선의 바다와 바닷가의 파도에 씻겨지고 닳아지는 바위를 제재로 한 작품이 바로 이 작품이다. 앞으로 살펴볼 「流配地의 섬－昌善島」에서 보다 구체적으로 나타나겠지만 부산을 거쳐 창선도까지 이르게 된 동기 시인 자신의 삶의 태도가 가장 잘 나타나 있다.

　이 작품은 제목부터 파격적이다. 「바위야 어쩌다가 바위야」가 아니고 반복하는 호격 조사는 '바위여'로 되어 있다. 당당한 호격 조사 '－야'에 비하여 '－여'는 어딘가 서러움의 정서가 이입되어 있다. 말하자면, 창선도에서의 삶의 이중적 모습을 드러내고 있다. 지금까지의 삶에 비하여 경제적으로나 정신적으로 안정되어 있지만, 그러나 타향 창선까지 흘러온 삶의 역정에 대해서 그렇게 탐탁하게 생각하지 않는 태도가 은근히 나타나고 있다.

　이 작품은 시간의식 보다 사물의 존재 양태에 대하여 사유한 결과이기도 한 공간의식이 작용하고 있다. '바위'라는 사물이 자기의 존재 양태의 특색을 망각하고 몸부림치고 행동하고 청산과 뻐꾸기 오는 봄이 오면 나팔을 물고 멸치 춤추는 바다로 행진해 보고자 한다. 그렇게 되면 바닷물이 놀라 진달래 피는 산으로 올라가는 사태까지 벌어질 수도 있는 것이다. 오랜 세월과 깊은 사유 끝에 바위는 돌에 속한다는 것을 깨닫게 되면 지금까지 혼란한 질서가 회복되는 것이다. 특히, 그러한 바위로서의 자각이 분명히 나타나 있는 것이 마지막 연이다. 바위는 하늘이 무너지고 땅이 꺼져도, 그리고 세월이 무수히 흘러가고 묵묵히 앉아 있어야 제대로 존재 의의를 획득한다고 보고 있다. 따라서 어쩌면 동기 시인의 삶의 자세가 바위처럼 묵묵히 기다리는 삶이었을 것 같다는 생각이 든다. 바위처럼 묵묵히 기다리는 삶, 그러나 이 때가 동기 시인에게는 가장 편안하고

桃源境 같은 유토피아 지향적 삶이라는 그 자신의 자각은 창선도를 떠나면서 창작되고 진주 정착 초기에 발표된 다음과 같은 작품에 잘 나타나 있다.

白鷗야 껑충 날지 마라 네 잡으로 내 아니 간다.

노래 소리가 들려 온다.

이 곳은 푸른 꿈이 피는 桃源境

바다에서 떠오른 太陽이,

내 그림자를 물결에다 세워 놓고.

구름이 머물은 山 너머로,

굴러간다.

杜鵑새가 봄을 不如歸로,

울고 울다가

어이! 봄바람을 따라갔는데,

山菊花 다시 香氣를 피워,

내 가슴 傷한 흔적에다

한층, 가을의 恨을 맺게 하나뇨.

유자나무가 있는 山기슭에 돌비가 섰다.

○○○恤民善政碑

○○民人築立

이라고, 刻해 놓은 글字에 이끼가 덮혔고.

옛적에는 돛단배를 臺灣海峽에도 갔더란 蒼波萬頃에,

이 날의 自由를 부르는 風浪 소리가 높으다.

白鷗야 놀래지 마라.

過去와 未來가

明暗을 反芻하는 位置에서

靑春인들 가고 오고.

-「流配地의 섬-昌善島」 1959. 2, 《自由文學》

이 작품은 전집에 그 발표 시기가 잘못 되어 필자의 지난 경남문학관 발표[15]에서 혼란을 초래한 작품이다. 전집 목록에 발표지면이 《自由文學》이고 1955. 9. 2라고 되어 있어, 마치 창선도에 정착하자마자 창선도를 제재로 하여 작시한 후 서울에 투고한 것으로 착각하였으나 《自由文學》은 그 당시 창간되지도 않았다는 점에서 발표지면을 확인한 결과 1959년 2월호가 잘못 작성되었다는 것을 알 수 있었다. 《自由文學》은 1956년 6월 1일 자유문학가협회의 기관지로 창간되었다. 1960년 6월 통권 39를 낸 후 범문단 문예지로 바뀌었고 김광섭 시인이 판권을 인수하여 주간이 되었다. 그러나 운영난 때문에 1963년 4월 30일 통권 71호로 종간되었다.

따라서 동기 시인은 1959년 2월호 자유문협 기관지의 막바지에 이 작품을 발표하였던 것이다. 1958년 9월 30일 창선도를 떠났으니, 창선도를 떠나면서 쓴 마지막 작품이 바로 이 작품일 것이라는 생각이 든다. 이 작품과 관련된 필자의 개인적인 기억은 동기 시인은 창선도 시절, 남해도와 창선도에 대한 풍광 소개의 글을 문예지에 특집이 마련되면 의례히 기고

---

15) 양왕용, 「허무주의 사상을 신념화 한 후의 시작 행위」, 제5회 경남작고문인 문학 심포지엄, (2005. 10. 22, 진해 경남문학관 세미나 실에서 발표)

하였다.[16] 그리고 이 작품은 일어판 재일 교포 잡지에 일어로 번역되어, 그것을 동기 시인이 필자가 동기 댁에서 하숙하던 고교시절 필자에게 보여주면서 기뻐하시던 모습도 생각난다.

이 작품의 첫째 연 '白鷗야 껑충 날지 마라'의 노래 소리는 필자의 고향 창선 사람들이 바닷가의 갈매기를 보면서 술에 취하고 흥에 취하여 자주 부른 민요이긴 하지만 동기 시인이 술자석에서 자주 낭송했던 자작시의 구절이기도 하다. 그에 얽힌 해방기 진주에서의 에피소드는 많다.[17]

말하자면 이러한 자기 자신의 삶이 투영된 작품이 바로 이 작품이다.

이 작품은 앞의 작품과는 달리 갈등과 서러움의 정서가 심하게 보이지 않는다. 창선도를 桃源境 즉, 유토피아로 인식하고 있다. 아나키즘의 입장에서 보면 유토피아 지향성의 대표적인 작품이 바로 이 작품인 셈이다. 물론 넷째 연 '山菊花 다시 香氣를 피워,/ 내 가슴 傷한 흔적에다/ 한층, 가을의 恨을 맺게 하나뇨.'에서는 다소 서러움의 정서가 이입되어 있으나 다시 후반부에서는 시적 화자의 자유의지까지 객관화하고 있다. 이렇게 그는 창선도 생활을 마감하면서 유토피아 지향성을 만끽하였다.

3) 다시 진주 시절의 시

앞의 표에서도 알 수 있듯이 그는 60대로 향하는 50대 후반부터 70대까지 정렬적으로 창작하였다. 말하자면, 노년기로 접어들면서 그의 작품 활동이 더욱 왕성해진 것이다.

요즈음은 나이 많은 문인들도 많지만 1960년 당시는 60대 현역도 흔하지 않던 시절이다. 이러한 동기 시인의 작품 활동에 대하여 조연현은 동기 시인의 단독 시집으로는 처음인 시집 「太陽이 미끄러진 氷板」(서울文

---

16) 이경순, 「南海의 抒情」《自由文學》, 1958, 8), pp.76−78
17) 이명길, 앞의 글(앞의 책), pp.478

化堂, 1968) 서문에서 다음과 같이 언급하고 있다.

「동기 이경순 선생은 작년에 회갑을 맞은 우리나라에서는 드문 60대의 현역 시인의 한 사람이다. 60을 넘기고서도 20대의 청년처럼 열심히 시를 쓰고 있다는 것은 얼마나 반가운 일인가!

…중략

어떤 때는 조용한 서정 속에서 스스로를 달래고 있는가 하면 어떤 때는 총 맞은 황소처럼 어딘가를 향해서 달리려고 한다. 어느 것이 선생의 참 모습인가를 가릴 수 없는 그러한 정신의 기질은 오히려 선생의 참 모습인지도 모른다. 그러한 의미에 있어 이 60대의 노인은 아직도 청년이며 그러한 젊음이 선생으로 하여금 60대의 현역 시인이 되게 하고 있는지도 모른다.」[18]

조연현은 이 서문 말미에서 이 처녀 시집이 마지막 시집이 될 지도 모른다고 염려하면서 슬퍼하고 있지만, 동기 시인은 조연현의 격려처럼 이 이 시집을 내고 더욱더 70대 80대 노인으로 왕성한 시작 활동을 하였고, 앞에서 밝힌 것처럼 후배들의 도움으로 진주지역 최초의 문예 진흥 기금 수혜자가 되어 제 2시집『歷史』, (서울 學藝社, 1976)를 발간하였다.

60년대의 작품 세계는 앞에서 조연현이 밝혔듯이 서정성이 짙은 작품과 초기부터 지속되어 온 아나키스트로서의 허무주의 경향으로 나눌 수 있다.

①

測候臺 위에는 旗가 없다.

물어본들 답이야 있으랴!

---

18) 조연현, 서문, 『東騎 李敬純 全集〈詩〉』, 서울 자유사상사, 1992, pp.51

무지개가 그리어지고 노을이 타오른다. 이 허공은 볼수록 자꾸 멀기만 하고 고독
은 가슴에 안기어 날개가 돋는다.

…이렇게도.
'나서 살다 가기로손'
늦고도 일찍한 시간의 사이였다.

위에서 아래로 빗방울이 떨어지고.
저편에서 검정 두건을 쓴 사나이가 안테나 선을 타고 네모난 지붕 건너 온다.
…그만큼.
'굶주린 탓이라고'
라디오가 빈곤을 합창하면.

逮捕令에 싸이렌이 운다. 放送局 막은 내렸다.
오늘은.
흩어진 구름장 그 너머로 파아란
하늘.
해가 솟아
달이 간다.

그것! 그 날이 測候臺 休日이었다.

-「氣象圖」, 1962. 4, 《자유문학》

②

산이 걸어온다.

모두들 버투고 밀어도.

바위가, 나무가, 흙덩이가

강을 건너

태산은 가다

억만년, 그대로 거기에 놀리고 앉았더니만…….

이제야. 끝없는 광야.

낮이 밤을 안고

태양은 공을 돈다.

멧새는, 돌아오는 계절 속에 노래를 묻어 버리고.

바람은, 흩어진 안개를 걷어쥐고 허(虛)를 흔든다.

아마도 이렇다. 길고 먼 세월이기도 하이.

멧새야 바람아.

강 건너 저편으로

그들의 깃발이 날린다.

이 날에도 거기에

'태산'이 높으구나.

- 「강 건너 간 산」 《진주예총》창간호 (1965. 11), 《문학》8호 (1966. 12)

작품 ①은 《자유문학》1962년 4월호에 발표 되었지만, 동기 시인이 아끼던 작품으로 1971년 한국현대시인협회가 창설되고 처음으로 엮은 『한국현대시선』에 동기 시인 자신이 선택하여 재수록한 시이다.

작품 전체의 표면적 의미구조로 볼 때 초기 작품에 비하여 의미 비약으로 인한 단절이 심하지 않다. 측후대 위에는 기가 없는데, 도적으로 짐작되는 검정 두건 쓴 사나이가 안테나 선을 타고 침입한다. 그 사내의 침입 원인은 굶주림 때문이다. 이렇게 넷째 연까지 파악해 볼 수 있다. 물론 둘째 연의 측후대 위의 하늘 풍경은 다소 환상적이며, 그의 아나키스트로서의 면모를 보이고 있다. 다섯째 연에서는 침입한 사나이를 체포하는 상황이 단편적으로 제시되면서 구름, 하늘, 해, 달 등의 자연이 제시되고, 측후대의 휴일 풍경에서 얻은 인식을 마무리 한다.

이렇게 그는 노년기로 접어들면서 다소 변모한다. 그러나 이 시기 작품의 제목들인 「氣象圖」나 「태양의 계도」(《현대문학》 1960. 3), 「太陽이 미끄러진 氷盤」(《세대》 1967. 5) 등의 작품 때문에 金起林의 시로부터 자유롭지 않다고 보아 1930년대 모더니즘과 연결시키는 시각도 있다.[19]

필자의 생각으로는 제목과 다소 문명비판적인 작품의 표면적 의미 구조 탓으로 그렇게도 볼 수 있겠으나, 김기림의 영향 즉, 영미모더니즘까지 동기 시인이 수용하였다고 보는 것은 그의 회고록이나 동경유학 시절의 교양 체험으로 볼 때 무리가 따르는 주장이다. 그의 작품세계는 아나키스트의 허무주의에서 온 프랑스의 초현실주의 지향의 광의의 모더니즘의 영향이며, 그의 시 제작 방법의 다다이스트적인 기법을 차용하고 있는 점 때문에 자연스럽게 시가 난해하여 진 것이라고 보아야 할 것이다.[20] 그러나 이러한 난해성도 원숙한 경지에 도달하면서 점점 사라진다.

---

19) 강희근, 「동기 이경순 시에 드러난 모더니즘 개관」, (동기 이경순 시인 탄생 100주년 기념문집, 『끝없는 광야, 깃발을 날린다』 2005, 진주문인협회, pp.165
20) 박철석 시인의 증언에 의하면, 경남상고 시절 교무실로 동기 시인을 찾아가면 시를 퇴고하는 과정에서 단어 바꿔 끼어 넣기를 하고 있었다고 한다.

②는 1965년 진주예술총연합회 기관지 《진주예총》의 창간호에 기고한 작품으로 그 당시 서울에서 창간된지 얼마 되지 않은 《문학》지 1966년 12월호에 재발표된 작품이다. 앞에서 인용한 부산 시절의 작품 「期約」처럼 한자어나 관념어가 배제된 작품이며 짙은 서정성을 가지고 있다.

물론 '산이 걸어 온다'는 첫 연부터 사물에 대한 당돌한 인식을 하고 있지만, 태산의 움직임을 인위적으로 저지하려고 애를 써도 결국 시간의 흐름으로 어쩔 수 없이 그 태산은 강을 건너고 세월은 흘러 멧새와 바람 또한 변화에 어쩔 수 없다고 인식한다.

이 작품의 내포적 의미는 물론 시간의 흐름에 따른 변화의 무상함이라고 볼 수 있다. 그러나 이러한 경향과는 거리가 먼 화자를 내세워 서정성과 객관적 상관물로 형상화하고 있다는 데서 돈키호테처럼 질풍노도하지 않는 측면을 다른 하나의 경향으로 내세울 수밖에 없게 된다.

다음의 작품들은 그가 시기별로 가장 왕성한 66편의 작품을 발표한 70년대의 작품이다. 그는 60년대 중반 그의 본적지이기도 한 상봉서동 대로변의 비교적 넓은 집을 처분하여 그가 임종을 거둘 때까지 기거하는 봉곡동 374번지 골목 안의 조그마한 집으로 이사를 한다. 말하자면 점점 가난이 쌓이는 적빈의 길을 걷게 되는 것이다. 이러한 환경 속에서 그는 왕성한 작품 활동을 하는 것이다.

이 시기에 그는 앞에서 살펴본 대로 64년 경남문화상에 이어 1977년 부산의 눌원문화상을 수상하고 제 2시집 「歷史」(1976)를 발간하고, 1978년 대한민국 문화예술상까지 받게 된다. 이러한 시집 발간과 수상은 그의 적빈의 탈출을 위한 후배 문인들의 노력이기도 하였지만, 결코 70대 노시인에 대한 공로상적인 성격만은 아니었다.

활발한 현역 시인, 그것도 여러 가지 실험적 경향과 전위적인 사물 인식의 결과에 대한 문단의 평가라고 보아야 할 것이다.

①

구름에서 내려온다.

비비비비비비비비비

비비비비비비비비비

빈가지에푸름이피고,

비비비비비비비비비

비비비비비비비비비

애타는가슴을적시고,

비비비비비비비비비

비비비비비비비비비

물 위에로 흘러간다.

-「비」, 1972. 7, 《현대문학》

②

왼종일

비바람이 불더니

등 뒤에 바위가 업힌다

무겁다

차갑다

아프다

슬프다

머얼리,

걸음마다 사슬 소리!

걸음마다 사슬 소리!

벗어 던지려고 하자

발길이 비틀거린다.

내일은.

─ 「歷史」 1973. 9. 2, 《동아일보》

③

돌아왔구나

눈이 껌벅인다

노오란 하품 소리

江을 출렁거리고 흐르는 물결

山을 넘고 나는 구름

熱風에 섰노라면

먼지 섞인 생각에 머리가 근지러워

비늘 벗은 손을 흔들고

죽음의 아픔을 긁어 던진다.

─ 「熱風 10號 ─ '삶'」 1980. 4, 《시와 의식》15호

①은 동기 시인의 작품 가운데 가장 다다이스트적이고 포말리즘적 의도로 쓰여진 작품이다. 이 작품에 대한 정치한 분석은 시집 『歷史』가 발간된 1970년대 후반 당대에 김춘수에 의하여 시도된 바가 있다.[21] 그는 동기 시인의 시집과 파성 설창수 시인의 시선집 『개폐교』에 대한 서평 형식으로 비교적 길게 집필하고 있다. 이곳에서 동기 시인의 작품 세계를 '소외자의 영탄'이라고 규정한다. 사실 이 작품은 지금은 가로 편집 체재로 옆으로 '비'자가 나열되어 있지만 발표 당시는 세로 편집 체재였기 때문에 빗방울이 떨어지는 모양 그대로를 묘사한 듯이 포말리즘적이고, 독일의 구체시를 연상시키는 작품이며, 70대로 접어드는 노시인에 의하여 그 당시의 대표적 문예지에 발표 되었다는 점에서 그 당시에도 충분한 주목을 받았다.

그런데 철저하게 구체시 지향적이 아니라는 점에서 오히려 동기 시인의 특징인 시간 의식의 무상함이 나타나고 있다. 첫째 연이기도 한 '구름에서 내려온다' 라는 행과 둘째 연의 '빈가지에푸름이피고', '애타는가슴을 적시고' 등의 의미 개입 행과 마지막 연인 '물 위에로 흘러간다' 라는 부분이 바로 그러한 부분이다. 비 내리는 광경을 바라보는 시적 화자 즉 70을 목전에 둔 노시인은 비의 생성과 흘러감 뿐만 아니라 비가 자연을 소생시키는 점과 인간의 정서까지도 자극함을 한 행씩 서술함으로 형상화시켰다. 그리고 마지막에는 다시 물이 되어 흘러간다는 사물의 순환원리까지 제시하고 있다.

②는 그의 제 2시집 제목이 된 작품이기도 한데, 이 작품 역시 김춘수에 의하여 해석되었다.[22] 그는 동기 시인의 역사 인식은 결코 역사주의적 입장이 아니라고 보고 있다. 그리고 역사를 시적 주제의 알레고리로 취급

---

21) 김춘수, 「소외자의 영탄과 의지의 알레고리 - 동기와 파성의 시 세계」, 《현대문학》 1977. 4 발표, 김춘수 시론전집 Ⅱ, 서문, 현대문학사, 2004), pp.79-95
22) 김춘수, 위의 글, (위의 책), pp.81

하고 있는데 지나지 않는다고 보았다. 필자 역시 공감하는 바이다. 마치 시지프스의 고뇌와 같은 삶을 형상화한 것이 바로 이 작품이다. 동기 시인의 적빈 속의 시작 행위는 바로 이러한 고통이었던 것이다.

그 자신의 삶에 대한 고통과 허무를 역사라는 거대한 관념으로 거시화한 작품이 바로 이 작품이다. 그에게 있어서 삶은 무겁고, 차갑고, 아프고, 슬픈 것이었다. 그리고 벗어던질 수도 없는 숙명인 것이다. 이러한 개인적 고통을 보편화시킨 시인의 능력에 새삼 놀라지 않을 수 없다.

③은 그의 유일한 연작시 「熱風」1號 ~ 10號 가운데 하나이다. 그는 이 연작시를 첫 작품은 번호 없이 부산의 《국제신보》(1972. 5. 19)에 발표한 후 그 이후 제목 속에 번호를 붙혀 《현대문학》, 《현대시학》, 《주간조선》, 《문예중앙》 등에 발표한다. 마지막 작품 10호는 《시와 의식》에 1980년 4월 30일에 발표한다. 그리고 8호까지는 시집 「歷史」에 수록하였지만, 9호와 10호는 그러지 못하고 말았다.

이 연작시를 통한 지속적 관심은 시간의식이다. 그는 8년 동안 이 연작에 매달렸는데 그의 시간의식은 ③의 작품에서처럼 삶에 귀착된다.

이 작품은 연작 가운데 유일하게 '삶'이라는 부제가 붙은 작품이다.

먼 인생길을 돌아와 열풍처럼 살아온 삶은 먼지 섞인 생각으로 인하여 머리가 근지러워 지는 것이다. 말하자면, 이 세상의 온갖 고뇌는 그의 삶에는 정말 쓸모없는 것이다. 그리하여 이 시의 화자이자 시인인 그는 죽음 의식과 만나는 것이다.

70대도 중반으로 달려가는 동기 시인의 죽음 의식은 절망과 아픔이라기보다 둘째 연처럼 강물의 흐름과 산 위를 넘는 구름처럼 시간의 무상함으로 형상화 될 수밖에 없었던 것이다.

다음으로 1983년부터 시작되는 투병 생활 전후의 작품에 대하여 살펴보기로 한다.

①

南風 부는 날.

광주리에 실려 온 닭

물 한 모금 마시고

황혼의 江을 건너가나

내일이면

어느 하늘을

쳐다볼까!

너로 하여

여기에 머물 수 없는

오고 감이 無常도 하여.

−그 할머니 닭 한 마리 광주리에 넣어 들고 팔러 가다.−

−「無常」 1981. 10, 《현대문학》

②

나는

왜?

여기에 와 섰나!

뒷

동산 石佛 앞에

긴 세월을 휘어잡고

念珠를 계산한다.

뒤으로

비바람이 스쳐 가고

가슴에 출렁이는

바다.

하늘이 떠돌아.

들고 나는 물결에

曼陀羅를 새긴다.

-「曼陀羅」 1984. 12, 《월간문학》

① 역시 앞의 작품 「熱風 10號」의 연장선상의 작품이다. 할머니가 팔러 온 닭 한 마리 속에서도 인생의 무상함을 발견하는 것이다. 이 속의 닭은 70대 노구를 이끌고 진주 시내의 여러 모습 속에서 시적 제재를 찾는 동기 시인에 포착된 사물이고 동시에 그 자신의 객관적 상관물일지도 모른다. 이 작품에서는 시적 긴장감이나 의미의 비약이 과격하지도 않다. 그러나 닭을 바라보는 시인의 허망한 모습이나 그 닭과 동일성을 획득하는 측면은 그가 지속적으로 추구해 온 아나키즘의 종착역이기도 하다.

②는 병상에서 투병 중에 발표된 작품으로 작고하기 5개월 전에 발표한 마지막 작품이다. 그리고 이 작품은 그가 작고하기 직전 부산일보에서 기획한 「元老 예술인을 찾아서 30」의 첫 머리에 그 당시의 문화부 기자 이진두에 의하여 인용되기도 하였다.[23] 동기 시인이 80 평생을 불교의 우주

---

23) 李鎭斗, 「元老 예술인을 찾아서, 시인 이경순 1」, 1985. 2. 8, 《부산일보》 7면

법계의 온갖 덕을 망라한 것이라는 뜻의 만다라를 제목으로 형상화하고 있다. 만다라는 법화로 형상화 될 때에는 치밀하고 복잡하다. 그러나 이 작품「만다라」에서는 뒷동산 석불 앞에 선 단순하기까지 한 시적 화자 즉, 시인의 모습이 형상화된다. 뒷편으로는 비바람이 스치고 출렁이는 바다까지 보이는 뒷동산 석불 앞에서의 동기 시인. 그러나 만다라라는 복잡한 그림을 그리는 것은 이 작품의 표면적 의미로 볼 때에는 시적화자 즉, 시인이 아니다. 하늘일 뿐이다. 비바람과 출렁이는 바다로 일관된 인생에서 만다라를 그리는 것은 하늘인 것이다. 말하자면, 시인 자신의 의지대로 살아온 삶이 아니라, 세월의 무상함 속에서 현실보다는 바람과 산과 강 그리고 하늘의 뜻에 의지하여 살아온 시인의 모습이 바로 삶에 대한 최후의 결론인 것이다.

4. 결 론

東騎 李敬純 시인의 삶과 작품 세계를 살펴보았다. 그의 삶, 특히 현실적 삶은 그의 가족 특히, 첫 번째 부인에게서 출생한 외아들과 그 자녀들에게 무책임하기까지 한 아버지와 할아버지로 인식될 수 있을 것이다.

그러나 그는 혈육 한 사람 없이 오로지 시인의 뒷바라지에 평생을 보낸 두 번째 부인과 적빈의 생활 속에서 진주문인들의 존경과 사랑을 받으면서 시작 행위 하나에 매달렸다. 그리고 비록 명예와 재물과는 거리가 먼 시인으로서의 길이었지만, 그의 작품에 대하여는 이미 당대에 권위 있는 문학상 수상으로 평가를 받았다.

그러나 지나치게 난해하다는 작품 세계에 대한 통념으로 동기 시인에 대한 연구와 조명은 활발하지 못했다.

필자가 살펴본 바에 의하면, 그의 초기 작품에는 아나키즘의 기법적 구현인 초현실주의와 다다이즘을 적극적으로 수용한 일면이 있지만 한편으로는 생득적인 삶의 무상함이 바탕이 된 오성의 세계[24]를 지속적으로 가장 원초적 자연인 강, 산, 바다, 바위, 구름 등을 통하여 서정적인 인식으로 형상화한 많은 작품이 있다. 특히, 60대 이후부터 다다이즘과 초현실주의를 트레이닝한 현대시로서의 긴장감을 잃지 않으면서도 서정성을 획득한 많은 작품을 창작 하였다. 비록 지면 관계상 그러한 작품에 대한 정치한 해석을 많이 하지는 못하였지만, 한국 현대시사의 성과와 결실로 평가되고 계속 연구되어야 할 것이다.

---

24) 이경순, 그때 그 시절(앞의 책) pp.393

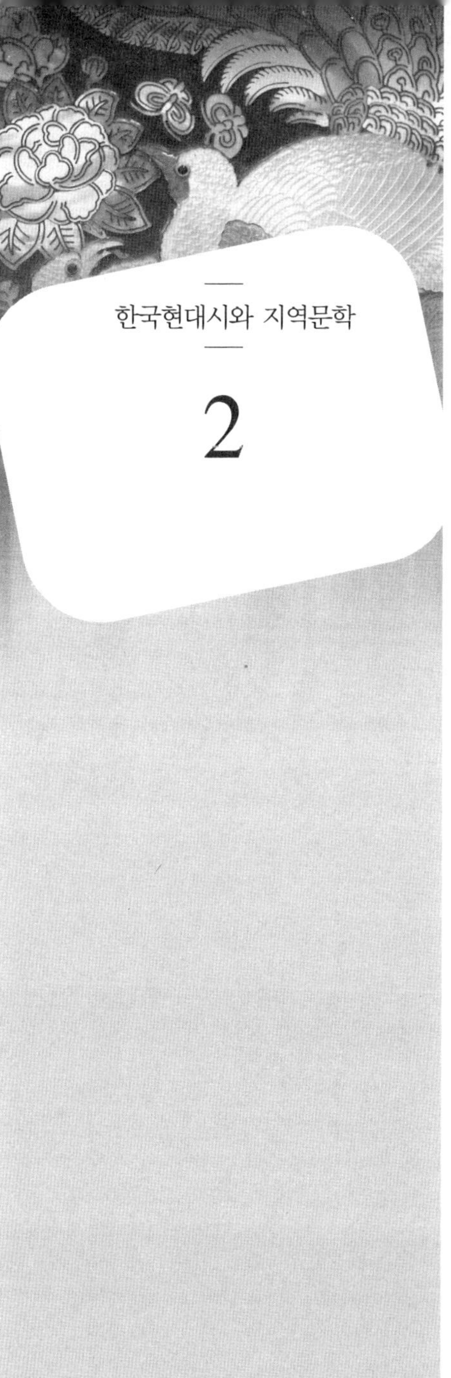

한국현대시와 지역문학

2

격동기의 중진들과 문학청년들의 활발한 시작활동
– 해방기와 전쟁기의 부산시단

1. 시대적 상황과 시단의 개관

1) 해방과 부산시단

부산은 일제강점기에 성장한 도시이다. 조선조말 외부세력과의 복잡한 상황이 전개되다가, 결국 1876년 2월 27일 일본과 맺은 강화도 조약(일명 병자수호조약)과 더불어 개항한 부산은 비록 종속적인 관계였지만, 일본과의 활발한 교류로 국제 무역항으로 점차 변하여 간다. 그러다가 일제강점기의 중반기라고 할 수 있는 1925년 획기적인 전환점을 마련하게 된다. 1924년 2월 초 조선총독부가 진주에 있던 경상남도 도청을 부산으로 옮긴다고 발표한 이래, 진주를 비롯한 서부 경남 지역 주민들의 강력한 반대에도 불구하고 1925년 4월 17일 부산의 도청 신청사 광장에서 도청 이전식을 거행하게 된다. 따라서 이 때부터 항만도시와 행정도시의 기능을 겸하여 가지게 된다. 1925년부터 1945년 8월 15일 해방을 거쳐, 박정희 군사정부 시절인 1963년 1월 1일 부산직할시로 승격되기까지, 경상남도의 도청소재지와 6·25사변기에는 임시수도로 발전에 발전을 거듭했던 것이다.

해방직후부터 대한민국 정부가 수립되기 전인 1948년 8월 14일까지는 경남도정과 부산시정을 미군들이 장악하여 도지사는 미군 준장이, 시장은 미군 소령이 임명되고, 그 밑에 부장과 과장은 한국인이 기용되었으며, 각 부서에 미군을 고문으로 두었다. 말하자면, 이 시기는 통역정치 시대였던 것이다. 그러나 이 시기의 부산은 일본인의 철수기지였고 귀환 동포들이 해방의 감격을 안고 귀국하는 항구였다. 미군정 치하에서도 교육, 언론, 상공계 등은 비교적 활발하게 움직였으나, 예술계, 특히 문인들의 조직적 활동은 뚜렷하지 않았다. 정치계는 좌우익 대립이 심각하여, 1947년 해방 후 두 번째로 맞은 3·1절 기념식이 좌우익으로 분리되어 거행되고, 좌익 계 기념식이 열린 충무동 광장에서 경찰이 발포하여 6명이 사망하고 9명 이 다친 사건이 발생하였다. 그 결과 1947년 광복 2주년 기념식은 좌우익 충돌로 행사 자체가 중단되기도 하였다.

이 시기의 사회현상으로 특별히 기억할 만한 일은 1946년 5월 2일 부산 항 우암동 앞 바다에 정박한 중국 귀환동포의 귀환선에서 유입된 콜레라 가 결국 부산을 위시한 경상남도 전역으로 확산되어 1500명이 넘는 사망 자를 내었고, 전국적으로 확산된 후 그 해 11월 첫 추위로 그 기세가 꺾 일 때까지 경상남도는 1만여명이 숨졌고 전국적으로 3만여명이 죽었을 것 으로 보아졌으나, 경상남도의 공식집계는 1천 5백 27명에 지나지 않았다. 그 당시의 행정상태와 통계의 부정확성을 반영한 숫자이다. 미군정청 군 인들은 대부분 전투요원이었기 때문에 방역활동도 전개하지 못했고 진성 콜레라 여부를 확인할 때까지 대처하지 못해 사망자가 훨씬 늘어난 것이 다. 언론계는 난립한 신문사 가운데 일부 신문사가 좌익계를 대변하여 미 군정정 포고령 위반으로 무기정간 처분된 사례도 있었으며, 교육계도 좌 우익으로 다소 대립되었다.[1]

---

1) 崔海君, 『부산 7000년 그 영욕의 발자취』, (지평, 1997) pp.21~85 8·15광복 미군정기 참조.

이 시기 서울의 중앙문단은 좌우익이 각각 문인단체를 조직하여 대립하였으며, 그 조직 면에서는 좌익이 우세하였으나, 결국 미군청 당국이 공산당을 불법화하면서 좌익 단체의 활동이 규제되고 핵심인물들이 월북하는 사태로 발전하기까지 하였다. 그러나 부산의 문단에서는 정치계나 언론계, 교육계 등에 비하여 좌우대립의 양상이 심각하지 않았다. 일부 시인들의 사회주의적 경향의 작품이 보였으나 조직적인 대립은 없었나. 따라서 문인들 사이의 극단적인 이질감은 조성되지 않았다.[2]

이 당시 서울에서 발간된 문예지는 1945년 12월 월간지로 창간하여, 1950년 5월까지 중간 중간에 결간한 결과 통권 22호를 발행한 《白民》지가 있었다. 이곳에 1945년 해방이후부터 1950년 6·25직전까지 경남여중 미술교사로 있으면서, 소설을 습작한 吳永壽(1914~1980)가 시를 두 편 발표하였다. 그리고 6·25 사변 직전인 1949년 8월 1일 창간되어, 피난시절에는 부산에서 전시판을 발간하기도 하다가 환도하여 1954년 3월호까지 통권 21호를 발간한 《文藝》지에 6·25직전 孫東仁(1924~1992)이 3회 추천 완료하여 시인으로 데뷔하였다.

오영수의 경우 《白民》지 1948년 10월호(통권 16호)에 시 「山골 아기」 1949년 5월호(통권 19호)에 「六月의 아침」을 발표하였다.

《白民》지에는 추천제도가 없었기 때문에 유망한 신인으로 인정받아 두 편의 시를 발표한 것 같다. 그는 49년 1월 서울신문 현상모집에 소설 「머루」가 입선되면서, 소설가로 전향하였다. 손동인의 경우 《문예》지 1949년 4월호에 「누님의 무덤가」에, 1950년 5월호에 「산골의 봄」 1950년 6월호에 「離別」로 추천완료되었다. 그러나 金泰洪, 安章鉉과 함께 발간한 3인 동인지 《詩門》(1954)에 소설을 발표하면서 소설가로 전향하였다. 따라서 이 두 사람은 그 뒤에는 부산시단에 크게 기여하지는 못하였다.

---

2) 金重河, 「해방공간의 부산문학」(《釜山市史》 제4권, 제2장, 문화예술, 제1절, 문학, 부산직할시, 1991) pp.149-150.

2) 6·25사변과 피난문단

　부산이 주목받기 시작한 것은 1950년 6월 25일, 6·25사변이 발발하여 서울의 피난민이 부산으로 몰려오고, 대전으로 대구로 전전하던 정부가 8월 18일 부산으로 옮겨와 부산의 임시수도 시절이 개막된 때부터이다.

　물론 맥아더 장군의 인천상륙작전 성공과 더불어 그 해 10월 정부도 일시적으로 복귀하였으나, 51년 1·4후퇴로 인해 다시 정부는 부산을 임시수도로 삼고 피난했다. 1953년 7월 27일 휴전협정 성립 전부터 단계적으로는 서울로 옮긴 정부가 국회까지 완전히 환도한 것은 53년 9월 16일이었으니 50년 8월부터 53년 9월까지는 임시수도 시절이라고 볼 수 있다.

　이 시기 부산은 대구와 더불어 피난문단의 중심지가 되었다. 전국의 문인들이 부산으로 몰려 왔으며, 대전에서부터 조직한 '文總救國隊'라는 종군문인단이 조직되어, 육·해·공군의 정훈국에 소속되어 활동하게 되었다. 육군과 공군의 종군 문인단은 51년 5월 1·4 후퇴 때 대구에 자리잡았으며, 해군 종군문인단은 바다를 끼고 있는 특성상 부산에 자리잡았다.

　이 때에 대구와 부산의 지역문인들은 자연 중앙 문인들과 어울려 종군 문인단의 일원이 되어 활동하게 되고 생활의 여유가 있던 문인들 중에는 피난 문인들의 후원자가 되기도 하였다. 이렇게 종군 문인단을 중심으로 피난 대구문단과 피난 부산문단이 성립되었으며, 부산이 임시수도였던 관계로 많은 문인들이 몰려 있었다. 그 때 광복동 '密茶苑'을 중심으로 몇몇 다방에 주로 이들이 모여 환담도 나누고 원고도 쓰고 간혹 시화전도 열었다. 말하자면, 전쟁의 불안과 현실의 암담함 속에서 전시라는 특수 상황과 생활의 방편으로 종군문인단에 참여하면서, 다소 부진한 문학활동이지만 그 명맥을 유지하였다.

　이 시기의 상징적 사건은 시인 全鳳來의 자살이다.

　먹을 것도 없고 잠잘 곳도 없이 거리에서 거리로 헤매던 전봉래가 밀다원 뒷거리 스타 다방에서 '페노발 비탈'이라는 약을 먹고 '그리운 사람에게 보낸다'라는 유서를 남기고 자살한 것이다.[3] 그 당시 문인의 절망과 허무를 대변한 것이 그의 죽음이었다. 그의 자살로 문인들은 밀다원을 좇겨나 광복동의 다른 다방으로 남포동과 창선동의 다방으로 분산되었다. 그 가운데 대표적인 다방이 金剛다방이었다.

이 시기의 정황을 제재로 한 소설이 바로 金東里의 『密茶苑時代』이다. 따라서, 이 시기는 부산 지역의 독자적 문단은 형성되지 않은 시기였다. 그러나 피난 문인들과의 교류나 그들의 활동에 자극되어, 앞으로 활발한 문학활동을 할 발판을 마련한 시기였다.

2. 해방 이전부터 활동한 시인들의 특성

1) 柳致環과 부산시단

일제 강점기의 부산의 유일한 시동인활동인 《生理》지 발간을 주도한 유치환(1908~1967)을 우선 들지 않을 수 없다.

《生理》동인지는 1937년 1월 부산의 화신백화점 지점에 근무한 유치환의 주도로 창간호(국판 10면, 값 10원)를 발간한 이후 통권 5호까지 발간하였다. 동인은 유치환을 필두로 柳致祥, 張應斗, 崔上圭, 金玘燮, 朴永浦, 廉周用 등이다.

유치환의 경우, 해방 전에는 1935년 화신백화점 지점에 근무한 것을 제외하고는 실제로 부산에 거주하지를 않았다. 1937년 통영의 협성상업학교 교사가 되었으나. '생리'지의 주재는 부산에서 부산 사람들과 함께 하였다.

---

3) 李鳳九, 〈避難釜山文壇〉, (한국문인협회, 《해방문학20년》, 정음사, 1971) pp.106~111

1940년에는 가족들을 거느리고 만주로 이주하여 하르빈 근교에서 농장을 관리하다가 해방직전인 1945년 8월 귀국하여 통영에 정착하였다. 청마의 부인은 '문화유치원'을 운영하였고, 그는 김춘수, 윤이상, 전혁림 등과 함께 통영문화협회를 조직하여, 문화예술 운동을 하였다. 1945년 10월부터 48년까지는 통영여중 교사로 근무하였다. 6·25 사변 중에는 통영이 적치하에 들어가자 부산으로 피난하였으며, 문총구국대 조직에 참여하여 원산, 함흥 등의 동부전선에 종군하였다.

전쟁이 끝난 1953년 통영으로 돌아갔다가 이듬해에는 경남 함양의 안의중학 교장으로 취임하게 된다. 1955년부터는 경북 경주고교 교장, 경주여중, 대구여고 교장을 거쳐 1964년 경남여고 교장으로 전보되었다가 1966년 부산남여상 교장으로 자리를 옮긴다.

1967년 2월 13일 부산 좌천동 앞길에서 교통사고를 당하여 부산대 대학병원으로 옮기는 도중 사망하였다. 따라서 해방공간과 50년대의 주된 거주지는 부산이 아니었다. 다만 피난 시절 온 가족들과 함께 부산으로 거주지를 옮겨서 정착하였다.

靑馬는 1931년 《文藝月刊》 2호에 「靜寂」을 발표한 이후, 1937년 제 1시집 『靑馬詩抄』를 간행하는 등 활발한 작품활동으로 이미 해방이전 문단적 위치와 작품의 성과를 확립하였기 때문에 해방이후 부산과 경남지방의 신진시인들의 시집의 서문은 혼자서 도맡아 쓰는 위치였다.

특히 종군체험이 주된 제재가 된 제5시집 『步兵과 더불어』(1951. 9)는 부산으로 피난 와 있던 6·25 직전 서울에서 문예월간지 《文藝》를 낸 '文藝社'에서 낸 시집이다. 그는 1946년 이미 한국시인협회상을 받았다. 1950년에는 서울시 문화상을 받았으며, 부산과 경남지역의 시인이라기보다 한국의 시인으로 그 문학사적 위치를 확립했다. 해방 이전의 만주체험을 바탕으로 한 시편들을 중심으로 제2시집 『生命의 書』(행문사, 1947)를 간행하였으며, 여기에 수록된 「生命의 書」(1938. 1. 19. 동아일보)나 「日

月」(1939. 文章. 3호)같은 작품은 그의 허무의지를 자학적이면서 강렬한 남성적 어조로 극복한 시편들이다. 이 작품들은 첫 시집에 수록된 「깃발」(1936.《조선문단》)과 더불어 그의 대표작으로 평가되고 있다.

青馬는 그의 생애 동안 오랜 기간은 아니었으나, 세 번에 걸쳐 부산에서 정착하면서 거주하였다. 그 첫 번째가 일제 강점기의《生理》동인시절이고, 두 번째가 6·25 부산 피난시절(1950~53)이요, 마시막이 1964년에서 1967년까지의 그의 말년이다. 특히 말년은 부산문인협회 회장을 맡아 수고하다가 돌아간 것이다. 그는 거주할 때마다 부산시단의 실질적 주도와 정신적 지주 역할을 하였다고 볼 수 있다.

青馬의 50년대 작품세계를 살펴볼 수 있는 시집은 제5시집 『步兵과 더불어』(문예사, 1951)이다. 이 시집은 첫 시집과 제 2시집, 그리고 제 3시집 『鬱陵島』(행문사, 1948), 제 4시집 『日記』(행문사, 1949)등과는 또 다른 세계를 보여주고 있다.

청마의 경우 6·25사변 당시의 많은 종군시인들의 작품에 비하여 다르게 평가되어야 할 것 같다. 왜냐하면 이 당시의 많은 작품들이 종군이라는 특수 상황과 전쟁의 승리를 기원하는 뜻에서 행사시 혹은 지나친 반공시로 일관하는 경우가 많았으나, 청마의 경우 『步兵과 더불어』에 수록된 작품 가운데 그렇지 않은 작품이 많았기 때문이다.

여기 망망한 東灣에 다달은
후미친 한 적은 갯마을

지나 새나 푸른 파도의 근심과
외로운 세월에 씻기고 바래져

그 어느 세상부터

생긴 대로 살아온 이 서러운 삶들 위에

어제는 人共旗의 오늘은 태극기

關焉할 바 없는 기폭이 나부껴 있다

- 「旗의 意味」 全文

이 작품에서 旗 는 초기작 「깃발」에서의 깃발과는 또다른 의미를 가지고 있다. 순정이나 애수같은 비애를 느끼는 정서를 표상한 것이 아니라, 생긴대로 살아온 이 서러운 삶을 의미하는 깃발이 바로 6·25사변의 격전지에 나부끼는 깃발이다. 따라서 승리를 확인하거나 이데올로기로서의 깃발이 아니다. 오랜 세월 동안 이 작품의 시적 공간이기도 한 '후미친 한적은 갯마을'의 근심과 서러움은 파도가 거친 것과 외로움 때문이지 이데올로기의 대립이라는 거창한 상황과는 관계가 없는 것이다. 갯마을 삶도 옛적부터 생긴 대로 살아온 것이기에 人共旗와 태극기가 하루 사이로 교차된다고 하여 큰 사건일 수는 없는 것이다.

이렇게 이데올로기로부터 중립적인 태도를 가지고 있는 시적 화자의 태도는 갯마을 사람들의 서러운 삶에 대한 무한한 애정에서 기인한 것이라고 볼 수 있다. 이러한 삶에 대한 긍정적 세계관은 초기시부터 허무의식을 극복하고자 한 태도와 광복 직후의 민족의식을 바탕으로 한 것이다.

초기시가 역설적이고 격앙된 어조임에 비하여 이 작품과 같은 50년대의 작품에서는 난삽한 한자어도 많지 않고 오히려 한글로 된 어휘들을 사용하고 있다. 이러한 현상으로 인하여 담담한 어조와 여유있는 태도를 가지게 된다.

이 작품의 연장선상에서 파악하여야 할 작품으로는 ㉠「풀꽃과 같이」와 ㉡「東海」가 있다. ㉠에서는 적군의 시체까지도 인간적 연민으로 바라보는 화자의 태도가 극명하게 드러나 있고, ㉡에서는 마지막 行에 '아아 나의 조국의 어머니 동해여 동해!' 라고 격앙하면서 조국을 사랑하는 태도가 드러나고 있다.

이상과 같은 반공 이데올로기적 사유를 벗어나 인간에 대한 긍정적 세계와 조국애가 50년대 청마 시의 한 특징이라고 볼 수 있다.

2) 廉周用의 '文藝新聞'과 '文章'誌 데뷔시인 金洙敦과 鄭鎭業

《生理》동인으로 해방기의 부산시단에 기여한 공로가 큰 시인으로 廉周用을 들지 않을 수 없다. 그를 제외한 다른 동인의 경우 부산출신인 朴永浦(1913~1939)는 해방되기 훨씬 전에 이미 세상을 떠났고, 통영출신 張應斗(1913~1970)의 경우 1940년 4월 《文章》誌에 시조 「寒夜譜」가 입선되어 시조시인이 되었다.

다만 廉周用은 일제강점기인 1940년 靑馬와 같은 시기에 만주에 다녀왔으며, 해방과 더불어 귀국하여, 6·25사변 전 주간지 文藝新聞을 5년 동안 어려운 가운데 발간하였다. 이 지면을 통하여 그 당시의 젊은 시인들이나 고등학생들의 작품이 많이 소개되었다. 그러나 현재로는 文藝新聞의 보관본을 찾을 수 없다는 것이 안타까울 뿐이다. 여러 사람의 증언에 의하면 文藝新聞의 발간은 해방기 부산시단의 매우 뜻깊은 일로 평가되어야 할 것 같다. 그리고 이 신문사에서 개인시집을 여러 권 발간한 것도 큰 성과였다. 그러나 廉周用의 해방기의 작품들도 지금으로서는 찾아보기가 힘들다.

다음으로 1939년 5월 《文章》誌에 「召燕歌」, 「故鄕」이 같은 해 10월호에 「冬眠」, 「駱駝」가 鄭芝溶의 추천을 받은 金洙敦(1917~1966)에 대하여 주목할 필요가 있다. 그는 정지용에 의하여 추천기에서 혹평을 받기도 하였으나, '소박하고 고운시인'[4]이기 때문에 2회 추천을 받은 후 마지막 추천

---

4) 정지용, 「詩選後」, 《문장》, 1939, 10) p.179.

을 받으라는 격려도 불구하고 3회 추천을 받지 않은 시인이다.

그는 원래 마산 출신이었으나, 일본 나고야 중학을 졸업하고 귀국하여 마산 창신학교 교원을 지내다가 다시 도일하여 일본대학 高師部修身公民科를 3년 중퇴하였다. 해방이전, 서울의 경성인문중학교 교원이 되었으나 해방과 더불어, 1946년부터 부산에 머물면서 당시 중고교가 통합된 경남여중과 동래중학에서 교편을 잡다가 1950년 9월 경남진해고교교교사로 다시 1953년 마산제일여고 교사로 옮겨갔다. 따라서 그는 해방기와 6·25사변 초창기에 부산에 머물면서 제 1시집 『召燕歌』를 1947년 2월 廉周用이 주재한 문예신문사에서 발간하였으며, 제2시집 『憂愁의 皇帝』역시 부산의 대한문화사에서 1953년 2월 발간하였다. 53년 이후에는 마산문인협회 활동을 주도하다가 그의 자유분방한 삶과 병약함 때문에 1966년 7월 51세의 나이로 세상을 떠났다.

김수돈의 첫 시집 『召燕歌』는 해방이후 부산에서 발간된 최초의 개인시집이며, 공동시집인 『날개』-해방일주년 기념시집(조선청년문학가협회 경남본부, 1946. 8)에 이어 두 번째로 발간된 시집이기도 하다.[5]

이 시집의 서문은 당시 통영에 머물고 있던 청마가 썼으며, 장정은 김수돈과 같이 경남여중 동료 미술교사 吳永壽가 하였다. 5부로 나눈 이 시집은 《文章》추천작품을 비롯하여 26편에 달하였다. 시집 말미에 시인 자신의 후기가 있고 마지막으로 목차가 게재되어 있다. 300부 한정판으로 발간된 이 시집은 역시 동료 국어교사로 시를 쓰는 朴英漢이 정지용에 의하여 《文章》誌 추천사에도 지적한 김수돈의 약점인 맞춤법의 서툼을 고쳐주었다고 후기에서 밝히고 있다.

김수돈의 자유분방함은 부산시절에도 많은 일화를 남겼다. 그는 출근이 불성실하고, 일부러 남루한 옷에 장발을 하는 예술가 기질을 겉으로 드러

---

5) 김재홍 편저, 〈한국현대시어사전〉부록 현국현대시총목록(1921~1995)(서울, 고려대학교 출판부, 1997) pp.1129.

냈다. 동래중학 시절 신입생 교과서 대금으로 온천장 요정에서 밤새 술을
마시고 아침 출근시간까지 고주망태가 되어 거리에 서있는 우체통과 권투
시합을 했다고 한다.[6]

　따라서 이렇게 자유분방한 삶 때문에 생활자체는 가난할 수밖에 달리
도리가 없었다. 그러나 그의 精神은 제 2시집 제목처럼 '우수의 황제' 요
그를 일컬어 귀족시인[7]이라 시칭한 것도 이 때문이나. 그의 작품은 이러
한 精神세계를 반영하듯이 육신과 정신의 갈등구조가 그 주류를 이루고
있다. 물론 자유분방함 때문에 가난한 현실이 되었다고 볼 수도 있겠으나,
다른 입장에서 보면 그의 자유분방함은 이러한 현실과 이상의 고뇌에서
오는 돌출행위라고 볼 수도 있을 것이다.

　　　한 마리 가난한

　　　鶴이로다

　　　異邦의 낯선 風雪을 견디고 살며

　　　홀로도사리고 앉아 革命을 꿈꾸었노니

　　　歲月은 흘러가고

　　　진흙처럼 낡아버린 靑春이었다.

　　　惡의 거리 눈보라

　　　휘날리고

　　　대낮에 屍體가 腐爛하여

　　　구데기 기어들고

---

6) 이주홍, 〈貴族詩人 金洙敎〉, (한국문협지부, 《부산문학》5집, 작고시인특집, 1973. 8) pp.93~94
7) 이주홍, 위의 글, (위의 책) pp.93

時間과 歷史가

사로잡히여 나는 늙노니

이제 葬送曲도 없는 喪輿의 뒤를 딸는

喪主가 되어

嘲笑와 悲痛 사이에

섰노라

— 「自責之辯」 全文

　이 작품의 그의 제 1시집 『召燕歌』의 맨 마지막에 수록된 작품으로 시적 화자가 그의 경험적 자아와 일치되는 바가 많은 자화상적 요소가 있는 작품이다. 우선, 첫째 연에서 '한마리 가난한 학'이라는 은유의 보조관념은 바로 「自責之辯」이라는 제목과 연관시켜 볼 때 시인자신을 은유한 것이라고 볼 수 있다. 학처럼 고고하지만 가난하게 살아간다는 자기자신의 삶과 내면세계와의 갈등을 그렇게 표출하고 있다. 따라서 이러한 연유로 그를 비록 남루한 옷을 입기는 하지만 귀족시인이라 회고하였을 것이다. 그는 해방기를 지내면서 일제강점기에 보여준 「召燕歌」나 「故鄕」에서 보이는 소박하고 고운 모습을 거의 보이지 않는다. 실제로 그는 해방기에 좌파적 기질을 지니고 있었다. 그로 인해 경남여중 교사시절 경찰의 수배를 받았으며 그는 몸을 하루 하루 은닉하면서 방랑생활을 하였다. 이러한 기질을 미리 반영하고 있는 것이 둘째 연이다. 일본에서의 유학시절부터 그러한 기절이 있었다는 술회라고도 볼 수 있는 둘째 연에서 시적 화자는 혁명을 꿈꾸고 있다.

　넷째 연, 여섯째 연의 경우 암담한 현실을 반영한 것 같은 느낌도 든다. 이 작품은 사실 다른 지면에 발표된 흔적을 찾을 수 없으나, 첫 시집의 마지막 작품이라는 데서 여러 가지로 추론하여 볼 수 있다. 첫 시집의 1부는 《文章》誌 추천작 3편과 나머지 4편으로 구성되어 있다. 따라서 창작 순서대로 각부가 편집된 것이라 볼 수 있다. 1947년 2월 15일 발간한 시점에서 가장 가깝게 발표된 작품이거나, 1946년에 창작한 작품임을 추정할 수 있을 것 같다. 이렇게 볼 때 넷째 연과 여섯째 연의 경우 현실이나 세파에 대한 상징적인 표현이 아니라 바로 현실을 반영한 것이라 볼 수 있다. 1946년은 앞에서 밝힌 바와 같이 5월부터 귀환중국동포가 옮긴 호열자가 경남을 휩쓸어 1만명이 죽었고 전국적으로도 3만명이나 죽었다는 바로 이러한 현실을 반영한 것이라 볼 수 있다. 따라서, 해방공간에서의 그의 시는 정신적 고고함과 그의 호를 통해 알 수 있는 꽃을 좋아하는 사람 즉 花人(김수돈의 호)으로의 면모나 여자와 술을 탐닉하는 탐미주의자로서의 기질이 크게 엿보이지는 않는다. 물론 둘째 시집부터 그의 만년까지의 작품 속에서는 꽃과 여인을 탐미적으로 사랑하는 기질이 나타나고 있으나, 해방기에서는 그러한 세계가 작품 속에서는 드러나지 않는다. 아마, 이러한 까닭은 해방공간에서의 우리 민족 전체가 어려운 삶을 살았고, 특히 1946년 자체가 비참한 현실이었기 때문이었을 것이다.

일제 강점기에 작품을 선보인 사람으로 역시 60년대 이후 마산시인으로 알려진 鄭鎭業(1916~1983)을 둘 수 있다. 그는 경남 김해에서 출생하여 해방 전 평양의 숭실전문 문과에서 수업하였으며 일제 강점기에 학교 교사, 극단 황금좌 전속배우를 지냈고 해방직후에도 최초의 문예영화 海燕에 출연하였으며 6·25사변 이듬해인 1951년 수도 육군병원에서 주관한 영화 '3천만의 꽃다발'을 끝으로 배우는 청산하였다. 그를 해방이전에 데뷔한 시인으로 보는 까닭은 1939년 5월호 《文章》지에 단편소설 「카추사에게」가 추천되었기 때문이다. 그러나 그는 해방기인 1948년 서울의 詩文學社에서 제 1시집 『風葬』을 내면서 시인으로 전향하였다.

제 1시집 서문은 소설가 김정한이 썼으며 후기는 김용호가 썼다. 그가 부산과 인연을 맺었던 기록은 〈國際新聞50年史〉(국제신문사, 1997)[8]에 있다. 그는 6·25사변의 말기인 1953년 4월 1일부터 1954년 5월까지 국제신보 문화부장으로 있었다.

이 시절인 1953년 6월 15일 제2시집 『金海平野』를 피난 온 김용호가 주간으로 있던 남광문화사에서 발간하였다. 이 시집의 서문은 주간 김용호가 썼다. 그의 작품은 제1시집부터 그의 정렬적인 배우기질을 반영하듯이 현실에 대하여 비분강개하였다. 특히 해방공간의 어려운 현실을 격렬한 어조로 형상화시키고 있다. 그러나 제2시집에 오면 오히려 이러한 격렬성이 다소 가셔진다.

> 수나야
>
> 또 시장끼에
>
> 오소소 소름이
>
> 홍역처럼 비였구나.
>
> 그래도 네 눈에는
>
> 아름다운 노을이 탄다.
>
> … 중략 …
>
> 아빠가 없는 수나는
>
> 어른 부럽잖은
>
> 나의 말동무
>
> 겨울이면
>
> 벌써 어둔 밤이 한창일 때
>
> 아직도 서산 노을이 저렇게
>
> 너와 나의 심사모양

---

8) 〈국제신문사 50년사〉(1997) pp.657 부록 – 역대 임원 및 간부 명단

타고 있구나

시장기에 지쳐도

그림같은 네 얼굴

…(以下略)

– 「노을」 (『現代詩人選集(下)』, 1954)

화자가 아버지가 없는 어린아이 '수나'에게 말 건네는 어조를 지니고 있는
이 작품의 배후의 관념은 가난이다. 그러나 시적 화자 '나'나 청자인 '너(수
나)' 모두 가난한 심사는 일치하고 있다. 그럼에도 불구하고 '노을'이라는 아
름다운 자연과 연결시켜 어린 '수나'의 순수성에서 가난과 고통을 극복하려는
의지를 가지고 있는 작품이다.

이 작품에서 아빠 없는 수나는 현실적으로는 6·25사변 통에 아버지를 잃
고 일 나간 어머니와 떨어져 있는 소녀이고, 부성상실이라는 전쟁기를 상징하
는 보조관념도 된다고 볼 수 있다.

전쟁의 아픔 속에도 불구하고 '가난'이 마치 남의 이야기처럼 청자를 빌려
이야기하는 것도 이 시의 특색이다. 아마 이 때에는 전쟁의 와중이기는 하지
만 언론사 간부로 관찰자적 입장에 있었기 때문이었을 것이다.

그러나 그는 곧 마산으로 이주를 하게 되면서 그 자신이 가난 속에서 살게
된다. 마산 시절 시 속의 가난은 바로 시인 자신의 경험적 자아와 일치하는
가난이 되고 있다.

3. 해방기에 지역 신문과 지역문예지를 통해 활약하는 시인들

해방 이전에 문단에 공식적으로 데뷔한 사람은 아니라도, 연령적으로 해방
이전에 중등교육을 마쳤거나 전문학교나 대학을 중퇴하였거나 졸업한 사람들
이 해방이후에 주로 언론계와 교육계에 종사하면서 해방과 더불어 활발한 작

품활동을 한 것들에 대하여 살펴보기로 한다.

이들은 정식으로 등단과정을 거친 사람들은 드물었지만 지역신문과 지역동인지 등을 통하여 작품활동을 본격적으로 하고 있다.

1) 洪斗杓 시인 최초의 부산시 문화상 수상

逸影 洪斗杓(1904~1966)는 진주 문산면에서 지역 토호의 외아들로 출생하였다. 향리에서 초등학교를 마치고 서울의 중앙고보를 거쳐 일본 동경 시부야 농과대학을 중퇴하였으며, 대학 재학시에는 한인유학생 공동숙소인 '白痴舍'에 모여 진주시인 이경순과 소설가 이태준과 화가 김용준, 김진섭 등과 문학과 예술에 대한 열정을 불태웠다. 그의 모친이 15~16세 때에 가출하고 이로 인하여 부친이 별세하기 때문에 재산은 삼촌이 관리하고 있었으며, 대학을 졸업하기 직전 아버지가 남겨준 재산을 바탕으로 이상촌을 건설하기 위하여 귀국했다. 귀국하여 재산의 정도를 확인하였으나 삼촌의 허술한 관리와 시인 자신의 중앙고보와 일본 동경유학시절 학비로 다 들어갔다는 내역 공개로 삼촌과 갈등을 일으켜 유학도 마무리짓지 못한 채 실의에 빠져 있다가, 해방과 더불어 부산으로 이주하였다.

6·25 임시수도 시절에는 서울에서 피난 온 문인들과 교유하면서 吳相淳을 지극히 모셨다. 환도 직후 한국문인협회 부산지부장의 임무를 띠고 오랫동안 지방문화예술활동에 공헌하였다. 고향 친지인 진주 출신인사들의 도움과 그 자신의 주선으로 시인들의 시화전과 화가들의 전시회를 뒷받침하였다.

그는 일본에서 돌아와 가출했던 어머니를 모셔다가 12년간 같이 살았으나, 이로 인하여 본부인과는 고부간의 갈등으로 이혼하고 재혼한 부인 사이에 딸 하나를 두었다. 그는 직장이 없는 생활을 오래 계속하여 자연 술로 세월을 보냈으나, 문단에 기여한 공로로 1958년 제 2회 부산시 문화상을 수상했다.

제1회(1957) 수상자는 소설가 이주홍 이었으니, 시인으로서는 최초의 수상자가 된 셈이다 그의 수상은 작품의 성과보다 공로상의 성격이 강하였다고 볼 수 있으나, 주로 진주에서 발간한 《嶺文》誌와 50년대의 경상남도 도정 홍보지 《慶南公論》을 통하여 30여편의 작품을 발표하였다.

> 누구를 誹謗하는 朝笑이기에
> 한결같이 입가에 물거품을 뱉나뇨
>
> 유난히 툭 튀어난 두 눈을 굴리며
> 모든 것을 지키는 너의 바다의 護衛兵이뇨
> … 중략 …
>
> 옆으로 달리고 뒤로 걸음치는 傲慢한 너
> 때로 물밖에 나오는 太陽에 등을 쪼여
> 따스함을 느낄 줄 아는 너는 어느 바다의 異端者이냐
>
>   − 「바다의 異端者(蟹)」 1, 2연과 9연에서

'게'의 모습을 인용한 부분에서는 바다의 호위병(둘째 연), 이어서 등대수(셋째 연), 탐미자(넷째 연), 시인(다섯째 연) 등으로 은유하고 있다가, 마지막 아홉째 연에서는 인용한 바와 같이 이단자로 은유하고 있다. 게의 모습에 대하여 은유로 형상화하고 있으나, 보조관념의 배후에는 세태에 대한 풍자성이 들어있다. 즉 첫째 연에서 거품내는 모습을 누구를 비방하고 조소하는 것으로 본 점이나 마지막 연에서 게의 움직이는 모습을 오만하다고 인식한 것들이 바로 이러한 풍자성을 바탕으로 한 것이다.

이 작품 말고도 「새우」(《嶺文》8집, 1949.11)나 「소라껍질」(《嶺文》14집, 1956)과 같이 바다에 있는 생물을 제재로 풍자성 짙은 시를 지속적으로 쓰고 있다.

이렇게 현실을 풍자적으로 인식하게 된 점은 그의 불우한 청소년기와 안정되지 않은 생활과 관계가 있을 거 같다.

그는 작품 「나는 곰이로소이다」(《嶺文》15집, 1957. 11. 5) 끝부분에서는 시적 화자 '나'는 '이 세상에서/제일 못나고 어리석은 곰이로소이다' 라고 자조적인 독백을 하게 된다.

그는 생전에 시집 한권 가지지 못하였다. 거의 작품은 부산의 작고시인 특집으로 엮은 《釜山文學》제5집(한국문협 부산지부, 1973)의 맨 첫머리에 18편이 수습되어 있다.

2) 言論人 출신 세 시인 — 孫重行, 洪 原, 朴奴石

楓山 孫重行(1907~1973)은 경남 합천군 초계면에서 출생하였으며, 1927년 진주사범학교를 졸업한 후 초등학교 교사로 2년 반 동안 있다가 해방될 때까지 향리에서 농촌운동을 전념하였다. 그 때의 詩稿는 일경의 눈을 피하기 위해 시인 손수 불살랐다고 한다. 그는 해방 후 주로 부산의 언론계에 투신하여, 연합신문 이사(1949~42), 국제신보 업무부장(1952~53)을 거쳐 부산일보 편집국장 논설위원, 논설주간, 주필 이사 등으로 근무하였다. 그는 주로 부산일보의 사설과 칼럼, 촌평인 고정란 '東南風'을 집필하였으며 『東南風』은 1967년 저서로 묶어지기도 했다.

시는 부산일보, 문예신문, 대중신문 등에 발표하였으며, 특히 그가 편집국장 시절인 1954년 1월 1일자로 부산일보에 발표된 신년 송시 「푸른 하늘」은 휴전 이후 처음 맞는 새해의 모습을 언론인 출신 시인답게 막연히 희망차다고 표현하지 않고 휴전 이후 우리나라 山河의 참혹한 모습을 제시한 후 마지막에서 조국애를 강조하고 있다. 이러한 구조는 다른 시에도 찾아볼 수 있는 현상이다.

孫重行은 동년배의 다른 시인들에 비하여 비교적 오래 생존하였음에도 불구하고 한 권의 시집도 남기지 못한 것은 시인 쪽보다 언론인으로 산 것이 더욱 치열했기 때문이라 볼 수 있다. 그의 작품 역시 《釜山文學》제5집에 홍두표에 이어 두 번째로 8편이 수습되어 있다.

孫重行과는 대조적인 언론인 출신 시인으로 洪原(1907~1967)을 들지 않을 수 없다. 그는 창원군 웅촌면에서 출생하여 일본의 山口중학교를 졸업하였다. 그는 해방직후 이승만 계열인 독립촉성국민회 경남지부장이었던 김철수에 의하여 1946년 2월 25일 창산되었나가, 4·19 혁명직후인 1960년 6월 자유당 경남도당지부장을 지낸 사주의 정치노선 탓으로 독자들로부터 호응을 얻지 못하여 자진 폐간한 《自由民報》 창간 멤버로 참여하여 편집국장, 주간 등을 역임했다. 그는 손중행이 이곳저곳으로 신문사를 옮겼는데 비하여 폐간 당시까지 자유민보사에 근무하다가 퇴직하여, 67년 지리산 자락 전원소읍에서 작고했다. 자유민보의 초창기 멤버로는 아나키스트 철학자로 뒤에 경북대학교 철학교수를 지낸 河岐洛이 초대 주필이었고 역시 아나키스트인 박노석과 진주 시인 이경순 등이 참여하였다. 따라서 홍원 역시 그러한 색채가 농후하였다.

그는 해방기 활동한 시인으로는 드물게 제1시집 『鳶』(자유문화사, 1954, 靑馬서문)과 제 2시집 『洪原詩集』(자유문화사, 1956)을 발간하고 있다. 그의 작품 세계는 허무주의적 적막감이 흐르고 있으나 내일을 향한 동경심을 동시에 가지고 있다.

奴石 朴英煥(1913~1995)은 경남 함양군 안의면 출신으로 일제 말 조선일보 함양지국장으로 있다가 해방기 부산으로 내려와 자유민보 창간 멤버로 논설위원을 지냈다. 그는 다른 시인들이 일찍 세상을 떠났음에 비하여, 1995년 80살이 넘도록 살았다. 그는 해방직후 건국준비위원회 경남연맹 기획 조직부장, 대한독립촉성경남협의회 연락선전부장 등도 지냈다. 그리고 반탁투쟁운동도 벌였으며, 문총경남지부 사업선전부장도 지냈다. 6·25사변도중에는 후퇴 중 대전에서 발족한 문총구국대(대장 김광섭)의 경남쪽사무국장으로 파견되었다.

휴전직후부터 1956년까지는 진주의 경남일보 편집국장 《嶺文》지의 주간, 문총진주지부 문학부장 등을 지냈다. 1956년부터 부산으로 이거하였으며 79년부터 작고할 때까지 기장군 백운면 백운공원묘지 옆 2평 남직한 스레이트집을 백운산장이라 이름하며 부인 李敬玉여사와 더불어 외동딸로 미국에서 살고 있는 朴銀亞여사와 그 일가족을 그리워하며 고고로운 詩魂만 벗삼아 지냈다. 80년에는 딸을 만나기 위하여 도미하였다가 7개월만에 귀국하기도 했다. 1973년 첫 시집 『바위의 念願』(서울, 藝文館)을 발간하였으며, 1978년부터 작고할 때까지는 《갈숲》동인으로 있었다. 83년 시와 수필이 수록된 『白雲山 뻐꾸기』(부산 태화출판사)를 발간하였으며, 작고하기 직전 팔순기념시문집 『行雲流水』(1994)를 엮기도 하였다.

그는 해방 이후 그와 그의 친지들의 건국이념이 빛을 못보게 되었으므로, 시를 쓰기 시작하였다고 한다.

> 외로움에도 지친 밤이면
> 입김 살려 숯불을 끄듯이
> 아무도 몰래 스며 온 네 생각
> 꺼 버리려 하여도
> 까무라질 듯 살아만 나는
> 너는 꺼질 줄 모르는 불씨

– 「불씨」 全文(《嶺南文學》 5집, 1948)

이 작품은 그의 문예지 첫 발표 작품이며, 진주 시인 설창수(1912~ 1988)가 생전에 애송하던 작품이기도 하다. 특히 이 작품에 대한 강렬한 인상과 감동이 1988년 제1회 雨鳳문학상을 수상하는데 결정적 역할을 했다고 한다. 이 시의 주도적 이미지는 '불씨'이다. 그런데 그것은 불씨 자체를 묘사한 감각적 이미지가 아니다. 시 속의 청자 너를 비유한 보조관념이면서, 그 배후에는 화자의 너에 대한 강렬한 그리움의 정서가 들어 있는 것이다. 그러나 '너'의 정체는 이 작품에서는 뚜렷하게 파악할 수 없다. 그의 진술대로 그가 신봉했다가 좌절당한 아나키즘이든지, 아니면 구체적인 대상이 있는 그리움인지는 알수 없다. 奴石의 초기시에는 그리움을 형상화한 것이 많다. 대상이 분명하지 않은 그리움은 청마의 초기시에서도 찾아볼 수 있는 것이기 때문에 청마와의 사상적인 동질성이나 인간석 교유를 고려할 때 해방기와 50년대의 노석 시의 주된 경향은 그리움의 정서를 형상화한 것이라고 볼 수 있다.

물론 60년대와 70년대 그리고 작고 직전까지의 경향을 포괄한 것이라고는 볼 수 없지만, 그의 젊은 날의 활발하고 활동적인 삶의 모습과는 다소 어울리지 않는 경향이다.

3) 드문 교사시인 朴英漢

해방기에는 주로 언론인 출신 시인들이 많았다. 그러나 해방과 더불어 경남여중 국어교사로 부임하여 동료교사 김수돈의 시집 맞춤법도 교열해 주고 오영수의 습작소설도 읽어준 시인이 박영한(1917~1956)이다. 그는 동래출신으로 1936년 동래고보를 졸업하고, 경성사범 연습과를 마친 후 해방 전에는 초등학교 교사를 하다가 해방이 되자 경남여중(1945~1950), 경남여고(1951~1953), 부산여중(1953~1956)교사로 근무하였다.

그는 필명 朴民으로 김수돈이 첫시집을 내었던 염주용의 문예 신문사에서 『山驛의 밤』이라는 시집을 1949년 5월 간행하였다. 이 시집은 김수돈의 첫 시집에 이어 해방이후 부산에서 발간된 두 번째 개인시집이다.

그의 작품은 가족들에 대한 사랑을 노래한 것들이 많다. 그러나 시집의 제목이 된 「山驛의 밤」에서는 산촌에 있는 기차역의 쓸쓸함과 적막감을 감각적이미지로 묘사하였다가 대합실에서 가부좌를 하고 피리를 부는 눈먼 사내와 일본인 아내의 적선을 구하는 모습과 그러다가 피리를 불면서 떠나가는 눈먼 사내와 일본인 아내의 모습을 통하여 해방직후의 쓸쓸한 세태풍경을 제시하고 있다. 이 작품의 끝부분은 다음과 같이 산문시 형태로 마무리 되고 있다.

이제 待合室의 燈불마저 사위어 가는 山驛제다 마음 한구석에

旅愁를 지니고 延着을 怨望하는 초조한 마음에 자꾸만 밤이 짙었다.

– 「山驛의 밤」 끝 부분

해방기의 시인 가운데 사물에 대한 인식력과 정서를 객관화하는 수사력이 돋보이는 시인이라고 볼 수 있다. 이러한 시인이 오랫동안 생존하였다면 더욱 세련된 시를 발표하였을 것인데 그 역시 많은 다른 시인들처럼 일찍 병이 들어 수술 후유증으로 고생을 하다가 세상을 떠나고 말았다.

4. ‘同人’活動의 두 경향

지금까지 주로 3·1운동이 일어난 1919년 이전에 태어나 해방을 맞기 전에 이미 20대 후반을 넘어 사회적 활동을 활발히 한 사람들의 해방직후 문학활동을 중심으로 살펴보았다. 그들의 특징은 개인적이요 지역신문과 문예지를 통하여 주로 활동하였으며, 개인 시집을 낸 몇 시인들도 있었으나, 대체적으로 집단적인 경향이나 동인활동은 하지 않았다. 그러나 6·25 사변 직전과 6·25 사변 직후 동인활동이 시도되어 부산 시단도 집단적인 경향이나, 동인들 사이의 선의의 경쟁과 격려로 한층 다양해지게 되었다.

1) 趙鄕의 超現實主義 文學活動과 모더니즘 지향성

趙 鄕(1917~1984)은 경남 사천시 곤양면이 고향이나, 바로 이웃인 곤명면

외가에서 1917년 12월 9일 태어났다. 그의 본명은 燮濟이며, 청소년기를 진주에서 지냈다. 1937년 진주고보를 졸업하였으며, 1937년 대구 사범 강술과에 입학하여 이듬해 수료하였다.

1938년부터 40년까지 초등학교 교사 생활을 하였다. 1941년 일본대학 예술학원 창작과에 합격하였으나 사정에 의하여 동대학 전문부 상경과로 옮겼다. 어자 친구에게 보낸 편지로 인하여 민족사상이 농후하다는 이유로 추방당한 후 馬山으로 돌아왔다. 해방 전까지 마산과 함안 등지에서 초등학교 교사를 하다가 해방 직후에는 마산 월영 초등학교 교감으로 발령을 받았다. 1946년 마산에서 시동인지 《魯漫派》를 주재하여 4집까지 내었으며, 마산상고 교사로 발령을 받았다. 1947년에는 부산의 東亞大學에 국문과 전임강사 발령을 받아 부산시단에 진입하게 된다. 이 때에 수산대학 강사도 겸하였다.

그는 1966년 동아대 교수를 물러나 서울로 이주할 때까지 부산 시단의 한 축인 동아대학교를 중심으로 초현실주의 시운동을 주도하였다.

그의 연보[9]에 의하면 1940년 서울신문 전신은 每日日報의 신춘문예 시부에 「첫날밤」이라는 시로 3석에 당선되었다고 하며, 일어로 된 시도 몇 편 있고, 일본 유학시절 모더니즘과 초현실주의를 알게 되었다고 한다. 그러나 그의 본격적인 시작활동은 마산에서의 동인활동과 동아대 국문과 교수가 된 1947년 이후 서울의 後半期 同人(이한직, 김경린, 박인환, 이상로)참여라고 볼수 있다. 6·25직전 동인지 1집을 조판하였다가 피난 사태로 출판 못하고, 피난지 부산에서 李漢稷과 李相魯가 빠지고, 金次榮, 金奎東, 李奉來가 새로 가담한 동인지에 김경린, 이봉래와 함께 3인 합작시 「不毛의 에레지」를 발표한다.

그러나 이 동인회는 정치집단으로 오해받아 해체된다. 1948년에는 대학교양교재 『現代國文學粹』를 발간(초판, 서울, 행문사)하였으며 그곳에 신작시를 수록하기도 하였다. 1952년 증보판 『現代國文學粹』를 그 자신이 출판인으로

---

9) 조향전집① 〈詩〉말미 (부산, 열음사, 1994) pp.209~221

되어있는 自由莊에서 출간하였으며, 이곳에 한국현대시사의 문제작 「바다의
層階」와 「Episode」를 발표한다. 그는 1953년 現代文學硏究會를 조직하여 이듬
해 회지 1집을 발간하였다. 그는 부산 시인으로는 유일하게 1964년에 발간한
新丘文化社판 『世界戰後文學全集』8권인 『韓國戰後問題詩集』에 13편의 작품과
시작 노우트가 수록되었다.

　　　늙은 아코오뎡은 대화를 관뒀습니다.

　　　여보세요?
　　　폰폰따리아
　　　마주르카
　　　디이젤–엔진에 피는 들국화

　　　왜 그러십니까?

　　　모래밭에서
　　　受話器
　　　女人의 허벅지
　　　낙지 까아만 그림자

　　　비둘기와 소녀들의 랑데–부우
　　　그 위에
　　　손을 흔드는 파아란 깃폭들

　　　나비는
　　　起重機의

허리에 붙어서

푸른 바다의 층계를 헤아린다.

— 「바다의 層階」 全文(「現代國文學粹」1952)

　이 작품은 조향의 특색인 초현실주의 혹은 DaDaism의 경향이 두드러진 것으로 다른 곳에서도 종종 인용되고 분석되어 왔다.[10] 그의 언급과 같이 '데뻬이즈망의 美學'에 의존하고 있다. 영화의 몽타쥬수법과 신문잡지를 찢어내고 오려내어 화폭에 붙이는 꼴라쥬 수법에 의하여 이질적인 장면과 사물을 연결시키고 있다. 이 작품은 제목과 비교적 사실적이고 바다와 관련된 시어들인 많은 5연과 6연으로 인하여 여름 바닷가의 정경을 변용시킨 것이라 추측할 수 있다. 그리고 이 부분의 사물들로 하여 다소 상식적인 상상력에 의하여 연결이 가능한 정경을 인식할 수 있다. 그러나 '아코오뎡', '디이젤 엔진에 피는 들국화', '기중기에 붙은 나비' 등의 이미지는 다분히 그로테스크하다. 따라서 전체적으로는 사실적인 정경이나 관념적 세계관을 표출한 것이라 볼 수 없다.

　서정적이 사물들과 기계문명적인 사물과 서구적인 사물들의 병렬을 통하여 50년대의 황폐화된 정신세계와 분열된 자아 나아가서는 자연과 문명의 갈등 등을 형이상학적으로 형상화한 것이다. 이러한 조향의 시적세계는 60년대 부산시인들에게 특히 대학에서 조향의 가르침을 받은 시인들과 같이 동인활동을 한 후배 시인들의 작품세계에도 많은 영향을 끼친다. 아무래도 조향은 부산시단으로서는 6·25사변 직전부터 시단의 큰 흐름을 형성하는데 결정적 역할을 한 시인이다.

　現代文學硏究會 會員인 李民英(1927~)은 회원으로 활동하기 이전 章湖, 高遠과 더불어 6·25 피난문단시절 3인 시집 『時間表 없는 停車場』(협동문화사,

---

10) 양왕용, 『現代詩敎育論』(서울, 삼지원, 1997) pp.155~157.

1952)을 발간하였다. 그는 경남 김해시 상동면 출신으로 해방직전 초등학교 교사를 시작으로 부산 동성고등학교와 동아고등학교 교사로 근무하였으며, 1992년 정년퇴임할 때까지 개인시집 『花壽日記』(친학사, 1965), 『바람부는 언덕』(詩路, 1988) 그리고 그의 호를 딴 시선집 『松史詩抄』(詩路, 1992)를 발간하였으며 1968년에는 수필집 『終焉없는 終末』을 엮기도 했다.

3인시집을 발간한 나머지 두 시인은 피난문단시절 일시적으로 부산에 머문 사람이지만 그는 끝까지 부산을 지킨 시인이다. 3인시집 발간 이듬해인 53년 4월 25일 파도다방에서 〈3인시집의 감상회〉라는 일종의 문학의 밤을 가졌다. 피난문인인 金容浩의 사회와 吳相淳의 개회사 異河潤과 楊明文의 논평을 비롯하여, 3인시인 자작시 낭독과 여성독자들을 동원한 낭독 등의 순서였다. 이 행사는 앞에 열거된 시인들의 면면만 보아도 피난문단시절의 풍성한 행사였음을 알 수 있다.

찾아 들 문패도

해매일 散步路도

여기 까맣게 지워진 하늘 아래

차라리 구석진 나의 향수는

겨울밤 찬서리 함께 얼어 붙어라

- 「검은 地標」 1연 (3인집 『時間表 없는 停車場』1952)

그의 작품 역시 6 · 25사변기의 현실을 절망적으로 파악하고 있다. 그러나 그것을 직설적으로 과격하게 표출하지 않고 비유나 다른 객관적 상관물로 표출하고 있는 것은 앞의 시인들과 공통적인 인식이다. 다만 다른 작품 「봄이면 언덕 위에서」, 「하늘」과 같은 작품은 다소 서정성을 가지고는 있다. 그러나, 서정의 과잉에 빠지지는 않는다. 인용작품의 인용하지 않은 3연에는 1연에서의 시적 화자의 떨고 서 있음을 '값싼 悲劇의 抒情만은 아니라'고 할 정도로 서정의 과다 즉 감상적 어조를 배격하고 있는 것 또한 이 시인의 특색이다.

2) 文學靑年들의 동인지 《新作品》과 抒情主義

50년대 부산의 첫 동인지는 기성시인들의 것이 아니었다. 부산 임시수도 시절인 1952년 3월 서울의 대학들이 부산으로 피난을 와 전시 연합대학으로 부산대학과 동아대학 학생들과 함께 공부하던 젊은 대학생들을 중심으로 발간한 동인지 《新作品》이다. 말하자면, 오늘날과 같은 기성시인들이 주축이 된 동인지가 아니고 문단 데뷔 직전의 문학청년들의 동인지였다.

《新作品》은 1952년 3월 창간된 이래, 1954년 12월까지 모두 여덟 번에 걸쳐 간행되었다.[11] 1집부터 6집까지는 프린트판으로 시에 한정되었으나, 7집과 8집은 활판으로 인쇄되었으며 시에 대한 평론이 추가되었다. 《新作品》 1~8집에는 시 총 72편, 평론 4편, 번역문 1편, 그리고 3·4편의 수상이 실려 있으며 《新作品》 1~8까지 참가했던 동인들은 모두 28명에 이른다. 이들 가운데 1집부터 8집까지 한 번도 빠지지 않은 동인이 宋永擇이다. 다섯 번 이상 참가한 동인은 송영택 이외 千祥炳, 高錫珪, 金載燮, 李東俊, 金日坤 등이다. 송영택, 천상병, 이동준은 창간멤버였고, 김일곤은 2집, 김재섭은 3집, 고석규는 4집부터 가담했으며, 이들이 《新作品》을 이루는 주축이었다.

이들의 결성은 1950년 6월 동인지를 낸 부산시내 남녀 고교생들의 동인지 《瑞枝》동인회와 1951년 12월 마산에서 동인지를 낸 《處女地》동인회가 발판이 되었다. 1집의 동인 11명 가운데 5명이 《瑞枝》의 창간 멤버였으며, 이 중 송영택은 두 동인지에 모두 참가하고 있다. 이들은 각각 다른 대학으로 진학했으

---

11) 송창우, 『경남지역 문예지 연구』(경남대학교 대학원 국문과 석사논문, 1995) pp.32~39에서 《신작품》에 대하여 상세히 언급하고 있다. 각각의 발간 날짜를 기록하면 1집(1952. 3), 2집(1952. 6. 16), 3집 (1952. 7. 12), 4집(1953. 4. 15), 5집(1953. 5. 20), 6집(1953. 9. 25), 7집(1954. 3. 1), 8집(1954. 12. 31)

나, 그 당시 대부분의 대학이 부산에 자리잡고 있었기 때문에 대학생 신분으로 쉽게 만날 수 있었다. 이렇게 《新作品》동인회는 급조된 것이 아니었으며 피난 시절이라는 최악의 현실상황에서 8집까지 간행하는 대단한 열정을 가지고 있었다.

6집에는 曹永瑞, 孫景河, 劉秉根, 崔龍萬, 河然承 등을 새 동인으로 맞아들였다. 고석규는 7집에서는 「모더니티에 대하여」란 평론을 발표함으로써 평론가로서의 재질을 진작부터 보이고 있다. 이미 《文藝》1950년 1월호에 「P. 발레리 斷稿」라는 비평을 발표한 이래 활발한 활동을 전개하고 있던 金聖旭도 「나와 내 주위의 신화」를 발표함으로써 《新作品》에 참가하는 최초의 기성문인이 되었다. 비록 시와 평론을 합하여 40여 페이지의 적은 지면이었으나 그 당시 문단의 주목을 받아 국제신보 문화부장 鄭鎭業에 의하여 국제신보에 소개되기도 하였다.

마지막 호인 8집은 80페이지로 지면도 배로 늘어나고 더욱 다양한 면모를 보인다. 이미 네 권의 시집을 발간하여 해방 직후부터 당당한 기성 시인으로 활동하고 있는 金春洙도 시 「꽃밭에 든 거북」과 徐廷柱의 작품을 해석한 평론 「서정적 인간」을 발표하면서 참여한다. 이 당시 김춘수는 해군사관학교와 부산대학교 그리고 연세대 부산분교에 시간 강사로 출강하고 있을 때였다.

이상과 같은 노력에도 불구하고 《新作品》은 8집으로 중단하게 된다. 그 까닭은 다수의 동인들이 정부 환도와 더불어 대학을 따라 서울로 돌아가게 되고, 고석규의 주재로 부산대 출신의 金然水, 張世浩, 김일곤, 南振熙 등이 기성 문예지 추천작들을 비판하면서 새로운 동인회를 구성하여 《詩潮》를 1952~53년에 여러 번 발간하게 되어 결국 《新作品》은 구심점이 없어지게 된 것이다.

그러나 《新作品》의 정신과 패기는 《詩潮》말고도 부산대 강사 김춘수와 국문과 대학원생 고석규가 주재하는 《詩硏究》(1955)지에 계승되었다.

이상과 같이 《新作品》, 《詩潮》는 전쟁기 부산시단의 또다른 중요한 축을 형성하고 있다. 특히 《新作品》 7·8집의 평론이나 《詩硏究》의 특집 「모더니즘

비판」을 볼 때 조향을 중심으로 전개한 초현실주의를 기반으로 한 모더니즘적 경향과는 대립적이라고 볼 수 있다. 앞으로 개개인의 작품을 살피면 더욱 드러나기는 하겠지만, 이들의 작품은 서정주의(Lyricism)에 바탕을 두고 있다. 물론 동인 개개인의 경향은 다소차이가 있으나, 사물에 대한 서정적이고 감각적인 이미지를 중요한 시적 방법으로 택하고 있는 점은 공통성을 가지고 있다. 따라서 소향 계열의 모더니즘과는 다른 축을 형성하여 50년내 부산 시단에 다양성을 가져오게 하였다고 볼 수 있다. 이러한 대립적 경향은 50년대 전후 한국시단의 전통주의와 모더니즘의 변증법적 지향[12]과 맥을 어느 정도는 같이 하고 있다.

《新作品》에 가장 열성적으로 참여한 宋永擇(1933~)은 부산 출신으로 6·25 사변기, 부산이 임시수도 때 고등학교 시절 동인활동을 활발히 전개하다가. 릴케의 시에 심취하여 서울대 독문과를 진학하였다. 물론 서울대학교가 환도하면서부터는 서울로 올라갔으나, 《新作品》동인을 이끌어 간 그는 동인 활동 중인, 1953년 봄 6·25사변으로 발간에 난관이 많았던 《文藝》 新春號에 「少女像」이라는 제목으로 동인 가운데 맨 처음 기성시단의 문을 두드린다. 그는 역시 같은 제목으로 《文藝》1953년 9월호에 2회 추천을 받았으나, 《文藝》는 1954년 3월호를 내고 폐간된다. 그러나 송영택은 꾸준히 시적 세계를 확대시켜 1955년 1월호로 창간되어 지금까지 순조롭게 발간되어 온 《현대문학》지 1956년 2월호에 3회 추천완료되어 정식으로 시단에 데뷔한다. 그는 그 후 독일문학을 한국에 소개하는 번역문학가로서 실력을 인정받아 여러 권의 독일시집과 산문집을 간행한다. 특히 그 가운데 칼·힐티의 『잠 못 이루는 밤을 위하여』(휘문출판사, 1961)는 60년대 초반의 젊은이들, 특히 대학생들에게 많이 읽혔다. 최근까지 대학에 간간히 출강하면서, 번역문학가의 길을 걸었으며, 한국문인협회 번역 분과위원장으로 있었다. 그는 부산의 오래된 동인지 《갈숲》동

---

12) 한형구, 「1950년대의 한국시 – 전쟁시 혹은 전후시의 전개」(문학과 비평연구회 편, 『1950년 문학연구』, 예하, 1991) pp.59~108.

인으로 고향과 인연의 끊지 않았다.

　그의 작품은 릴케의 영향을 강하게 받아 사물의 존재의 근원을 탐구하면서
서정주의의 본령을 지키는 경향을 『新作品』동인지에 발표한 시편에서부터 보
였으며, 추천작품 역시 그러한 것들이었다.

　　　당신의
　　　손을
　　　잡아본다.

　　　참 오랜 옛날에
　　　아름다운 約束이 있었다고 記憶된다.

　　　그것은
　　　작은 꽃나무,
　　　그때부터 마음 속에 움이 텄었다.

　　　지금. ― 이웃 사람들이 모두
　　　피를 뽑아
　　　꽃을 마련하는 時間.

　　　산과 들과 하늘과 구름
　　　그리고 내가 당신이
　　　비에 젖는다.

– 「少女像」 문(《文藝》 1953. 9)

　이 작품은 그의 2회 추천작품이다. 「少女像」이라는 제목은 동인지에서도 빈
번하게 보이는 제목이었으며, 그의 추천작 3편이 모두 같은 제목의 다른 시편
들일 정도로 집착한 제재이다. 앞에서 살펴 본 모더니즘적 경향의 시편들과는

판이한 세계를 보여주고 있다. 1·2연에서 話者 '나' 는 聽者 '당신'의 손을 잡으면서 옛날의 약속을 상기시키는 것 자체가 대단히 낭만적이고 서정적인 장면이다. 3연의 약속을 꽃나무에 비유하여 오랫동안 마음속에 움을 틔우고 있었다는 것은 다분히 식물적 상상력이다.

말하자면 격정적이거나 성급한 사람의 감정이 아니고 서서히 달구는 그러한 감정인 셈이다. 4연은 다소 당돌하고 이질적이다. 그 까닭은 둘째 행 '피를 뽑아' 라는 부분 때문이다. 그러나 마지막 5연에서는 다시 그러한 단절감이 사라진다. 자연과 인간이 동일성을 획득하게 되는 것이다. 인간인 나와 당신도 갈등이나 이질감이 전혀 없이 '비' 라는 매개체로 합일되면서 그들을 둘러싸고 있는 자연과도 하나가 되는 이러한 이미지의 제시는 릴케적이면서도 동시에 동양적 자연관도 가지고 있다.

그러나 전체적인 이미지는 신비롭기까지 한 아름다운 정경을 제시하고 있다. 이러한 경향은 그의 「少女像」시편의 공통점이기도 하다.

《新作品》 6집부터 동인으로 참가한 曹永瑞(1932~)는 경남 창원 출신으로 동아대를 수학하다가 1953년부터 부산지역 언론계에 투신하였다. 自由民報기자를 잠시 거친 후 國際新報기자로 자리를 옮겨 4·19 혁명 때에는 편집부 기자로 사신 속에 동봉한 김춘수의 한국시사상 최초의 4월 혁명시 「베꼬니아의 꽃잎처럼이나」를 1960. 3. 28 석간 2면에 수록하여 생생하게 보도하기도 하였다.[13] 그는 1962년 4월 편집부장을 마지막으로 국제신보를 떠나 서울의 동아일보사로 옮겨 갔다. 그 뒤 조선일보의 편집부장, 편집부국장, 주간 조선 주간 등을 역임하였다.

최근에는 언론계에서 정년퇴임한 후 《文學藝術》이라는 계간지를 주재하면서, 왕성한 작품 활동을 하고 있다. 그 역시 고향 부산과는 동인지 《갈숲》을 인연으로 하여 끊지 않았다. 그는 60년대 이후 서울에서 활발한 시작활동을

---

13) 조영서, 〈마산의 소요, 웬 보도관제– 국제신문과 나〉(《국제신문 50년사》, 1997) pp.138~139

하여, 이미지스트의 변모를 나타내었으며, 주지적 서정시인으로 평가 받고 있다. 제1시집 『언어』를 1969년 三愛社에서 간행하였으며, 1978년에는 『햇빛의 修辭學』(일지사)을 발간하기도 했다.

조영서는 《文學藝術》1957년 7월호에 「窓」이라는 작품이 추천 완료되면서 시단에 데뷔하였다. 그는 《文學藝術》의 전신으로 1952년 피난지 부산에 발간된 주간 《文學藝術》에 이미 1회 추천을 받았고 《文學藝術》1956년 8월호에 「壁에는」으로 추천을 받은 것이 2회 추천으로 간주되어, 1957년 7월호에 3회로 추천완료가 되는 것이다.

《新作品》동인으로 50년대 기성 시단에 데뷔하지 않았지만, 주목할 필요가 있는 시인으로 高錫圭(1932~1958)가 있다. 물론 고석규는 시인보다는 부산 최초의 본격적 문학평론가로 자리매김할 수 있겠으나 우선 그의 시에 대하여 간략하게 언급하기로 한다. 그는 앞에서 밝힌 바와 같이 《新作品》 4집에서부터 동인으로 참가하였으나 7집과 8집에서는 평론을 발표하여 평론가의 길로 들어서고 있다.

그는 원래 함남 함흥 출신으로 의사인 高原植의 외아들이었다. 6·25사변 전에 고향에서 지하 반공활동을 하다가 월남한 후, 곧 입대하여 그보다 먼저 월남한 부친을 동부전선에서 극적으로 상봉했다. 제대 후에는 아직도 6·25사변의 전운이 가시지 않은 1952년 봄 부산대학교 국문과에 입학하였다. 그는 대학 재학 중에 《新作品》《詩潮》등의 동인지를 주도적으로 발간하였고, 1956년 3월 학부를 졸업한 후 곧바로 대학원에 진학하여 김춘수와 《詩研究》를 발간하였다. 시동인지 발간 말고도 다방면의 활동을 하였다. 그는 대학 재학 중이던 1954년 6월 15일 동국대학을 다니던 김재섭과 함께 2인집 《超劇》을 내었다.

그곳에서 고석규는 「청동의 季節」이라는 제목으로 평론 5편을, 김재섭은 『달과 岩礁』라는 제목으로 15편의 시를 발표하고 있다. 국판 고급 양장 103페이지의 동저서는 표지와 속표지 사이에 김환기의 그림이 5도 원색으로 인쇄

되어 있을 정도로 그 당시에는 초호화판 동인지였다. 판권에 보면, 제1집이라 되어있는 점으로 미루어 계속 발간할 의지를 가지고 있었으나 1집으로 끝나고 말았다. 따라서 고석규는 《新作品》 7집(1954. 3. 1)과 《超劇》으로 볼 때 진작부터 평론가의 꿈을 키웠다고 볼 수 있다.

그는 1958년 3월 대학원을 졸업하게 되는데, 졸업하기 전인 1957년 《文學藝術》에 6회에 걸쳐 「詩人의 逆說」이라는 평론을 연재했다. 이것은 시의 심리학적, 문체론적 또는 존재론적 측면을 해석한 것이다.

그의 석사논문은 「시적 상상력」이라는 제목의 일종의 시론이었다. 그것은 그가 작고하고 난 직후인 1958년 6월호부터 11월호까지 《現代文學》지에 연재되었다. 그는 졸업과 동시 국문과의 강사로 강의를 맡게 되었으며, 튼튼하지 못한 체질임에도 불구하고, 강의 외에 강연과 특강으로 몸에 무리가 와 결국 1958년 4월 19일 심장마비로 급사하였다. 그 때의 그의 나이는 26세였으며, 유족으로는 훗날 시인이 된 부인 추영수 여사와 부인의 배속에는 유복녀가 있었다.

정말 부산 문단 내지 시단으로는 아까운 인재 한 사람을 너무 일찍 잃었다. 그의 유고집은 그동안 대부분의 원고가 그의 친구인 부산대 영문과 교수 洪起宗에게 보관되어 있다가 부산의 후배평론가들인 《오늘의 문예비평》동인에 의하여 1993년 5권으로 집대성되었다. 그리고 그의 비평적 업적을 기리는 뜻에서 1995년부터 〈고석규 비평상〉이 제정되어 한국문학에 기여한 신예비평가들에게 상이 수여되고 있다.

이상과 같은 그의 문학적 역정으로 보아 그는 분명히 비평가이다. 그러나 그의 짧은 생애에도 불구하고 주로 대학시절과 대학원 시절 쓴 시편들이 149편이나 유고집에 「청동의 관」이라는 제목으로 엮어져 있다.

그의 작품은 생전이 시집으로 묶을 계획이었는지 「序詩」가 있으며, '生死가 불명이신/ 어머님께/ 처음 이것을 드립니다' 는 그의 친필까지 수습되어 있다.

아무도 오지 않는 밤

낯설은 샘터에 이슬비가 뿌린다.

어둠이 개펴오는

소용돌이 깊은 바닥에서

이제는 떠올 수 없는

痴女의 그림자가

또 다시 잠박이는 무거운 소리

바람이 붉어가면...

내 마음가에도 이슬비가 뿌리고

내 그림자는 보이지 않는다.

– 「울음」 全文 《詩潮》1953. 4

이 작품과 같이 그의 대부분의 시에는 서러움의 정서가 배여 있다. 아마, 북에 두고 온 고향과 어머니에 대한 그리움 때문이라고 볼 수 있을 것 같다. 서러움의 정서가 있다고 해도 결코 병적이지는 않다.

이 작품은 제목 자체가 「울음」이다. 그러나 그 정서는 단지 제목에만 나타나 있지, 작품은 그렇지가 않다. 밤과 이슬비와 같은 사물들에서 사물화된 서러움을 발견할 수밖에 없다. 이렇게 서러움이나 슬픔이 표면적으로 나타나지 않은 20대 초반의 작품은 그의 이지적인 기질에서 온 것이라 볼 수 있다.

다만 이곳에서는 그 역시 서정주의 범주 속에 충분히 들어갈 수 있다는 점만 지적해 두고자 한다. 그는 26세의 나이로 세상을 떠났기 때문에 비평의 세계도 미완의 세계로 끝났다고 볼 수 있으며, 시 역시 그렇다고 볼 수 있다.

앞의 두 동인들에 비하여 월남한 그 자신의 가족사적 특징 때문에 서러움을 정서를 간직한 시인으로 평가될 수 있다.

《新作品》동인 가운데, 50년대에 큰 활약을 보인 적은 없지만 60년대 나아가서는 부산시인협회가 조직되는 1974년부터 부산시단의 큰 형들로 작품 활동과 사회생활과 인격 면에서 전범을 보인 세 시인을 열서하지 않을 수 있다. 부산대 상대 상학과 출신인 孫景河와 경제과 출신 河然承, 그리고 시와 시조와 수필로 70년대를 거쳐 오늘날까지 많은 시집과 수필집을 낸 劉秉根 이 세 사람이 바로 그들이다. 그들은 오늘날의 시점에는 정년퇴임으로 모두 공직을 물러나 있다.

5. 마무리

해방기의 혼란에도 불구하고 부산시단은 靑馬로 대표되는 일제 강점기에 시단에 데뷔한 시인들과 언론인과 교사직을 가지고 해방직후부터 주로 지역 신문사 동인지에 활동한 몇몇 시인들로 인하여 조직적이고 집단적인 특성을 형성하지는 못하여도 활발한 움직임을 보였다.

6·25사변의 피난문단 시절 임시수도 부산에는 많은 시인들과 문인들이 몰려들었다. 문총구국대 산하 해군종군 문인단이 해양적인 특성에 따라 부산에 자리 잡았고, 대구의 육군과 공군문인단과 더불어 종군을 하면서 많은 작품을 발표하였다. 그 가운데 대표적인 성과가 靑馬의 시집 『步兵과 더불어』(문예사, 1951)이다. 이 시기의 부산시단의 두 경향은 趙鄕이 주도하는 초현실주의 경향과 대학생 중심의 동인지 《新作品》의 서정주의라고 볼 수 있다.

전쟁기의 피난 문단은 그 당시에는 전쟁이라는 어려운 상황 때문에 큰 성과를 내지 못하였으나, 그 당시의 문인들의 활동과 분위기에 자극을 받아 1953년 9월 정부가 서울로 환도한 이후 앞의 두 경향과 1954년 金泰洪

(1925~1985), 安章鉉(1925~2003), 孫東仁(1925~1982)이 창간하여 두 번 발간 (1954. 11~1955. 10)한 《詩門》의 현실비판적인 경향 등으로 다양하게 전개된다. 뿐만 아니라 50년대 중반부터 기성시인, 대학생 심지어 고교문예반 학생들까지 활발한 동인활동을 하게 하는 기반이 되었다.

리얼리즘과 모더니즘의 공존과 신인들의 지속적 등단
- 환도직후부터 직할시 승격직전까지의 부산시단

1. 지역시단으로서의 활동개관

1950년 7월 21일 국회가 부산으로 내려와 부산극장이 임시 의사당이 되고, 이어서, 8월 18일 대구에 있던 정부가 부산으로 옮겨와 시작된 부산 임시수도시절은 휴전협정조인이 되던 1953년 7월 28일을 전후하여 정부의 각 기관이 서울로 돌아가고 1953년9월1일 한강도강령이 해제 되면서 그 당시 경남도청 무덕전을 임시국회의사당으로 사용하던 국회까지 돌아가는 것으로 완전히 끝난다. 환도 후의 부산문단은 재빨리 서울로 돌아간 피난 문인들이 밀물처럼 빠져나가 버림으로 인하여 일시적으로 공동화된 느낌이었다. 지금까지 한국문단의 본거지였던 부산은 피난 이전의 지역문단으로 되돌아 왔던 것이다. 일시적으로 활동이 퇴조하고 지역문단으로서의 나아갈 방향을 설정하지 못한 부정적인 측면도 있었으나, 공동화 현상은 지역문단의 성격을 분명히 하는 각성의 계기가 되었다. 그러나, 1963년 1월 1일 부산이 직할시로 승격되기 전까지는 경남도청이 소재하고 있는 경상남도의 제 1도시로서의 지역문단 혹은 시단이라는 한계성을 가질 수밖에 없었다.

우선 同人誌의 발간이 활발하게 전개되었다. 宋永擇, 千祥炳, 高錫珪, 金

春洙, 曺永瑞, 孫景河, 劉秉根, 河然承 등이 중심이 된《新作品》(1952.3~1954.12)이 임시수도 시절부터 발행되어 8집까지 나왔다. 姜尙九, 韓讚植의《殞石》(1953), 金泰洪, 安章鉉, 孫東仁의《詩門》(1954~1955), 趙鄕이 주재한 현대문학연구회의《現代文學》(1954), 趙鄕이 주재하고 具然軾이 참여한《Geiger》(1956), 安章鉉이 주재한《한글문학》(1956) 등이 발간되었다. 시전문지를 지향한《詩硏究》(1956)가 김춘수와 고석규의 주재로 비록 1집이지만 발간되었으며, 鄭相九가 주재했던 종합문예지《新潮文學》은 1958년 5월 창간되어, 당초 격월간이었으나 이어 실현은 보지 못하였지만 5집까지 간행되었다는 사실 등도 특기할 만하다. 그해 12월에는 김규태, 서임환, 강상구 등이《新群像》지를 발간하여 전국 각지의 젊은 세대의 글을 실음으로써 새로운 바람을 일으켰다.

환도와 더불어 서울에서 창간되기 시작한 문예지, 즉《文學藝術》(1954. 4),《現代文學》(1955. 1),《自由文學》(1956. 6)등에 기성시인으로 추천되는 문인들도 생기기 시작하였다. 그들을 열거해 보면 다음과 같다.

宋永擇(《文藝》1953년 신춘호, 1953년 9월호《現代文學》, 1956년 2월호에 「少女像」이란 같은 제목으로 추천완료), 朴哲石(《現代文學》, 1955년 7월호 「까마귀」로 1회 추천, 그 후《自由文學》에 평론을 발표, 시와 평론을 겸함), 朴載護(《文學藝術》, 1955년 12월호「작은 鼓動을」,《文學藝術》, 1956년8월호 「壁에는」, 1957년 7월 「窓」), 金圭泰(《文學藝術》, 1957년 8월호 「旗」), 鄭孔采(《現代文學》, 1957년 11월호 「鐘이 운다」, 1958년 2월호 「女眞」, 58년 4월호「하늘」), 曺純(《自由文學》, 1958년 4월호 「항아리」), 姜春莊(《自由文學》, 1958년 6월호「강물」, 1958년 10월 「황야」, 1959년 6월호 「3月」), 曺有路(《自由文學》, 1958년 6월 「戰爭墓地」), 韓讚植(《自由文學》, 1958년 8월 「섭리」, 59년 12월호 「下流」), 李賢雨(《自由文學》, 1958년 10월호 「끊어진 한강교에서」, 58년 12월호 「노래」, 59년 2월호 「가을과 死者」), 姜尙九(《現代文學》1958년 12월호 「새」, 「심야」, 59년 12월호 「노래」,

59년 7월호 「둔주」), 李裕璟(《사상계》 1959년 3월호 「과수원」), 박태문(《現代文學》, 1959년 8월호 「대낮의 시」), 徐林煥(《사상계》, 1959년 9월호 「음악」외 2편) 등이었다. 1960년대에는 장승재(1939~)가 「과수원」《自由文學》, 1960)으로 그 테이프를 끊었다.

특히 50년대 후반 이렇게 많은 사람들이 시단에 데뷔하게 된 까닭은 어려웠던 6·25전쟁기에서 고등학교나 대학교에 다니면서, 피난 문단의 분위기에서 감수성을 세련시켰고, 오늘날과는 달리 당시만 해도 고등학교에서 활발한 문예반 활동이 전개되어 자기의 취미와 적성을 발견하고 문단에의 꿈을 키울 수 있었기 때문이었다.

해방기에 13개로 난립되었던 부산의 일간신문들도 6·25사변기가 지나고 난 뒤에는 국제신문, 부산일보, 민주신보, 자유민보 4개지만 남았으며, 이들 신문사는 우선 시인들에게 직장을 제공하였다. 뿐만 아니라 문화면을 통하여 시에 관심을 갖기 시작하였으며, 발표지면을 제공하기도 하였다. 그러나 서울에 본사를 둔 신문사에서 이미 일제강점기부터 신인들의 등용문으로 정착된 신춘문예 제도는 이 시기에는 도입할 여력이 없었다. 서울에서 발간되는 신춘문예를 통한 데뷔의 그 첫 테이프는 58년 8월《현대문학》에 1회 추천을 받은 바 있는 朴泰芰(1938~1995)이 60년 1월 1일 한국일보 신춘문예에 「밤의 遍歷」으로 당선되어 끊었다. 그는 온 몸으로 주로 리얼리즘적인 시를 쓰다가 50대 후반의 나이로 세상을 떠났으나, 75년 제 1시집 『밤의 遍歷』을 발간하였다. 61년에는 申明釋(1930~)이 「나의 슬픈 친구 이반 드트리 비치에게」가 동아일보에 당선되었으며, 그는 79년 제 1시집 『西風賦』를 발간하였다. 63년에는 朴應秉(1939~)이 「未開地의 꽃」으로 조선일보에, 李秀翼이 (1942~)이 서울신문에 「告別」로 당선되어 2인의 시인이 탄생하기도 하였다. 63년 이후 데뷔한 시인들은 부산이 직할시로 승격된 것이 1963년 1월 1일이기 때문에 여기서는 살펴볼 필요가 없다.

2. 동인지 '詩門'의 리얼리즘 지향성

환도 직후 활발하게 시작활동을 한 시인들 가운데 대표적인 동인이 《詩門》동인이다. 그들은 비록 양적으로는 얼마 되지 않고, 1집과 2집 (1954.11~1955.10)만을 발간한 동인이지만 50년대 시적 특성 가운데 한 측면을 잘 드러내고 있다. 「詩門」동인은 金泰洪(1925~1985), 安章鉉 (1925~2003)을 들 수 있다. 이 두 사람 말고도 孫東仁(1925~1982)이 포함되었지만, 그는 동인지에서도 소설을 발표하였고, 곧 소설가로 전향하였다.

金泰洪(1925~1985)은 경남 창원에서 출생하였으며, 해방 후 마산상고 교사를 거쳐 부산 고등학교 교사, 부산여대 교수도 잠시 역임하였으며, 부산시 교육연구원 연구사, 연구관을 거쳐 감만중학교 교장 재직 중 지병으로 돌아갔다. 그는 국제신보와 부산일보 상임 논설위원도 역임하였다.

그는 해방기인 1947년 3월 廉周用이 주재한 《文藝新聞》에 시를 발표한 적이 있었으나, 문단에 데뷔한 것은 제 1시집 『땀과 장미와 시』(흥민사, 1950)를 낸 이후부터라고 볼 수 있다. 그는 7권의 시집과 다수의 수필집과 『詩는 禪이다』라는 시론집을 발간했으며, 제 2시집 『窓』(자유문화사, 1954), 제 3시집 『潮流의 合唱』(人間社, 1958)까지 50년대에 묶었다. 그는 신문사 논설위원도 지낸 경력에서 짐작할 수 있듯이 초기부터 사회인식과 인생과 생명의 세계에 관심을 가진 시인으로 평가할 수 있다.

> 鍾은 들어라고 한다.
>
> 스스로 외치지 못하는 사연들을
>
> 들어보라고 한다.
>
> … 中略 …

칼을 버리며 서로 社稷을 흥정하고

밤이면 乳區를 핥으면서 亂倫의 罪를

숨기려던 女僧도 있었으니

스스로를 외치지 못한 채

千年도 몇 百年이 흘러만 간

애끈한 사연들을

鍾은 들어라고 한다.

… 下略 …

「에밀레」에서 (《現代文學》 1957년 1월호)

'에밀레 鍾을 제재로 한 이 작품에서 그의 사회성 즉 현실인식의 태도가 분명하게 드러나고 있다. 이 작품은 그의 초기작이라기보다 제1, 2기시집을 내고 현실적으로 6·25사변의 상처가 어느 정도 가셔진 때의 작품이지만, 그의 초기시에서부터 지속되어온 사회성이 심화되어 있다. 1957년 자유당정권 말기의 상황에 대한 인식을 표출하기 위하여 신라시대의 한 많은 '에밀레 鍾을 빌어왔다고도 볼 수 있다. 사실 '에밀레 鍾을 통한 일반적인 정서는 자식을 공양한 어머니의 슬픔과 자식의 원망이 교차되는 것이다. 그러나 이 작품의 경우 생략된 둘째 연과 인용된 셋째 연에서 권력의 무상과 정치권의 부패상을 고발하고 있다. 그러면서도, 스스로 외치지 못하면서 그 사연을 에밀레하는 모호한 소리로만 표시하는 종의 안타까움이 형상화된 것이다. 어쩌면 에밀레 종의 안타까움은 시인의 사회의식이나 현실비판정신이 잠재된 1957년의 정치현실에 대한 안타까움이라고 볼 수 있을 것이다. 이러한 사회성은 50년대 이후에도 지속되는 김태홍의 시작태도였다. 그의 생전의 마지막 저서 『詩와 散文』(신한 출판사,

1984)의 표지에다 다른 제목 『살매 詩의 社會性』을 붙인 것을 보아도 그 러한 경향을 알 수 있다.

安章鉉(1925~2003)의 경우 김해시 진영읍 출신으로 1954년 동아대학 국문과를 졸업한 후 부산의 남성여고 교사로 근무하였다. 그는 1956년 《한글문학》을 계간지로 발행하여, 한글전용 운동과 문학운동을 겸하였다. 이 계간지는 그동안 발행 호수를 정확하게 채우지는 못했지마는 안장현의 열정으로 지금도 그가 생활하고 있는 서울에서 계속 발간되었다. 그는 50 년대말 서울 무학여고로 잠시 자리를 옮겼다가 1963년 부산고등학교 교 사로 다시 부산에 돌아와 2년제 부산여자대학에 국문과가 존속하던 70년 대 초반까지 있었다. 다시 서울로 올라가 공립중등학교 국어교사를 근무 하다가 오래전에 정년퇴임하였다. 그런 후에 개인 사무실에저 한글문학회 부설 한글문학사를 설립하여 《한글문학》발간에 정렬을 쏟다가 지병으로 작고했다. 50년대 시적 성과는 무엇보다도 1957년 발간한 제 1시집 『魚眼 圖』(人間社)이다. 이 시집은 발간 당시부터 그의 역사의식 심화되고 정치 의식이 표출이면서 동시에 간결한 시어와 섬세한 이미지를 간직하고 있는 것으로 평가되었다. 그는 제 1시집 발간에 이어 최근의 고희 기념 시전집 『빛의 소리』까지, 다섯 권의 시집을 더 발간하였으며, 수필집도 『사랑은 파도를 넘어』(여원사, 1959)외 4권을 발간하였다.

> 겨누는 것은
>
> 분명히 적이라는데
>
> 적이 아니라 그것은 나다.
>
>
> 포탄은
>
> 터져 날라 갔는데
>
> 적의 심장을 뚫었다는데

죽은 놈도

빠진 놈도

그것은 나다.

-「전쟁」 전문 (시집『魚眼圖』, 1957)

6·25사변의 실상을 가장 간결하게 표현한 시가 바로 이 작품이라고 볼 수 있다. 즉 동족상쟁의 모순은 냉소적인 어조로 표현한 작품으로, 마지막 연의 '죽은 놈도/자빠진 놈도/그것은 나다.'라는 데서 그 어조적 특색이 분명히 드러나고 있다. 사실, 전쟁이 끝난 몇 해 뒤에 발간된 이 시집은 그 당시 평론계의 신선한 충격을 주었다. 동족상쟁이라는 6·25사변뿐만 아니라 전쟁 자체의 모순과 비합리성을 간결하게 표현한 작품이기에 그러한 공감을 주었던 것이다.

이 작품에 사용되는 동사의 시제가 둘째 연의 과거 사실 제시를 제외하고는 모두 현재형으로 사용된 점은 끝난 전쟁이라기 보다 아직도 계속되고 있는 전쟁을 상징하는 시간의식이라고 볼 수 있다. 제 1시집에 이어 발간된 그의 제 2시집『내 가슴에 흐르는 샘은』(정신사,1960)은 제목부터 서정적이고 수록 작품들도 서정성이 짙다.

그러나 제 1시집은 제목부터 시니컬하고, 시적 특성은 현실의 모순과 비정성을 정서와 융합시킨 것이라고 볼 수 있다. 인용한 시처럼 간결한 표현의 작품이 대부분이다. 이렇게 간결하게 이미지를 형상화시키는 수법은 배후에 더욱 미묘한 관념을 간직하고 있다.

이상의 두 시인은 현실에 대한 상황의식을 형상화하고 있다. 즉, 김태홍의 자유당 정권에 대한 비판과 안장현의 전쟁에 대한 비정성 등이 바로 그 구체적인 양상이다. 따라서 70년대의 리얼리즘 시의 선구자적 면모를 보이고 있다.

3. 동인지 Geiger의 모더니즘 지향성

53년에 趙鄕의 주도로 《現代文學硏究會》를 조직하여 회지 1집을 발간하였고 이어서 감마(Gammas)동인회를 결성하여 동인지 《Geiger》(정보탐지기란 뜻) 1집을 발간하였으나 이 역시 1집에 그치고 말았다. 감마 동인들은 趙鄕을 대표로 金日球, 辛相律, 韓奉玉, 具然軾, 金春芳, 趙鳳濟, 權敬玉, 朴喜壽, 李吉南, 沈相震, 鄭和植, 黃金石, 李仁榮 등이었다. 이들 가운데 지속적으로 시작활동을 한 사람은 동아대 교수가 된 具然軾과 趙鄕의 아우인 趙鳳濟이다.

具然軾(1925~)은 경남 사천시 사남면에서 태어나 향리에서 초등학교를 다녔고 해방되기 직전인 1945년 3월 서울의 중앙고보를 졸업하였다. 피난 시절인 1952년 3월 동아대학교 국문과를 졸업하였다. 그는 경남여고 국어교사로 있으면서, 1954년 4월 동아대 국문과 강사로 출강한다. 그러다가 1959년 4월 조교수로 부임하게 된다. 趙鄕과 趙鳳濟가 동아대학교를 떠난 66년부터는 동아대학교의 유일한 詩學교수가 되어 주로 초현실주의, 다다이즘, 입체파 문학연구와 3.4 문학동인 등을 연구하였으며, 그 결과 그의 문학박사 학위 논문을 보완한 《韓國詩의 考現學的 硏究》(1979)를 발간하기도 하였다. 그는 50년대의 시인으로서 활동보다 60년대 70년대 나아가서는 80년에 더욱 왕성한 활동을 하여, 모더니즘적인 시인과 시론가로서 지위를 확보한다. 그는 趙鄕과 더불어 現代文學硏究會의 후신인 감마 동인회의 회원으로 《Geiger》1집에 시를 발표하였으며, 역시 《日曜文學》동인으로 참여하여 시를 발표한다. 그리고 50년대 발표되고 쓰여진 시편을 『검은 珊瑚의 都市』(국제신보사 출판부, 1962)라는 시집으로 묶는다. 그는 1990년대에 동아대 교수를 정년퇴임하기까지 부산 시단의 원로현역시인으로 문인협회회장 등으로 활동하였으며, 최근에는 중병으로 투병하여 극복한 뒤에도 많은 시작활동을 계속하고 있다.

怒圓球 후라스코 안에 靑動 하는 이온.

結合하여 安定狀態

너는

비로우드 치마를 벗어 걸면서

'어찌하여 이렇게 標本이 되어갈까요'

粉筆 가루 지독히 떨어진 가슴에, 파스와 ST 마이싱을

안고 歸家하였다.

黑海에서 보낸 검은 키-테만 通關하는 黃昏.

… 以上略 …

-「파스와 ST 마이싱」 앞 부분 (동인지《Geiger》1집)

  이 작품은 제목부터 우울하다. 파스와 ST 마이싱은 둘 다 결핵약이다. 파스는 백색의 쓴 맛이 나는 가루약이며, ST 마이싱은 스트렙토 마이신(strepto mycin)의 약자로 역시 결핵을 치료하는 항생주사이다. 따라서 이 시의 화자는 시 속에는 직접 등장하지 않고 있으나 3연으로 보건대 교편을 잡는 결핵환자이다. 사실 결핵은 1950년대까지는 우리나라로서는 치료되기 힘들면서 흔하게 발병되는 전염병이었으며, 많은 시인들이 일제 강점기와 50년대까지 이 병으로 목숨을 잃었다. 이 때에 나온 특효약이 바로 '파스와 ST 마이싱' 이다.

  이렇게 우울한 분위기를 가지고 있는 이 작품은 우선 외래어를 많이 사용하고 있는 점에서 모더니즘적 특색을 가지고 있다. 제목은 물론이고 외래어가 없는 연이 없다. 따라서 다분히 이국적인 감각의 이미지가 등장하

게 된다. 1연의 '타원구의 푸라스코 안에서 움직이는 이온 결합후의 안정 상태'라는 이미지의 제시는 대단히 현학적이면서도 당돌한 편이다. 뿐만 아니라, 이것은 구체적 정경으로만 파악하여도 다분히 서구적인 정경임에 틀림이 없다. 2연에서는 시적 화자가 청자 너의 행위를 묘사한다. 그러나 이것 역시 전통적인 해석으로는 의미 파악이 불가능하다.

특히 둘째 연의 직접 화법은 聽者에 의한 독백인지 화자를 향한 빈정거림인지 파악하기 힘들다. 그러나 50년대의 고급 의상인 비로우드 치마를 벗어 걸면서 자조적인 어조로 말을 내뱉는 것은 틀림이 없다. 3연이 가장 구체적이고 화자의 정체를 파악할 수 있는 부분이다. 4연의 경우 절망적인 황혼을 형상화한 것이다. 즉 흑해에서 보낸 검은 커텐이니 정서를 자아내는 노을 빛 황혼이 아니고 암흑 자체이다.

이 작품에서 보이는 절망적 공간이 바로 제 1시집 제목이요 20부로 나누어져 32페이지에 걸쳐 발표된 '검은 珊瑚의 도시'라는 절망적인 공간이다. 이렇게 절망적 이미지를 제시하면서도 전혀 감정이 이입되지 않는 점 또한 50년대 具然軾시의 특징이다.

다음으로 조향의 아우인 趙鳳濟(1926~)을 들지 않을 수 없다. 그는 일본 후쿠호카 현립 이토시마 중학을 거쳐 동아대 국문과를 具然軾과 같은 해인 1952년 졸업하였다. 남성여고 교사를 거쳐 50년대 후반 동아대학 국문과 교수로 부임하였다. 66년 형이 동아대학교를 물러나면서 그도 부교수 직위에서 물러나 서울로 이주하였다.

그는 現代文學硏究會 간사, Gammas 동인, 日曜文學會 同人으로 활동하였다. 한편, 문예신문, 부산일보 등에 작품을 발표하였다. 1960년대에는 50년대 발표한 시들을 엮어 제 1시집 『가을 바다와 묘비명』(친학사, 1961)을 발간하였다. 그의 작품 세계는 그의 형 조향과 같이 주지적이고 초현실주의적 경향이 짙었다.

어느 베란다에서는

담쟁이 넝쿨의 茂盛한 速度가 마구 놓여지는

어두운 거리에서

잃어 버려진 에나멜의 幻想을 캐러간

그 數많은 詩人들의 歸還을 기다리는

낯설은 저 지붕 밑의 祈禱는

壁 앞에 선 拒絶처럼도

숨막히는 時間을 더듬는다.

眞實로

나의 立命의 墓地가 될 수 없는

거리.

―以下略

「題目이 없는 가을의 詩」 앞부분 (동인지《Geiger》)

그의 시에서 빈번하게 보여 개인적 상징으로 파악할 수 있는 '가을'과 '묘지'가 등장하는 이 시편은 결코 서정적이 아니다. '가을'이라고 하였으나 「題目이 없는 가을의 詩」라는 제목에서 벌써 씨니컬한 어조를 엿볼 수 있다. 그리고 '베란다'나 '에나멜'이라는 외래어가 등장하는 정경에서 풍기는 분위기 역시 전통적은 아니다. 이국적인 1연의 정경은 담쟁이 넝쿨이 번져가는 식물적 이미지가 등장함에도 불구하고 어두운 거리이다. 2연에서는 투명하여 정체를 파악하기 힘든 에너멜이라는 물체가 환상의 보조 관념으로 등장하여 환상의 정체를 더욱 모호하게 만들면서 모더니즘적 분위기를 보여주고 있다. 2연의 정경 역시 숨막히는 절망감을 느낄 수 있는 이미지이다. 3연에서는 드디어 시적 화자 '나'가 직접 등장하면서 묘지가 등장한다. 그러나 '입명의 묘지가 될 수 없다' 는 점은 난해성을 가지고 있는 구절이다. 즉 立命이라는 마음의 안정성을 묻는 묘지가 될 수 없는 거리니까 오히려 안정성을 획득한다는 의미인지, 아니면 안정성조차 물을 수 없는 혼란한 거리인지 애매하다. 전후 문맥으로 보아 혼란한 거리가 옳은 것 같기도 하다. 인용하지 않은 4~6연에서 화자는 환상적이고 혼란한 거리와 분위기를 벗어나자고 하고 있다. 결국 마지막 7연에서는 '가을이여! 素服의 公主처럼 내 앞에 닥아서라' 고 가을을 향하여 명령까지 하면서 그 극복의지를 어느 정도 보여 주고 있다. 이러한 경향이 바로 이 시기 모더니즘적인 부산시인들의 특색인 초현실주의 영향을 받은 것이라 볼 수 있을 것이다.

다음으로 일본 경도에서 태어나 토야마 상업학교를 중퇴하고, 해방직후(1946)부터 비교적 젊은 나이로 부산매일신문, 향도일보, 부산일보, 부산방송국, 민주신보 등에서 기자 혹은 부장을 맡아 활동하다가 74년 국제신보 사업부장을 마지막으로 언론계를 떠난 鄭永泰(1928~2003)를 살펴볼 필요가 있다. 그는 고희 기념시선집 『어느 외톨이 구름의 노래』(민지사, 1997)를 발간하기도 했다. 그는 아동문학도 겸하여 창작하고, 산악인, 수석인 그리고 파스텔 화가 등 다재다능한 면을 가지고 있었다.

그의 창작활동은 염주용의 《文藝新聞》에 작품을 발표하면서 시작하여 류근주, 한승권과의 3인 합동시집 『전환하는 새벽』(자유장, 1953)을 간행하여 주목받기도 하였다. 그 역시 조향이 주재한 現代文學과 日曜文學同人會에 참가하였다. 그의 제1시집 『검은 太陽의 系譜』(자유장, 1958) 역시 50년대의 중요시집이며, 시집의 제목 속에 보이는 역설적 표현은 그의 세계인식의 방향을 알아볼 수 있게 한다.

밤은

未來의 秩序를 품고

손바닥처럼 닥아서는 그림자였다.

또는 忘劫의 無限을 달리는

老婆의 눈깔 같은 貨物車

그리고 또한

化粧으로 假裝하는 新婦의

授胎이기도 했다.

– 「밤의 章」 앞부분 (『현대시인선집』 下)

밤을 은유로 형상화시킨 이 작품은 밤에 대한 시적화자의 인식이 서정적이라기 보다 다소 문명비판적이면서 다소 절망적이다.

6·25사변 이후의 절망적 상황 때문에 형성된 세계인식이라고 생각된다.

시적 화자는 밤을 세 단계에 걸쳐 은유하고 있다.

1연에서는 '내일에의 질서를 품고 손바닥처럼 다가서는 그림자' 라고 하여 다소 상식적이고 당연한 보조관념을 동원하고 있다. 그러나 2연에서는 '망각의 무한을 달리는 노파의 눈깔같은 화물차' 라고 하여 은유 속에 직유를 등장시켜 중층적이 되면서 훨씬 냉소적이고 절망적이다. 이때에 내포된 관념은 죽음과 절망같은 것으로 생각할 수 있을 것이다.

셋째 연에서는 '화장으로 가장된 신부의 수태' 즉 수태로 인한 얼굴에 끼인 기미같은 일종의 밤의 은폐성과 허위의식을 형상화 하고 있다.

이상과 같이 밤을 달콤한 사랑이나 관능의 발산으로 보지 않고 절망적이고 허위의식으로 인식하고 있는 경향은 역시 앞의 두 사람과 유사한 세계인식이요, 모더니즘 지향성을 가지고 있다고 볼 수 있을 것이다.

지금까지 살핀 具然軾, 趙鳳濟, 鄭永泰 등의 50년대 작품은 각자에 따라 정도의 차이는 있으나 과격한 모더니즘인 초현실주의의 영향을 직접·간접으로 받은 모더니즘적 경향을 보여주고 있다.

50년대 부산 시인들의 이러한 경향은 조향이라는 시인이 있었기 때문에 가능하였으며, 60년대 이후에 이러한 경향이 지속되는 요인 중의 하나는 구연식의 작품과 시론과 연구에 기인한 것이라 볼 수 있다. 그리고 이러한 모더니즘적 경향의 배후에는 6·25사변이라는 민족적 비극을 인식하는 그들의 세계관이 작용하고 있었던 것이다. 이러한 절망적 세계관을 단적으로 상징하는 것은 '검은 珊瑚의 都市'(具然軾), '어두운 거리'(趙鳳濟), '검은 太陽'(鄭永泰)등에서 공유하고 있는 검은 색의 이미지일 것이다.

4. 文藝誌추천과 新春文藝를 통한 지속적 등단

朴哲石(1930~)의 경우 1955년 7월호 《現代文學》에 「까마귀」가 1회 추천된 뒤 1958년 8월 《自由文學》에 문학평론 「純粹詩批評論」이 당선되면서 시인과 비평가를 겸하게 되었다. 경남 거제시 장목면 출신인 그는 해방 직후부터 해동고등학교와 동아고등학교 교사를 오랫동안 하였다. 그동안 평필과 학문을 동시에 갈고 닦아 부산여전 교수를 거쳐 동아대학교 국문과 교수로 있다가 95년 2월말에 정년퇴임하였다. 지금도 시를 꾸준히 발표하고 있는 그는 부산의 현역 원로시인 가운데 한 사람이다. 그는 1963년 시 동인지 《詩旗》(동인:정영태, 조순, 이동섭, 한찬식, 이민영) 동인으로 참여하는 등 활발한 작품활동을 하였다. 5권의 시집 가운데 50년대에 발간한 것이 두 권이나 된다.

제 1시집 『木蓮』(영남문학회, 1954), 제 2시집 『까마귀』(갑진출판사,1956)가 그것이다. 그의 평론이 노장사상에 바탕을 둔 한국의 전통적 자연관 탐구와 그 변용이 주축을 이루고 있듯이 그의 시적 세계 역시 그렇다.

마지막 이별을 위하여선

너에게 웃음을 주질 안했다.

다시우리들의 먼 날의 邂逅를 위하여선

새까만 몸빛으로 있게 했다.

그리고

네 홀로 나뭇가지 끝에서

그 언약을 지키는

우는 짐승으로 있게 했다.

- 「까마귀」 전문(《現代文學》, 1955.7)

이 작품은 그의 공식적인 문단데뷔작이다. 제 1시집의 경우 《現代文學》지에 추천되기 전의 작품을 수습한 것이고, 제 2시집은 데뷔한 이듬해에 시집으로 엮은 것이다. 이 작품에서 우선 한국인의 전통적 정서에서는 '흉조'로 상징되는 까마귀를 제재로 등장시켰다는 점에서는 개성적이다. 그러나 까마귀를 인연의 새로 인식하는 태도는 인연을 중시하고 자연에다 인간적 의미를 부여하는 전통적인 자연관에서 나온 것이라고 볼 수 있다. 이러한 경향은 그의 첫 시집 『木蓮』에서도 찾아볼 수 있는 자연관이다. 불길하고 암울한 절망의 새 '까마귀'가 아니라, 검은 빛깔의 불변성과 끊임없는 울음에서 찾아 볼 수 있는 그리움의 새로 그의 작품에서 다시 태어난 것이다. 즉, 참고 기다리는 인고의 자세의 객관적 상관물이 바로 까마귀인 것이다. 이러한 인식이 절제된 언어와 간결한 행구분을 통하여 형상화되고 있다.

曹 純(1926~1995)은 경남 의령군 화정면 출신으로 해방직후 진주사범을 거쳐 중앙대 정치과를 졸업하고는 부산상고, 부산여고, 경남여고 국어교사로 다년간 근무 하였으며, 일찍 퇴직하였으나 계속 교육계에는 종사하였다.

만년에는 경남대학교 대학원 국문과를 졸업 후 대학 강사로 강단에 서기도 했다. 1958년 4월호 《自由文學》에 「항아리」를 발표한 이래 주로 《自由文學》지를 통하여 50년대말에 집중적으로 작품을 발표함으로써 50년대의 시인으로 편입될 수 있게 되었다.

그는 1961년 제 1시집 『戰後에 비는 내리는데』(조광출판사, 1961)를 엮은 이후 다섯 권의 시집을 간행하였다. 특히 만년에는 《갈숲》동인으로 열성적으로 동인지를 주재하다가, 심장질환 때문에 갑자기 세상을 떠났다. 그는 다정다감하면서도 사려 깊은 인품을 가지고 있었으며, 만년까지 낭만과 시적 분위기를 잃지 않는 시인이었다.

> 鶴이 울고 간 하이얀 壁에
> 항아리가 달렸다.
> 歷史의 무늬처럼.
>
> 한결 여윈 미소는
> 내 하얀 마음에서
> 對話를 잊지 않았다.
>
> 오늘의 슬픔을 모르는
> 항아리의 눈은
> 자꾸만 파아래 진다.
>
> 少女는
> 戰爭의 비릿내를 忘劫하고 어머니의 孤獨을 닮은 항아리의 生理를 傳說한다.
> ─ 下略 ─

─ 「항아리」앞 부분(《自由文學》 1958. 4)

이 작품은 그의 초기 작품의 두 특성을 동시에 간직하고 있다. 즉, 주로 자연이나 사물에다 의미를 부여하는 경향과 6·25 사변 이후의 모순된 현실인식을 형상화한 경향이 그것이다. 이 시의 시적 화자가 첫째 연에서 항아리에 새겨진 무늬에다 의미를 부여하는 것으로 시는 시작되고 있다. 그러나 그 곳에서 새겨진 그림이 보통 그림이 아니라 '역사의 무늬'라는 보조관념으로 형상화되있다는 데에 관념이 개입할 여지가 있다. 둘째 연과 셋째 연에시는 역사의 무늬가 사라지는 것 같은 인식을 하고 있다.

말하자면 항아리의 오늘의 슬픔을 모르는 눈에서 몰역사의식을 보이고 있다. 물론 이러한 조짐은 넷째 연 소녀의 현실인식의 태도에서도 지속된다. 그러나 작품 밖에 있는 화자는 소녀가 항아리 속에서 어머니의 고독을 발견하는 의식이 전쟁의 비린내를 망각한 결과라고 보고 있다. 이 때의 소녀의 몰역사성과 현실인식의 회피에 대한 반성이 바로 이 작품 뒤의 조순의 시적 경향인 것이다. 1959년 11월호 《自由文學》에 발표한 『돌섬의 鐵帽』나 그의 제 1시집의 제목 『戰後에 비는 내리는데』에서처럼 6·25사변을 바탕으로 한 상황의식이 그의 초기작에서도 보이게 되는 것이다.

지금까지 살핀 朴哲石, 曺純의 시의 특성을 다음과 같이 정리할 수 있다. 즉, 박철석은 전통적 자연관을 가지고 있고 조순의 경우 전후 상황의식과 현실에 대한 비판의식이 나타나고 있다. 그러나 두 사람의 경우 모두 세련된 시적기법 즉, 시어의 치열한 선택과 행구분의 빈번한 시도 등에서 지금까지의 시인들과 차별화되고 있다.

이러한 초창기의 두 시인 말고 50년대 후반기에 《現代文學》(1955~), 《文學藝術》(1955~1958), 《自由文學》(1956~1963), 《思想界》(1963~1970) 등에 지속적으로 젊은 시인들이 등단하였다. 이러한 세대의 선두주자 金圭泰(1934~)는 서울대 불문과를 졸업한 후 부산 지역의 언론사에 근무하다가 최근 국제신문 논설주간으로 정년퇴임하였다. 《文學藝術》 1957년 8월호에 「旗」가 추천된 후 지역언론인 국제신보사(현재 국제신문의 전신)에 근무하면서 60년대 지역시단의 선두 시인으로 활동하였으며, 59년부터 《思想界》에 집중적으로 작품을 발표하면서 중앙 시단에서도 주목받는 시인으로 자리매김을 하였다. 그는 「아직은 잊지 않을 것이다」(사상계1959.12), 「밤의 극지」(사상계, 1960.11), 「불 붙는 마찰」(사상계, 1961, 문예중간호), 「아무도 말하지 않으면」(사상계, 1962.12) 등에서 견고한 이미지로 모더니즘적 경향을 보였다.

특히 사물에다 내면적인 심리현상을 밀착시키면서 이미지의 조형에 힘썼다. 이러한 경향의 작품들로 엮어진 제 1시집 『철제鐵製 장난감』(삼애사, 1969)을 한국시인집 시리즈로 발간되었다. 그는 1960년대 이후 서울의 현대시 동인으로 참가하면서 이러한 경향의 작품을 지속적으로 발표하였다.

李裕璟(1940~)은 경남고교 3학년 시절인 1959년 《國際新報》 신춘문예와 《思想界》에 「과수원」으로 당선되었으며, 한국외국어대 불어과를 졸업한 후 60년대 초반까지 國際新報 기자로 있다가 서울의 朝鮮日報로 자리를 옮겼으며 스포츠 조선 편집국장으로 있다가 최근에 정년하였다.

오늘의 한국시인집 시리즈로 『밀알들의 靈歌』(삼애사, 1969)를 발간한 후에는 신서정적 경향을 보이고 있다. 그의 최근의 시작 경향은 삶의 현장에서의 비정성과 특히 죽음의 엄숙성 등에 대하여 견고한 이미지로 형상화 하고 있으며, 이러한 그의 시작 태도에 대하여 필자는 부산에서 발간하는 시전문지 《시와 사상》(2004. 겨울)에서 자세히 언급한 바 있다.

그러나 그의 초기작품은 다양한 시적 제재를 가지고 해학과 풍자의 기법으로 현실의식과 현대인의 이상과 자아의 갈등을 형상화하였다. 이러한 경향을 정서로 표출한 것이 그의 제 1시집 『밀알들의 靈歌』이다.

한국현대시인협회 회장을 지낸 鄭孔彩(1934~) 도 부산에서 시작활동을 시작한 시인이다. 그는 《現代文學》에 「종이 운다」(57년 1월), 「女眞」(58년 2월), 「하늘」(58년4월)로 3회 추천완료되어 시단에 대뷔하였다. 60년대 초반 부산일보 기자로 있으면서 4·19혁명 직전인 60년 4월 13일 《國際新聞》에 「하늘이여!」라는 반독재 저항시를 발표하여 경찰에 쫓기는 신세가 되기도 하였다.

지금은 일본 동경에서 생활하고 있는 姜尚九(1934~)역시 「심야」(58년 12월), 「둔주」(59년7월), 「포옹」(60년 11월)등으로 《現代文學》에 추천완료하였다.

韓讚植(1921~1977)은 《自由文學》에 「섭리」(58년 8월), 「하류」(59년 12월) 등으로 추천을 받았으며, 73년에는 제 1시집 「낙엽일기」(1974)를 발간하였다. 그는 지병으로 일찍 작고하였으며, 직고 후에는 유고집 「다시 섬에서」(1978)가 엮어지기도 했다. 그는 함경남도 함주군에서 대지주의 막내 아들로 대이났다. 그의 고향은 함흥과 가까웠다. 향리에서 초등학교를 졸업한 후 함남의 명문 함흥고보에 진학하여 1940년 졸업하였다. 졸업과 동시 일본 유학을 떠나 동경의 미술학원에서 1년 수학하였고 명치대학 전문부 상과 3학년까지 다니다가 중퇴하였다. 그가 학업을 중단한 것은 부친의 독립운동자금지원으로 가세가 기울인 탓이라고 한다. 그가 언제 월남하였는지는 알 수 없으나 6·25 전인 것만은 확실하다. 6·25때 UN군 문관으로 중동부 전선에서 종군하였다. 종군 후 영도 청학동에 정착하였으나 정착 이후 영도의 대양 중학교 미술교사로 재직하였다. 그러나 만년에는 가정사정과 지병으로 고생하였다. 그의 화가로서의 작품도 추상성을 가지고 있지만, 초기작 「섭리」이후 지속적으로 추상적이며 관념적인 작품을 많이 창작하였다. 이러한 경향은 그의 생전의 유일한 시집 「낙엽일기」에 그대로 나타나 있다.

徐林煥(1934~2006)은 《思想界》1959년 9월호 「음악」외 2편으로 신인상에 당선된 후 곧 불란서 유학의 길을 떠나 70년대 초반 귀국하여 부산대학교 불어교육과 교수로 부임하면서 부산시단에 다시 복귀하였다. 그러나 활발한 활동은 보이지 않고 있다가 최근 부산대학을 정년퇴임한 직후 지병으로 작고하였다.

부산시단의 가장 치열한 리얼리즘 시인 林秀生(1940~)역시 《自由文學》에 「대화」(59년 11월), 「미스강에의 연가」(60년), 「동양철학초」(61년 9월)등으로 추천완료하여 일찍 시단에 데뷔하였으며 60년대 초반의 대학생 시단을 주도하였다. 그는 신춘문예에 대한 열정을 버리지 못하여 新亞日報(65), 京鄕新聞

(66), 朝鮮日報(71)등에 뽑히기도 하였다.

이상의 시인들이 50년대 말 문예지의 추천제나 신인상을 통하여 시단에 데
뷔한 후 60년대와 70년대의 부산시단에서 중견시인으로 활약한 시인들이다.
60년대에 들어서면서도 젊은 시인 지망생들의 문예지 추천 혹은 신춘문예 당
선자는 끊이지 않았다. 지금까지 언급된 젊은 시인들이 활발한 활동을 한 것
은 60년대 후반이후이다.

5. 마무리

환도 직후부터 1963년 직할시 승격 이전 즉, 1953년 9월부터 1962년까지의
10년 동안의 부산 시단은 직할시 승격이후부터 한창 활발해질 시단의 면모를
예감할 수 있다. 60년대부터 부산시단이 문인단체의 회지, 비록 단명에 끝나
기는 하지만 각종 문예지 발간, 동인활동, 서울의 문예지를 통한 등단, 신춘문
예 당선, 지역신문의 신춘문예 제도 신설 등 다양한 매체를 통하여 젊은 시인
들이 등장하고, 해방기부터 활동한 중견 시인들의 활발한 작품활동으로 인하
여 한층 풍성해 지는 것이 그 증거이다.

독자적 시단형성과 발표매체의 다양성
– 직할시 승격직후부터 시인협회 결성직전까지의 부산시단

1. 시대 및 시단의 개관

1963년 1월 1일 직할시 승격 직후부터 1974년 7월 19일 그 당시의 부산 현역 시인 32명의 작품을 망라한 연간지 《南部의 詩》(신국판 141면)을 발간 후, 그 해 말 부산시인협회라는 이름으로 단체를 결성하여, 부산지역 문학 장르 단위의 협회 태동과 결속의 계기를 마련한 1974년 직전까지의 부산시단에 대하여 살펴보기로 한다. 단순히 10년 단위로 구분하여 살피는 것보다 지역사회나 문단 혹은 시단 내부의 큰 변화에 따라 시기를 구분하는 것이 타당하다는 생각에서 시기를 구분한 것이다.

1963년 1월 1일부터 부산이 경상남도로부터 행정적으로 독립하여 직할시가 된다. 그러나 부산문단을 1962년부터 부산지역 독자적인 모임을 결성하자는 움직임이 있었다. 1962년 9월 5일 한국문인협회 경남지부가 발행한 기관지 《文協》에 의하면, 문협 지부는 1962년 4월 20일 최근에 헐려 없어진 중앙동 구 부산 시청사 건너편에 있던 경남공보관에서 그 당시 회원 총원 31명 가운데 18명 참석으로 지부장을 소설가 李周洪, 부지부장에 시조시인 高斗東, 徐定鳳 사무국장 아동문학가 曹有路, 시분과 위원장은 그 당시 20대 초반인 시조시인 金民夫(1941~1972)가 맡았다. 임원들의 면

면을 보면 전부가 부산 문인들이고 진주나 마산 지역 문인들의 참여가 없는 것으로 보아 사실상 부산 문인들의 단체였다고 볼 수 있다. 그러나 결성 초기에 예총 경남지부의 결성 과정에서 모종의 부정사고가 있다고 하여 예총 경남지부장 趙郷 시인과 문협 부지부장 고두동 시조시인을 문협 차원에서 제명하고 또 다른 일로 문인들끼리 부산지검에 고발하는 등 일련의 사태까지 벌어져 요즈음의 시각으로는 이해하기 힘든 사건의 연속이었다. 막상 발간된 《文協》에는 지부장 시조시인 金相沃, 부지부장 역시 시조시인 李永道와 서정봉, 시분과위원장 朴奴石 등으로 바뀌어있다. 이러한 일련의 사태들이 있고 난 이듬해에 부산직할시로 승격되어 문인단체는 자연스럽게 경남지부라는 명칭을 버리고 부산지부로 바뀐다.

그러나 예총이나 문협을 기반으로 한 매체는 쉽사리 나타나지 않는다. 그런데 그동안 경주로 대구로 직장을 옮기면서 부산을 떠나 있던 靑馬 柳致環 시인이 1963년 7월 3일 대구여자고등학교 교장으로 있다가 경남여자고등학교 교장으로 부임하게 되어 부산문단과 시단은 청마 중심으로 결속된다.

2. 종합지의 등장

《文協》 발간 이후 소강상태에 있던 부산 문단도 64년 12월 10일 《부산문예》를 예총 부산지부(지부장 朴斗錫)의 발행으로 선을 보인다. 이 책은 예총의 기관지 성격이나 연극(박두석), 미술(김강석), 건축(이종유), 국악(임순야)에 대한 평론을 제외하고는 모두 문인(한국문협 부산지부) 들의 작품이다. 수필(박문하, 박노석) 2편, 소설(최해군, 문재구, 김광봉) 3편을 제외하고 시인 20명의 20편이 수록된 국판 총 145페이지의 책이다.

시 20편 가운데는 시조 1편(고두동), 동시 3편(박돈목, 윤두혁, 조유로)이 포함되어 있다. 따라서 시는 16편이다. 목차의 순서에 따라, 발표 시인과 작품을 열거하면 다음과 같다. 김규태 「가장 사랑스러운 이의 죽음」, 김정진 「번유사(飜柚辭)」, 노영란 「사보텐」, 박재호 「산실」, 서정봉 「꽃」, 유치환 「노호(老虎)」, 윤일주 「뜰」, 이동섭 「갈증」, 이민영(李珉永) 「잠자리」, 이민영(李民英) 「시간 속의 도회」, 임수생 「전쟁일지 抄」, 정영태 「영원한 동면을 위해서」, 조순 「이문(里門)의 달」, 한찬식 「초원의 章」, 홍두표 「고구마 같은 이야기」 등이며 김대흥은 「내용변호를 위한 예술측면론」이란 비평을 발표하고 있으며, 당시의 소장 비평가 李浻植은 「오해 속의 참가문학」이라는 평론을 발표하고 있다. 따라서 당시에 발표한 문협 지부 회원은 총 22명이다. 이 때의 문인협회 지부의 임원은 지부장 유치환, 부지부장 김태흥, 박문하 사무국장 이동섭, 감사 최해군, 문재구, 시분과 위원장 김규태, 아동문학분과 위원장 조유로, 소설ㆍ희곡분과 위원장 최해군 평론ㆍ수필분과 위원장 이유식 등이다.

유치환이 1963년 7월 그의 생애 네 번째로 부산 체류하면서 1967년 2월 13일 좌천동 앞길에서 교통사고로 이 세상을 마감할 때[1]까지 그는 문협지부장으로 부산문단을 이끌어 갔으며, 박두석에 이어 예총지부장까지 겸하게 된다. 그러나 이것 역시 창간호로 끝나고 67년 12월 25일 오늘날까지 부산문인협회의 연간지로 간행되고 있는 《釜山文學》이 속간된다. 당시의 지부장은 청마가 작고하고 난 뒤 맡게 된 소설가 요산 金廷漢이었다. 이것은 《釜山文藝》의 속간호가 아니라 1962년 발간한 《文協》의 속간호였으며, 그 발간 의의는 이미 고 김준오 교수가 다른 곳에서 밝힌 바 있다.[2]

《釜山文藝》와 《釜山文學》이 협회의 기관지 성격이었다고 하면, 1966년 3월에 월간지를 표방하고 창간된 《文學時代》(태화출판사)는 부산 최초의

---

1) 이 때의 靑馬의 행적은 문덕수 『청마 유치환 평전』(서울 시문화사, 2004) p275~289에 비교적 소상하게 밝혀놓고 있다. 최해군 「현대문학 초창기, 그 날의 부산문단」(『부산문학사』 부산문인협회, 1997) pp.411~412에서 청마에 대하여 회고하고 있다.
2) 김준오, 부산시문학의 60~70년대 (『부산문학사』 부산문인협회 발간, 1997) pp.65

상업 문예지였다. 이 잡지의 주간은 이주홍 소설가였고, 편집은 역시 소설가 최해군이 맡았으며, 필진도 전국적으로 확대하였다.

창간호의 경우 창작, 평론, 시, 〈내 밭에서〉라는 학생작품란, 특집 「한국소설은 어디로 가고 있는가」, 에세이〈학교대항 연작소설〉 – 보성고 편, 연재강좌 등 다양한 종류의 작품들을 실었다. 그 가운데 시는 유치환 「대화」, 장만영 「꽃·독초」, 김수돈 「태양이 외로이 있으면서」, 최계락 「한일(寒日)」, 이동섭 「內在의 꽃꿈」 등이었는데 부산 시인은 유치환, 동시인 최계락, 이동섭 등이다. 다른 장르의 경우 창작에 손동인, 윤정규, 특집비평에 김태홍, 에세이에 이영도, 정상구, 허천, 최해감, 손풍산, 문재구, 연재강좌에 박지홍, 구우학 등이었다.

《文學時代》는 월간을 표방하였으나, 순조롭게 발행되지 않아, 문화공보부의 간섭도 받았으며, 나중에는 계간지로 등록을 바꾸려고 시도했으나 1967년 가을 통권 7호로 종간되고 말았다. 그 당시는 요즈음과 달리 문화공보부에 등록하기도 어려웠고 전국적으로도 문인들이 많지 않기 때문에 원고 충당도 어려워 잡지 발간을 계속 할 수 없었던 것이다.

3. 다양한 매체를 통한 신인들의 등장

부산이 직할시로 승격된 1963년 1월 이후에도 서울의 일간지 신춘문예 당선이라는 관문을 통하여 시단에 데뷔하는 신인들이 속출하였다. 63년에는 박응석(1939~)이 「未開地의 꽃」으로 朝鮮日報에 李秀翼(1942~)이 서울신문에 「告別」로 당선되어 2인의 시인이 탄생하기도 하였다. 이수익은 부산 MBC PD로 일하다가 80년대 초반에 서울의 KBS로 옮겨 서울문단에 편입하였다.

부산시단과는 인연은 없으나, 부산이 고향이고 부산에서 고등학교를 졸업하고 서라벌예대 문예창작과에 다닌 金鍾海(1941~)가 65년 경향신문

신춘문예에 「內亂」으로 당선되었으며, 역시 서라벌예대 출신인 그의 동생 金鍾鐵(1947~)은 68년 한국일보 신춘문예에 「재봉」으로 당선되어 형제가 시인이 되었다. 67년에는 朴尙培(1940~)가 서울신문에 「讚歌」로 당선되었는데 그는 60년 한국일보에 가작으로 뽑히기도 하였다. 69년에는 《現代文學》지에 추천과정을 밟고 있던 金哲(1941~)이 대한일보 신춘문예에 《부활》로 당선되기도 하였다.

이들은 대부분 서울의 대학으로 진학하여 계속 습작기를 거쳐 시단에 데뷔한 사람들이다. 그러나 그들 가운데 김종해·종철 형제를 제외하고는 다시 부산으로 돌아와 60, 70년대 부산시단의 활발한 신진시인으로 편입되었다. 70년대가 되어도 신춘문예 당선의 행진은 계속된다. 그러나 그들의 출신대학이 부산대학교에 집중되는 경향을 보이고 있는 것이 특색이다. 70년대는 벽두인 70년 국문과 출신 金昌根(1942~)이 朝鮮日報에 「단추를 달면서」가 당선되면서 테이프를 끊었다. 이어서 71년에는 철학과 출신 朴志烈(1948~)이 대학 재학 중 한국일보에 「幼年의 겨울」로 당선되었으며, 해양대학을 나와 외항선 선장시인으로 알려진 金盛式(1942~2002) 역시 같은 해 朝鮮日報에 「淸津港」이 당선되었다. 72년에는 부산대 무역과 출신 李達熙(1948~)가 한국일보에 「洛東江」으로 당선되기도 하였다.

특히 이들 가운데 60년대 초반에 데뷔한 시인들은 서울서 조직된 新春詩 同人會(1963~1969)의 중요 멤버로 활발하게 작품활동을 전개하였다. 지금도 꾸준히 발행되고 있는 월간 종합지 《現代文學》을 통하여 데뷔한 신인들은 다음과 같다. 부산에서 고등학교를 나와 서울의 서라벌예대에 진학한 金榮俊(1938~)은 「새와 여인」(63년 7월), 「사진」(66년), 「순백한 아침의 자유」(67년) 등으로 데뷔한다. 그는 비교적 오랜 추천기간을 거쳐 데뷔하였는데, 이러한 까닭은 그의 시에 대한 엄격성 때문이라고, 그를 추천한 박목월 시인이 그의 제 1시집 「內心의 소리」(75)서문에서 밝히고 있다.

진주를 근거지로 하여 시단활동을 하다가 직장관계로 70년대 말 부산으로 이주한 金晳圭(1941~)는 1965년 1월 「파수병」으로 부산일보 신춘문예에 당선되기도 하였다. 그러나 그는 다시 《現代文學》에 추천과정을 거쳐 「봄언덕」(65년 10월), 「初冬」(66년 6월), 「삼천포 기행」(67년 2월) 등으로 추천완료하여 청마 유치환의 마지막 추천 시인이 되었다. 그는 60년대 데뷔 시인 가운데 가장 왕성한 작품활동을 하여 그 결과 많은 시집을 가지고 있다. 그는 67년 제 1시집 「파수병」을 낸 이후 《늪에다 던지는 土俗》(68)을 발간하여 앞으로 많은 작품집을 낼 조짐을 보이고 있다.

70년대에 들어서면 金哲(1941~)이 대한일보 신춘문예에 1969년 당선되었음에도 불구하고 68년 2월 「말의 우주」(68년 2월)와 「어떤 일」(70년 1월)로 대한일보 당선을 1회로 간주하여 3회 추천완료의 과정을 거친다.

부산의 대표적인 승려시인 李秉錫(1938~)은 「芽夜」(65년 6월), 「소원」(65년 12월), 「2월의 시」(70년 5월) 등이 추천완료되어 시단에 데뷔하였다. 그는 승려시인들의 동인회를 주도하여 『승려시집』(72)을 엮기도 하였다.

1968년 한국문인협회의 기관지로 지금도 발행되고 있는 《月刊文學》이 창간되었다. 이 문예지는 추천제도가 아닌 신인상 당선제도를 채택하였는데 그 전통은 지금도 지속되고 있다. 부산지역 시인으로 이 제도에 처음 당선된 시인은 裵達淳(1938~)이다. 그는 「아침연습」(72)으로 데뷔하였다.

지금까지는 종합문예지를 추천제도나 신인상을 통하여 등단한 시인들에 대하여 살펴보았는데 다음으로 시전문지를 통하여 데뷔한 시인들에 대하여 살펴보기로 한다.

71년 창간된 이래 지금까지 지속적으로 발간되고 있는 월간 시전문지 《詩文學》과는 같은 이름으로 종종 혼동되고 있는 60년대의 《詩文學》誌로 등단한 두 사람이 부산 최초의 시전문지 데뷔 시인인 셈이다.

60년대의 《詩文學》誌는 지금 발간되고 있는 《詩文學》지의 편집인이며 실질적인 발행인인 문덕수 시인의 주도로 1965년 4월에 창간되어 1966년 12월 통권 20호로 종간된 시전문지이다. 이 잡지는 「추천작품」제도와는 별도로 「연구작품」제도를 두었다. 연구작품 1편씩 2회 입선되면 1회 추천으로 간주되는 제도였는데, 60년대 후반과 70년대에 다른 문예지를 통하여 등단한 시인, 즉 김성춘, 송수권, 오규원, 이기철 등 많은 시인들이 이 제도에 투고하여 몇 번씩 입선되기도 하였다. 梁汪容(1943~)은 그 당시 대구에서 대학에 다니고 있었으나 재학중인 65년부터 66년 사이에 전국 규모 문예지 추천을 처음 시작한 대학의 스승 金春洙 시인의 추전으로 「갈라지는 바다」(65년 7월), 「아침에」(66년 1월), 「3월의 바람」(66년 7월)등이 추천완료되어 시단에 데뷔하였다. 그는 69년 대학원 석사과정을 졸업하고 직장을 부산에 마련하면서 부산시단에 편입되었다.

이 시지를 통해 시단에 데뷔한 또 다른 시인으로 李相介(1941~)가 있다. 그는 65년 해군 문관으로 진해에 근무하면서 연구작품에 응모하여 65년 9월호에 김현승 시인에 의하여 「주형제작」, 「바다」, 「파흔」, 「소곡」 등 4편이 동시에 입선됨으로써 단번에 2회 추천을 받게 되었다. 그러나 《詩文學》지의 폐간으로 3회 완료추천을 받지 못하고 있다가 진해에서 부산으로 직장을 옮기게 되었다. 그러면서 제 1시집 『영원한 平行』(70)을 발간하였다. 60년대 시인으로는 김석규에 이어 두 번째로 빨리 개인시집을 갖게 된 그는 그 이후 활발한 시작활동을 하면서 부산시단을 주도하게 되었다.

이 시기는 앞 시대와 달리 개인시집을 통하여 활동한 시인은 많지 않다. 개인 시집으로 데뷔한 타 지역 시인의 경우 그 지역 시인으로 한정된 후 활동을 소홀히 하는 경우가 많은데, 부산시단에는 전혀 그렇지 않은 두 사람의 시인이 있다. 64년 시집 『님의 마음에』를 발간한 바 있는 金仁煥(1940~)의 경우는 다른 시인들과는 남다른 면이 있다. 72년 5월 부산최초의 격월간 시지 《詩人들》을 창간하여 경향각지의 필자들의 시와 시론을 모아 발표시켰으며, 어려운 형편 속에서도 7집이나 꾸렸다.

다음으로 고교시절부터 꾸준히 문예반 활동을 한 李海雄(1940~)을 들지 않을 수 없다. 그는 73년 제 1시집 『壁』을 발간한 후 《詩文學》을 비롯한 각종 문예지에 활발히 작품을 발표를 하여 70년대와 80년 이후의 부산 시단의 핵심적인 시인으로 등장할 조짐을 보이고 있다.

4. 시 전문매체의 등장과 시집의 발간

이 시기의 또 다른 하나의 특색은 앞에서 살핀 바와 같이 각종 매체를 통한 신인들의 등장에 고무된 시 전문 매체의 등장을 지적할 수 있다.

앞에서 언급한 50년대의 동인지인 《詩門》과 1962년 1월 31일 창간된 《詩旗》에 이어, 《계간 詩文藝》가 64년 창간된다. 박재호, 한찬식, 김규태, 박태문, 신명석, 김 석 등이 창간 동인으로 참여하고 있으나 그 필진은 전국으로 확산되어 있다. 그러나 65년에 간행된 《新語》는 최계락, 김규태, 한찬식, 박재호 등이 편집 위원으로, 손경하, 박태문, 신명석, 박상배, 임수생, 박웅석, 장승재 등이 동인으로 참여한 순수한 부산의 시동인지였으며 갓 데뷔한 신인들까지 모두 참여하였으나 지속적인 발간은 하지 못하였다. 그러나 이러한 움직임이 70년대와 80년대의 활발한 부산시단의 초석을 놓은 것은 틀림없는 사실이다.

특히 《新語》의 경우 창간호 14편 중 한두 편을 제외하면 모더니즘적 경향을 띠고 있었다고 지적할 수 있는 점에서 부산 시단의 모더니즘 지향성을 보여주고 있다. 이 시기에 빼놓을 수없는 매체는 격월간 시전문지 《詩人들》이다. 서울에서 부산으로 이주해 온 김인환 시인이 1972년 5월 1일 창간호를 발간하였다. 김규태, 박재호, 허만하를 편집위원으로 하고 국판 총 112페이지의 얄팍한 책이었으나 그 당시의 열악한 여건 속에서 7집까지 발간하였다. 세칭 KSCF 사건 여파로 폐간될 수밖에 없었지만 그 당시의 부산과 경남지역 시인들 특히 중견과 신인들 그리고 대학시단을 순례하여 시인 지망 대학생들에게까지 영향을 끼쳤다.

창간호(1972. 5 · 6월 호)의 목차를 보면 소설가 이주홍이 부산문단사

(上)을 집필하여 일제강점기부터 그 당시의 부산 문단까지 살피고 있으며, 이 글을 바탕으로 이주홍은 문협 기관지 《부산문학》 6집 (1973. 12) 부산 문학사 특집에 「釜山文學史略」을 20페이지에 걸쳐 발표하여 부산문학사를 개괄적으로 서술하게 된다.

시의 경우 진주의 이경순, 설창수, 김석규, 마산의 정진업, 진해의 강계순, 고성의 김춘랑, 울산의 이기원, 함홍근 등이 있고, 대부분 부산 시인이다. 목차의 순서대로 열거해 보면 다음과 같다. 진주의 이경순에 이어 시조시인 고두동, 그리고 설창수, 정진업에 이어 한찬식, 허만하, 김태홍, 조순, 김규태, 박재호, 손경하, 박태문, 이수익, 신명석, 김태의, 임수생, 임명수, 김인환, 시조시인 김석규, 김목운, 김영준, 양왕용, 김성식, 박지열, 이달희 등이 한 편씩 발표하고 있다. 그 외 서림환이 「현대 불란서 시선」으로 프랑스 시를 번역하고 있으며 박재호가 일본현대시를 번역하고 있다.

고정란으로 동인회지상좌담란에 「白地同人會」가 참여하고 있고, 대학시단란에 '부산대학교편'이 마련되어 있다. 수필은 정신득, 박문하, 이운하 등 세 편이 발표되고 있으며 권말에 「부산·경남 문인 주소록」이 마련되어 있다. 문인 수록 현황은 연번호 1~51번까지가 부산문인이며, 52번부터 64번까지가 경남문인들이다. 부산의 경우 시인은 김규태, 고두동, 구연식, 이동섭 등 33명인데 그 가운데 거의 절반에 가까운 숫자가 이미 고인이 되었다.

경남의 경우 특이한 부분은 일제강점기부터 활약한 시인 유엽이 남해 금산 보리암에 거주하고 있고, 서울에서 활약하다가 최근에 작고한 시인 金璟麟이 울산 특별 건설국에 근무하고 있는 점이다. 그리고 시인 강계순도 진해 해군관사에 주소를 두고 있는 점이 이채롭다.

이상과 같은 편집방향으로 보아 비록 지금과는 비교도 되지 않는 소수의 시단이었지만 그 나름대로 다양한 활동을 보여주고 있는 잡지임에 틀림이 없다.

다음으로 시집의 발간 양상에 대하여 살펴보기로 한다. 그 당시에 이미 한국시단의 대표적인 시인인 청마 유치환이 『미루나무와 남풍』(1964, 평화사), 『파도야 어쩌란 말이야』(1965, 평화사) 두 권을 상재하여 만년의 왕성한 활약을 보여주고 있다. 특히 서정시로 엮어진 『파도야 어쩌란 말이야』는 그 당시의 옅은 독자층에도 불구하고 베스트셀러가 되었다.

가장 왕성하게 발간한 시인은 李東燮(1929~1972)이다. 그는 이미 1961년에 제1시집 『강물에 띄우는 시』(삼도사)에서 초정 김상옥 시조시인의 서문으로 자연을 제재로 한 서정시 33편을 보여준 바 있다. 이 시기에 그는 유치환 지부장을 보좌하여 문협 부산지부 사무국장을 맡으면서, 갓 정착되고 있는 부산직할시 교육청 중등교육과 국어과 장학사를 근무하는 격무 속에서도 많은 작품을 창작하였다. 특히 직할시 승격 초기에 「부산시민의 노래」를 작사하여 현재에도 많이 불리고 있으며, 1971년에는 「동백꽃 피는 부산」을 작사하기도 하였다. 이 시기에 그가 엮은 시집은 제2시집 『바다의 창』(1964년, 태화출판사), 제3시집 『별이 내리는 정원』(1966년, 친학사), 제4시집 『탄생B』(1971년, 태화출판사) 등으로 부산 시인 가운데는 가장 많은 시집을 엮었다. 그는 장학사의 격무로 간을 다치게 되었으나, 1968년부터 개성종고(현재의 부산진고) 교감으로 인문계 고등학교로 전환하는 등 많은 교육계의 업적을 남겼다. 특히 그의 마지막 시집 『탄생B』는 간질환에서 다소 회복된 후에 엮은 시집이다. 다시 삶을 추슬렀다는 뜻으로 정한 시집 제목이라 볼 수 있다. 필자도 저자로부터 직접 기증 받은 바 있는 시집이다. 그러나 이 작품에서는 투병의 체험과 거기에서 암시되는 죽음의 그림자가 보여 앞의 작품처럼 밝고 맑은 서정시라고는 볼 수 없을 것 같다. 1972년 그는 재발한 간질환으로 43세라는 젊은 나이에 유명을 달리 한다. 그러나 그는 모두 4권의 시집을 남겼고 최근 국제펜클럽 한국본부 부산지역위원회(회장 정순영)에서 유족들이 보관한 시집과 산문 등 기타 자료로 전집 『끝없는 탄생의 시인 이동섭』(2005, 도서출판 푸른

별)(크라운 판 365페이지)을 발간하였다. 여기에는 이 시인의 중학제자인 시인 오정환의 「李東燮 研究」라는 평론과 회고기인 「이동섭 선생의 회억」(이규정) 들이 수록되어 있는 등 앞으로 보다 심도 있게 연구할 후학들에게 많은 자료가 제공되어 있다. 기타 50년대부터 꾸준히 활동한 김태홍의 『당신의 빛을』(1965, 친학사), 안장현의 『모래 위의 시』(1966, 정신사), 박절석의 『실내악』(학성사) 등이 발간되어 그들의 그 동안의 작품 활동을 뒷받침하고 있다.

다음으로 주목할 시집은 한국시인협회 소속이며 이 당시 서울에서 결성한 현대시동인으로 활동한 세 사람의 작품집이다. 그 가운데 한 사람이 대구에서 1968년 부산의 침례병원 병리과장으로 부임함으로써 부산문단에 편입하여 70~80년대 부산문단의 활성화와 부산시인협회의 산파역을 맡은 허만하이다. 오늘의 시인선집 시리즈(서울 三愛社)에 『海藻』(1969)라는 제1시집을 발간하게 된 것이다. 그 자신 후기에서 밝혔듯이 지난 10년 남짓 간간이 써온 것을 엮은 것인데, 관념적이며 추상적인 세계를 조형화 내지 형상화하기에 노력한 흔적이 보인다. 그는 1955년 경북의대 재학시절인 1955년 「시와 평론」편집위원으로 창작시와 번역시를 발표하였고, 1957년 의과대학을 졸업할 무렵 《文學藝術》에 「과실」, 「날개」, 「꽃」 3편으로 추천을 완료하였다. 특히 대학재학 시절과 대학원 시절 그 당시 경북대학교에 재직하고 있던 김종길 시인과 청마 유치환과 깊은 교류관계를 유지하면서 이 두 사람의 시적 세계에 영향을 받기도 하였다. 그의 70년대 작품 세계를 신서정으로 규정하여 이수익, 양왕용과 묶은 견해도 있다.[3]

다음으로는 이미 50년대부터 부산에서 활약하고 있는 金圭泰 역시 이 시리즈에 제1시집 『철제鐵製 장난감』(1969)을 발간하게 된다. 이 시집의 제

---

3) 김준오, 위의 책, p88~89

목은 다소 문명비판적이지만 관념적이며 시인의 내면 의식을 형상화하고 있다. 그리고 李秀翼 역시 제1시집 『우울한 상송』을 이 시리즈로 발간하였다. 시집 제목인 「우울한 상송」이나 그의 데뷔작 「告別」은 앞에서 지적한 고 김준오 교수의 견해인 신서정으로 시적진술의 종결을 의문형으로 하는 점에서 시집 제목처럼 다소 여운을 남기는 정서를 사물화시키고 있다. 이 세 사람의 시집 발간은 그 당시 부산 시단의 신선한 자극제가 되었으며, 70년대 중반이후 부산시인협회가 결성되고 신진시인들의 활발한 시집 발간의 기폭제가 되었다.

마지막으로 1973년 발간한 朴奴石의 『바위의 염원』(예문관)을 빼어놓을 수 없다. 그의 화갑기념 시집이기도 한 이 시집은 광복 직후부터 진주와 부산에서 활동한 그의 시적 성과의 결산이기도 했다. 김춘수는 奴石의 시세계를 딜레탕트적이고 기성 시단과 거리를 두고 유유자적하는 시작 태도를 지니고 있었기 때문에 자기의 기질을 끝에 지킬 수 있었으며 이것이 그의 강점이라고 평가한다.[4]

5. 마무리

지금까지 살핀 직할시 승격 직후부터 시인협회 결성 시기까지의 부산시단은 시인협회 결성 이후의 기관지 『南部의 詩』(현재의 계간지 《부산시인》 전신) 창간(1974년)과 빈번한 시집발간과 80년대의 활발한 시동인활동 등을 예견하는 징후를 보이고 있다. 말하자면, 다른 장르에 비하여 수적으로 우세한 시인들과 각종 매체의 당선과 추천이라는 관문에서 갈고 닦은 역량이 집결되어 부산문단을 선도하고, 서울이나 대구, 광주등과 비교하여도 결코 손색이 없는 부산시단이 형성될 것을 충분히 예감하게 하고 있다.

---

4) 金春洙, 훌륭한 아마추어 詩人 奴石(한국문인협회, 부산지부《釜山文學》제6집, 1973) pp.102~105

한국현대시와 지역문학

3

90년대 부산문단활동 상황

1.

부산은 1876년 개항과 더불어 국제 무역항으로 발전하여 온 도시이다. 1925년 일제 강점기 시절 진주에 있던 경남 도청이 이전해 옴으로써 행정의 중심이 되었으며 해방 이후에도 경남 도청 소재지로 6·25사변 시절은 임시수도로 발전에 발전을 거듭하였다. 그러다가 1963년 부산직할시로 독립된 행정단위가 되어 98년 12월 31일 현재 3843000명의 인구가 면적 753.19㎢에서 15구 1군 2읍 3면 216동에 흩어져 살고 있다.

부산의 경제와 산업 사정은 I.M.F 사태로 특히 어려워 전국 최고의 실업률이라는 불명예를 안고 있지만 이러한 현상은 결코 I.M.F 사태에만 기인된 것은 아니다. 부산은 박정희 정권 이후 야당도시라는 별명과 더불어 역대 정권의 경제적 탄압을 받아, 부산의 기간 산업이던 합판산업, 신발산업이 그 밑뿌리부터 흔들리게 되어 한국의 제2도시와 제1항구라는 허울뿐이고 최근에는 모처럼 출발시켜 놓은 자동차 산업까지도 표류되고 있는 실정이다. 부산은 서울과 달리 산업이나 일자리는 이웃 도시 즉, 양산, 울산, 창원 등지에 두고 베드타운으로서의 기능밖에 못하는 기현상을 초래하고 있다. 이러한 도시적 환경에도 불구하고 부산문단은 성장에 성장을 거듭하였다고 볼 수 있다. 이곳에서는 주로 부산의 문인 단체에 대하여 언급하여 보기로 한다. 따라서, 비교적 활발한 동인지 활동 그리고 개별 시인이나 작가들의 활약상은 언급하지 못하는 한계성을 가지고 있다.

2.

1965년 12월호 월간 《시문학》誌의 현역문인 명단에 의하면 부산의 문인은 43명이었다. 그 가운데 시인이 압도적으로 많아 청마 유치환을 비롯한 25명, 소설가로는 요산 김정한, 향파 이주홍을 비롯한 5명, 시조시인으로는 황산 고두동, 정운 이영도를 비롯한 6명, 수필가 박문하를 비롯한 2명, 평론가 2명, 아동문학가 2명, 극작가 1명 등의 분포였다. 이 당시의 지역 자료를 구하지 못한 탓으로 정확하게 파악할 수 없으나 비교적 정확한 이 자료를 약간 초과한 50명 내외의 문인이 65년도 기준으로 부산에 있었다는 추측이 가능하다. 그러나, 1999년 7월 현재 부산 문인협회에 등록된 문인은 총 612명이다. 그 가운데 시인이 263명, 소설가 29명, 시조시인 68명, 수필가 134명, 평론가 24명, 아동문학가 83명, 희곡작가 5명, 외국문학가 6명 등이다. 아마 부산문인협회에 등록되지 않은 각 장르별 협회에 가입된 숫자와 민족문학작가회의 부산지회의 98명의 회원과 개신교(부산크리스천문학가협회), 카톨릭(부산카톨릭문인회), 불교(부산불교문인회) 등의 종교단위 문협이나, 기타 구군 단위 문협회원까지 합한다면 800명에 가까운 문인수로 증가하였다고 볼 수 있다. 따라서, 정확한 증가 비율은 알 수 없으나 50:800, 즉 16배나 증가한 셈이다. 1963년 부산직할시 승격 당시의 인구 136만명의 인구에 비해 현재의 인구 384만 즉, 2.8배 증가에 비하여 엄청난 규모의 문인 증가추세를 반영하고 있다. 이러한 증가 추세는 1988년 이후 급증한 문예지와 다양한 등단 제도에서 기인한 현상이다.

800명에 가까운 문인 수에 따른 문제점도 없는 것은 아니지만 부산시 당국에서도 이러한 추세에 부응하여 오래 전부터 문예진흥기금을 확보하여 개인 창작집과 각 단체의 기관지, 동인지 지원 및 백일장, 낭독회, 시화전 등 부대행사와 부산시 문화상 문학부문 등의 지원을 아끼지 않고 있다.

이제 문인 단체별 활동상황을 간략히 소개하기로 한다.

부산문인협회(회장-최상윤)는 그 기원을 직할시로 승격되기 전인 1962년 한국문인협회 경남지부에 둔다. 그러다가 1964년 2월 예총부산지부 산하 문협지부로 재발속된다. 최초의 문협 기관시는 64년 12월 10일 발간된 《부산문예》이다. 그러나 그 발간이 순조롭지 못하다가 67년 12월 《부산문학》으로 출간된다. 이렇게 출간된 잡지는 70년대 80년대를 거쳐 일년에 《부산문예》 한 번 《부산문학》 한 번씩 내다가 지금은 부산문인협회의 연간지로 1998년 제36집을 내고 있다. 1990년 여름 연간집과는 별도로 부산시 예산에서 원고료 전액 지원하는 조건으로 계간 《문학의 세계》가 창간되었다. 이 계간지는 발간 초기에 문협 기관지의 성격보다 전문 계간지로 전국을 상대로 참신한 특집과 질 높은 발표의 장을 마련하자는 의견도 있었으나, 결국 부산 문인 중심의 계간지로 귀착되었다.

1995년 봄호로 통권 19호를 내고 문화공보부에 정식으로 등록하는 절차를 밟으면서 다른 지역의 유사한 계간지 때문에 그 제호를 《문학 도시》로 바꾸어 재창간되면서 99년 여름 통권 17호를 발간하고 있다. 계절마다 장르별 특집을 하고 기획 특집까지 하는 등 의욕을 보이고 있으며, 무엇보다 원고료를 제대로 지급하는 계간지라는 점에서 부산의 자존심이기도 하다. 앞으로 보다 격조높은 특집과 전국을 상대로 한 필자의 개방을 위해서는 문협집행부와는 별도의 편집체제가 마련되어야 할 것이다. 그 외 문인협회가 주관하는 행사로는 〈명소순례 백일장〉(연 4회), 〈시민 문예 강좌〉(30강좌), 〈청소년 시 낭송회〉(2회) 등이 있으며, 부산시 문화상 문학부문 후보를 이사회에서 결정하여 추천하고 있다. 그리고 2년 전부터 부산시가 주최하는 〈한국 해양 문학상〉 작품 공모를 주관하여 금년도 제3회 수상자를 낸 바 있다.

　부산의 경우 리얼리즘 문학의 선구자였던 소설가 요산 김정한의 영향으로 최근에 서울에서 한국문인협회와 쌍벽을 이루어 사단법인으로 등록된 〈민족문학작가회의〉의 활동이 두드러진 것이 지역적 특성이라고 할 수 있다. 지금은 부산지회로 등록되어 있으면서 부산작가회의라는 명칭으로 활동하고 있으나, 초창기에는 〈5·7문학협의회〉(1985. 5. 7 발족)로 발족하여 기관지 《문학과 실천》《문학과 현실》로 개칭되어 현재는 《작가사회》로 개칭되어 있음)을 발간하였으며 1988년에는 〈부산민족문학인협의회〉로 개편(회장 윤정규)되었다.

　현재 98명의 회원으로 제2대 회장에 소설가 조갑상이 1998년에 취임하였다. 요산 김정한의 작고를 계기로 1998년 11월 제1차 〈요산 문학제〉를 개최하였으며, 그 구체적 행사는 요산문학기행, 요산문학토론회, 문학 강연회, 요산문학상 시상식, 요산문학 독후감 현상공모 등이었다. 그 외 분기별 세미나, 문학 토론회, 소식지 발간 등의 사업을 하고 있으며, 요산문학제를 계기로 요산의 문학 정신인 리얼리즘의 확대와 재생산을 주도하는 단체이기도 하다.

　다음으로 각 장르별 단위협회에 대하여 언급하기로 한다. 우선 가장 많은 문인 숫자를 가진 시 장르 단위 협회인 부산시인협회의 태동과 발족에 대하여 언급하겠다. 부산시인협회는 32명의 뜻있는 시인들이 모여 1974년 7월 19일 《남부의 시》 1집을 발간하면서 태동되었다. 그 해 12월 부산시인협회를 결성하여 회장이라는 임원제도를 배제한 편집위원(이형기, 허만하, 김규태, 손경하)체제로 출발하여 88년까지 지속되다가 89년 초대 허만하 회장, 91년 제2대 허만하 연임, 93년 제3대 김석규, 95년 제4대 이상개, 97년 제5대 이해웅, 99년 현재 제6대 정순영 회장 체제를 유지하고 있다. 32명으로 발족한 이래 현재 225명의 회원을 가진 큰 단체로 확대되었다. 그 동안 《남부의 시》를 30권이나(최근에는 반년간제로 정착됨) 발간하였으며 월보도 75호나 발간하였다. 그 외 시협세미나를 매년 11월 시의 날을 전후하여 개최하고 있으며, 93년부터는 시인들이 스스로 기금을 마련하여 시협상을 수여하고 있다. 그 수상자는 허만하(93년 1회), 임명수(94년 2회), 유병근(95년 3회), 김석규(96년 4회), 임수생(97년 5회), 하현식(98년 6회) 등으로 주로 작품집을 발간한 회원 가운데 엄격한 심사를 거쳐 수여하고 있다.

96년부터는 신인상을 추가하여 김형술이 받았으며 97년에는 이근대가 받았으나 98년에는 수상자를 내지 못하였다. 올해에는 지난 해에 이어 여름시인학교를 며칠 전에 가지기도 하였다. 많은 회원들 탓에 협회운영방향의 이견이 노출되는 경우가 종종 생긴다. 그러나 그것은 시작 태도와 단체의 효용가치를 어디에 두고 있느냐하는 등의 견해 차이기 때문에 현 집행부가 해결하도록 노력하면 충분히 해소될 갈등이다.

부산소설가협회는 1982년 이주홍, 김정한 두 원로 소설가를 고문으로 모시고 최해군을 회장으로 창립되었다. 창립회원은 14명밖에 지나지 않았으나 현재는 총 41명으로 늘어났다. 제2대 윤정규(88-92), 제3대 이규정(93-96), 제4대 김성종(97-현재) 회장 체제로 지속되어 왔으며, 소설가협회에서는 여름소설학교를 발족 초기부터 개최하고 있다.

특히 96년 제15회 때에는 부산 민족작가회의와 공동개최하여 중국연변까지 가 그 와중에 김하기 회원이 취중 월북하여 전국적 관심을 모은 바 있다. 소설가 협회는 회원 공동창작집 형태의 연간집을, 83년 6월 《소설 열네마당》이라는 이름으로 발간하기 시작하여, 97년부터는 부산소설문학상을 운영하여 그 수상집 체제로 발간하고 있다. 역대 소설문학상 수상 작가로는 정태규(97년 1회), 조갑상(98년 2회), 박향자(99년 3회) 등이다. 소설가협회는 소설 인구의 저변확대를 도모하기 위하여 매년 '소설학당'을 개설하고 있으며 매주 2시간 6개월 과정으로 99년 현재 제 6기생을 수료시키고 수강생 중 7명의 작가를 배출시켰다.

향파 이주홍의 영향으로 부산의 아동문학계도 일찍부터 활발하게 움직였다. 1950년대 중반 이주홍과 조유로를 중심으로 활동하다가 1972년 부산아동문학회로 정진채 회장이 앞의 두 분을 고문으로 모시고 재발족하였다. 77년에는 부산아동문학가협회라는 단체까지 생겨 양립되었다. 이것은 서울의 아동문학계가 양분된 영향 탓이라고 볼 수 있다. 1985년 당시 향파 이주홍을 회장으로 추대하여 두 단체가 부산아동문학협회로 통합되었다. 다시 94년 부산아동문학인협회로 개칭되어 현재 강구중(13대)회장 체제로 되어 있으며, 89명의 회원을 가진 단체로 발전하였다. 73년부터 18권의 연간집을 내었고, 어린이를 대상으로 한 부산어린이문학상을 28회나 시상하였다. 회원을 대상으로 한 부산아동문학상은 21회나 시상되었으며 박지현 회장 시절(97-98)부터 신인상을 시상하고 있다.

다음으로 활발한 활동을 하고 있는 단체로는 부산시조시인협회이다. 1972년 부산시조문학회로 창립되어 동인지 《볍씨》를 21집까지 발간하였으며, 1991년에는 부산시조시인협회로 확대 창립하여, 기관지 《부산시조》를 10호까지 발간하였다. 현재 임종찬 회장 체제로 100명에 가까운 회원을 가지고 있기 때문에 한국의 시조시단에 비중 높은 지역협회로 인정받고 있다. 특히 1986년에는 부산여류시조문학회까지 창립되어 《부산여류시조》 11집이 발간되었다. 그 외 사업으로 신인 발굴을 위한 협회 차원의 백일장이 봄, 가을 두 차례 열리고, 기성 시조시인의 창작의욕을 고취하기 위해 성파시조문학상, 민족시가대상 등을 시상하고 있으며, 여름 연수회도 빠짐없이 개최하고 있다. 부산시조시단의 활성화에 기여한 행사로는 부산시교육청 주최로 교사와 학생 시조짓기 운동을 몇 해 전에 몇 년 동안 지속적으로 개최한 점이다. 앞으로 이러한 행사의 부활과 시조시인 창작교실 등이 계획되고 있다.

다음으로 부산수필문학협회에 대하여 언급하여 보기로 한다. 부산수필문학협회(회장 황정환)는 87년 창립되어 52명의 회원을 가지고 있다. 현재 《부산수필문학》을 9집까지 발간하였으며, 1년에 1회씩 수필문학에 대한 세미나를 하고 있다. 문협회원(98명)에 비하여 적은 숫자의 회원인 까닭은 등단 제도의 다양성으로 인한 데뷔 경로의 이질성과 활발한 동인 활동 때문이라고 볼 수 있다.

마지막으로 비평가들의 단체를 소개하기로 한다. 협회 차원의 단체는 아니지만 비평가 전문 단체인 '오늘의 문예비평팀'이 있다. 이 단체는 비평 전문 계간지 《오늘의 문예 비평》을 1991년 4월 15일 창간하면서 결성된 단체이다. 99년 여름 통권 33호를 낸 이 계간지는 그 필진을 부산에 한정시키지 않는 비평전문지로서 전국에서도 유일한 것이다. 현재 편집 자문과 편집 동인 체제를 가지고 있으며, 남송우를 비롯한 11명의 젊은 비평가가 중심이 되어 움직이고 있다. 대형서점인 영광도서와 주관하는 영광도서 토론회와 고석규문학상 등을 주관하고 있다.

3.

부산 문단의 활성화에 기여한 문학저널리즘으로는 국제신문과 부산일보의 문예제도 부활이다. 60년대 한동안 지속되었던 제도가 그동안 중단되었다가 80년대 후반에 부활되어 이 지역 문인지망생들에게 권위있는 등용문이 되고 있다. 그 외 1994년 여름에 창간한 전국적인 필진을 동원하는 시전문지 《시와 사상》(99년 여름, 통권 21호), 종합계간지 《오늘의 문예비평》(1993 겨울 창간) 등이 동인지 형태를 벗어나고 있으며 1995. 4 창간되었다가 지난 해에 폐간된 시 월간지 《열린시》와 《지평문학》 등의 폐간은 I.M.F 사태에서 빚어진 손실이다. 최근에는 시계간지 《시의 나라》(99년 봄 호)가 창간되었고, 다른 시계간지 하나도 곧 등장하리라 한다.

그러나, 이렇게 지면이 많아지고 있으나, 정상적인 경영체제 즉 원고료를 제대로 지급하면서 격조높은 글을 청탁받아 수록하는 경우는 많지 못한 현실은 부산 역시 한국적인 현실과 마찬가지이다. 또한 이렇게 풍성한 문단에 비하여, 문단 밖에 크게 영향을 끼치지 못한 집안 잔치에 불과하다는 경우 때문에 문학의 위기에서 한 걸음 나아가 문학의 죽음을 우려하는 시각도 있을 수 있다. 뿐만 아니라 대중 문화와 디지털 시대의 영상매체에 어떻게 응전해야 하는가 하는 문제도 우리 앞에 보이는 큰 파도임을 인식하지 않을 수 없다.

부산크리스천 문인협회 초창기의 의욕과 노력

1989. 9. 4 대학가는 검문검색의 날이었다. 이 날은 부산크리스천 문인들이 1960년대 부산크리스천 문인선배들의 뒤를 이어 구심점을 만들기로 뜻을 모은 날이다. 소정교회 교육관에서 오후 6시 30분 발기모임을 갖자고 심군식 목사, 나 그리고 하현식, 박윤기 시인의 이름으로 안내문을 그 당시 파악된 부산문협 회원 가운데 크리스천으로 알려진 20명 내외의 모두에게 보냈다. 연락책임은 허성욱 시조시인이었는데, 그는 소정교회로 오는 도중 검문검색을 당했다고 기억하고 있다. 이날 저녁 7-8명의 회원들이 모였다. 60년대 선배님이신 심군식 목사님을 고문으로 모시고, 회장은 당분간 내가 맡기로 하고 부회장에 박윤기 시인, 총무에 허성욱 시조시인 이렇게 임원을 구성하고, 이 날을 실질적인 창립일로 정하였다. 앞으로의 활동방향과 여러 가지 일을 의논하고, 식사장소인 소정교회 근처의 현대 숯불갈비로 옮겼다. 특히 이날 저녁식사를 크리스천문화에 관심이 많고 뒤에 대한예수교 장로회(통합) 남선교회 전국연합회 회장까지 지내신 동래중앙교회 고 이기학 장로가 스폰서 한 것이 우리들에게 큰 힘이 되었다. 회칙은 89. 10. 16부터 효력을 발한다고 되어 있는데 아마 두 번째 모임에서 회칙을 통과시킨 것 같다. 이렇게 발족한 부산크리스천 문협에 활기를 불어넣은 곳은 교회복음신문사였다.

김인환 사장의 배려로 우리는 문현로타리 옛날 사무실에서 월례회를 가졌으며, 교회복음신문 문예작품 심사도 겸하여 하곤 하였다.

부산크리스천 문협이 다양한 행사로 본격적인 활동을 하게 된 것은 1990년부터이다. 1990년 7월 30일부터 8월 1일까지 2박 3일 동안 가덕도 소양보육원에서 제 1회 해변 문학교실을 가진 것은 정말 오래오래 기억에 남는다. 그 때의 일정과 행사는 부산기독교문화회 회보 11호(1990. 9. 27)에 허성욱 시인이 3쪽에 걸쳐 자세하게 소개하였다. 30일 12시 삼일교회에 모여 용호제일교회와 사상제일교회에서 제공한 버스로 용원 선착장에 도착하여 나룻배로 가덕도로 갔다. 그 때 순서를 맡은 사람들을 소개하면 다음과 같다. 개회예배 설교는 본회 고문이신 심군식 목사님이 맡았다. 이어서 주제발표는 「한국기독교문학의 방향모색을 위한 제언」이라는 제목으로 문학평론가 남송우 교수가 맡았다. 저녁에는 「나의 작품 나의 인생」이라는 제목으로 하현식 시인이 시작과 인생에 대한 견해를 장시간 피력하였다. 뒷날 새벽 경건회는 백성호 목사님이 담당하셨고, 오전에는 수필작법(한영자 권사), 시작법(양왕용 회장) 특강을 가졌고, 오후에는 가덕도 정상에 올랐으며 고갯마루에서 백일장도 가졌다. 입상자 가운데는 이미 교회복음신문현상모집에 당선된 고 김동재 시인, 양정열씨가 있었으며 나머지 시 당선자 두 사람의 작품과 산문 당선자 두 사람의 작품은 교회복음신문에 발표하기로 하였다. 저녁에는 동화작법(심군식 목사) 특강을 가졌다. 마지막 날에는 꽁트작법(김흥규 목사님), 시조작법(허성욱 시인) 특강을 가졌고 시조강의 후 백일장 시상식을 가졌다.

폐회예배에서는 김흥규 목사님이 인도하셨고, 폐회예배 후에는 소양보육원 풀장에서 자유시간을 가지기도 하였다. 이렇게 시작된 해변문학교실은 비록 기간이 1박 2일로 단축되었으나 한해도 중단되지 않고 지금까지 계속되고 있다.

그 해 가을에는 추수감사절 기념으로 〈문학과 기독교의 만남〉이라는 행사를 삼일교회에서 가지기도 하였다. 이 때부터 계획된 연간집은 1992년 1월 《소금의 나라》로 비로소 빛을 보았다. 특히 1집은 2000부나 찍어 많은 사람들에게 보급은 하였으나 출판비 정산에 애를 먹기도 하였으며, 그 결과 2집의 발간이 순조롭게 되지 않았다. 93년 1월부터 8월까지 회장인 내가 Utah주립대학교에 방문교수로 떠나 다소 소강 상태였으나 8월 귀국하자마자 회원들 모두의 힘을 모아 93년 12월 제2작품집 『빛의 나라』를 내기도 하였다. 그런 후에 94년부터는 제 2대 회장인 한영자 권사님이 취임하게 되는데, 그 때부터 연간집은 순조롭게 발간되고 있다.

초창기에 우리 크리스천 문협이 활성화된 까닭은 무엇보다 우리들을 신앙의 힘으로 뭉쳐주신 하나님의 은혜임에 틀림없다. 다음으로는 회원들의 열성과 가족적인 분위기 때문에 자주 모였으며 여러 유형의 행사를 할 수 있었던 것이다. 마지막으로는 교회복음신문, 월간 고신 등 기독 주간신문과 잡지들에서 기독교문학에 관심을 쏟아 신인들을 많이 발굴한 때문이다. 그러나, 가톨릭이나 불교 문인단체와는 달리 교계의 뒷받침을 전혀 받지 못한 것은 아쉬운 점이라 할 수밖에 없다. 그것은 한국개신교가 안고 있는 개교회중심의 활동과 교단분열, 그리고 교계의 문화에 대한 무관심이라는 구조적 모순에서 온 현상이다. 이러한 무관심에도 불구하고 우리 부산크리스천 문인들은 경향각지의 크리스천 문인들이 한결같이 부러워하는 소중한 단체인 부산크리스천문학가협회를 가지고 있다.

섬에서 고향 그리워하며 산 시인
- 한찬식 시인의 삶과 시

1.

韓讚植 시인의 전집을 엮는다는 청탁서와 전화를 받고 韓시인의 추억을 제재로 한 詩 한 편을 보낼까 하다가, 그의 시집 『落葉日記』(1974. 연문출판사), 유고시집 『다시 섬에서』(1978, 시문학사)를 읽었다. 그러다가, 시보다는 散文을 한 편 쓰기로 마음을 바꾸었다. 왜냐하면, 그동안 우리 모두가 韓시인에 대하여 너무 무심했다는 생각이 들었고, 필자 자신 생전에 너무 韓시인의 어렵고 고독한 삶과 詩에 대한 혼신의 노력을 자세하게 감지 못했다는 일종의 자책감이 샘솟았기 때문이다.

2.

韓시인과 필자와의 만남은 1969년 필자가 대구에서 부산으로 내려 온 첫 해 중·고등학생 백일장 심사하는 자리에서로 기억된다. 그런 후에 文協 행사나 1974년 시인협회가 발족하면서 자주 만나게 되었다. 그는 그 당시 大洋中學校 미술교사이면서 文協 시분과위원장을 맡고 있었다. 필자는 그의 과묵하면서도 중후한 인품에서 많은 연세를 짐작하였으나 최근 그의 약력을 자세하게 살펴보면서 깜짝 놀라지 않을 수 없었다. 그 당시 필자의 생각으로 靑馬가 돌아가신 이후 朴奴石(1913-1995) 선생이 가장

어른이셨으며, 해방 직후부터 작품활동을 한 몇몇 시인들이 당연히 연세가 많았으리라 생각하고 있었다. 그런데 사실 그들보다 韓시인이 비록 58년부터 59년 사이에 『自由文學』誌를 통해 楊明文시인의 추천으로 등단하였음에도 불구하고 1921년생으로 연장자에 속했다. 약력과 韓시인의 시집 후기를 살펴 본 결과 그는 30대 후반의 나이로 그 당시로서는 비교적 늦은 나이에 시단에 데뷔한 셈이다. 그는 30대 초반까지 그림에 열중하다가 사적 사정에 의하여 시로 전환했다. 李炯基시인이 그의 유고집『다시 섬에서』의 「책 머리에」에서 부산 시단의 長老라고 한 점은 바로 이 점을 염두에 두었기 때문이라 생각된다.

1921년의 연세는 97년에 돌아가신 필자의 아버님보다 한 살 아래인 셈이다. 그렇다면 69년 당시 시단 활동을 활발하게 하고 있던 부산의 현역 시인 가운데는 실질적인 최고 연장자가 韓시인이었고, 막내는 그 당시 27세(1943년)인 나였던 것이다. 그러나, 필자는 그런 사실도 모르고 그냥 막내 삼촌쯤으로 생각하고 있었으니 정말 故人에게는 죄송스러울 뿐이다.

3.

한시인은 1921년 2월 1일 함경남도 함주군 상기천면 죽리 795번지에서 대지주이면서 만주와 러시아 국경을 넘나들며 독립운동에 관여하는 아버지를, 아버지 대신 농사를 주도하시던 어머니를 부모로 하여 태어났다. 위로는 누나 둘이 있었고 일찍 세상을 떠난 韓시인보다 일곱 살 위인 형을 둔 막내아들이 바로 한 시인이었다. 어머니는 16세에 시집을 와 36세에 막내인 韓시인을 출산하였고 독립운동과 사업으로 농사일에는 전혀 관심이 없는 남편 대신 대지주인 집안의 농사일을 주도하면서 자녀 키우는 일을 비롯한 집안일까지 억척스럽게 하는 그야말로 함경도 또순이였다. 韓시인의 수필 『어머니의 손』에서 이러한 어머니의 모습이 부분적으로 형상화되고 있다.

그의 고향 함주군은 일제 강점기부터 도청소재지인 함흥시와 공업도시로 유명한 흥남시를 둘러싸고 있는 말하자면 도시의 근교 군이었다. 서쪽의 낭림산맥과 북쪽의 부전령산맥이 뻗어내려 산간지대였으나 성천강이 군내에서 동해로 흘러내려 그 유역과 함흥만 쪽의 해안지대는 평탄하여 함흥평야를 이루기도 하였다. 그의 출신면인 상기천면은 함흥시 서북쪽의 주북면 다음 면으로 군의 북부에 위치하였으며, 북서부는 산지와 구릉지대로 밭농사가 주류를 이루었으나 성천강이 면의 동부에서 남류하다가 면 소재지인 오로리에서 성천강의 지류인 흑림강과 합류하여 비옥한 평야를 이루고 있었다. 뿐만 아니라, 일제 강점기에도 제재소와 벽돌 공장 등이 있었고, 면 소재지 오로리는 동해쪽 함흥과 흥남으로 가는 산업철도 함남선과 함주군 북쪽의 신흥군으로 가는 순흥선, 장전선 등의 분기점이었기 때문에 교통의 요지였다. 유명한 부전강 장전강 수력 발전소와 흥남의 공업지 등을 근처에 두고 있었기에 아마 일제강점기부터 근대 문물이 유입되었으리라 생각된다.

韓시인이 중학교를 다니던 30년대 후반에서 45년 해방될 때까지 면소재지에 면내 유일한 초등학교가 있었고, 그는 이 학교를 졸업하고 함흥시에 있는 함남공립중학교에 입학하여 새벽밥을 먹고 어머니와 둘째 누님이 싸주는 도시락을 가지고 통학을 하였다. 그가 졸업한 함남중학교는 함경남도에서 가장 명문이고 역사가 오래된 학교였다. 1909년 두 개의 사립학교를 통합하여 함흥고등학교로 개교하였고, 1918년 함흥고등보통학교로 개칭되었다. 韓시인이 다니고 있던 1938년 조선교육령에 의하여 5년제 함남공립중학교로 다시 개칭되었다. 말하자면 그는 유복한 가정 형편과 지리적 조건 때문에 함경남도 제일의 명문 함흥고보 출신으로 1940년 졸업을 하게 되었다. 졸업과 동시 일본 유학을 떠나, 東京의 大林繪畵研究院의 1년 과정을 수료하였다. 이어서 1943년 6월 明治大學 전문부 상과 3학년을 중퇴할 때까지 일본 유학생활을 하였다. 학업을 중단한 이유는 정확하게 알려지지 않고 있으나, 일제 말기 부친의 독립운동과 사업자금으로 가산이 탕진되었다고 수필에서 술회하고 있는 것으로 보아 그것이 원인이 되었을 것으로 짐작할 수 있다. 그는 일제시대 방학 때마다 관부연락선으로 부산에 와 부산에서 기차로 강원도를 거쳐 함남선 열차로 고향에 오고 갔다. 월남 후에도 12월만 되면, 눈에 덮혀 오히려 포근한 고향 생각이 난다고 수필 「故鄕의 눈길」에서 밝히고 있다. 특히 겨울 방학 때면 기차로 강원도의 눈산을 누벼 고향에 갔던 기억도 술회하고 있다.

그가 언제 월남하였는지는 정확하게 알기는 불가능하나 6·25 전인 것은 확실하다. 6·25 때 UN군 및 한국 문관으로 중동부 전선에 종군하였으며, 종군 후에는 영도 청학동에 정착하였으며, 직장 역시 대양중학교 미술교사로 재직하였다. 말하자면 영도는 그의 제 2의 고향이다. 50년대 전반부터 77년까지 20여년간 머문 곳이기에 그렇게 볼 수 있다. 그의 작품 도처에서 발견되는 바다와 어장, 해녀 등의 제재의 선택은 영도에 직장과 집을 가지고 있었기 때문에 가능하다. 특히 제1시집에 수록된 「섬에서」와 유고시집의 제목이 된 「다시 섬에서」는 그러한 점을 가장 분명하게 보여주는 작품이다. 그의 자녀들은 주로 서울에 거주하고 있는데, 그의 맏딸의 유고집 후기 「책 뒤에」에 의하면, 그는 막내아들이었기 때문에 고향에 두고 온 어머니를 그리워하며 살았고 큰 아들을 병마로 잃은 슬픔과 부인과 생이별한 아픔 때문에 술로 나날을 보내다가 돌아가기 10년 전부터 당뇨병에 시달렸다고 한다. 부산문협이나 시인협회에서 그는 과묵하면서도 맏형으로서의 품위를 잃지 않았으며, 만년에 월간 『해기』에 바다에 관한 산문을 쓰면서 필자의 작품을 언급한 기억도 난다.

4.

韓시인의 데뷔작 「攝理」(1958년 8월호 《자유문학》)에 대하여 간단히 언급해 보기로 한다.

처음 열린 그날부터

한결 투명한 因襲이었으나

하늘은 그저 빈 空間은 아니었다.

종이 한 장의 땅 위에

온갖 것을 휘둘러 놓고

제풀에 앓아우는 狂人을 달래어

아무 일도 없듯이

뭇뭇이 太陽의 아침이 있게 하였다.

별의 먼 距離가 삶이 되게 하였다.

그리하여 얼마나 숫한 가슴이 열려 갔던가

- 「攝理」1 · 2 · 3聯 -

　우선 이 시는 대단히 관념적이다. 시적 화자가 바라보고 있는 대상은 하늘이다. 그러나, 하늘의 구체적 모습은 찾기가 힘들다. 다만 하늘은 그저 빈 공간이 아니라고, 의미를 부여하고 있다. 楊明文은 이 작품에 대하여 시 추천 후기에서 '작가의 우주관이 어떤 안정된 자기 자세를 가지고 있는 점에 호의를 가졌다'고 하고 있다. 이러한 언급은 관념의 형상화에 등장하는 사물들이 '하늘', '태양', '별' 등에서 기인한 때문이라고 볼 수 있다. 이 작품의 관념적 상상력은 사물을 서정적으로 인식하는데 비하여 대륙적이고 남성적인 어조와 태도를 유지하고 있다. 그리고 시인 자신의 삶이나 실향민 의식이 겉으로는 드러나지 않는다. 이러한 경향은 그의 두 권의 시집 속표지로 꾸며져 있는 그의 그림 두 편에서도 발견할 수 있는 경향이다. 그의 두 편의 그림은 추상화이면서 어떤 움직임과 미지의 세계를 탐구하는 역동적 이미지를 가지고 있다. 따라서, 그를 모더니즘 지향성을 가진 시인이라고 볼 수 있을 것이다.

이상과 같은 점에서 우주적 상상력을 그는 시와 그림 두 장르의 예술에서 보여주고 있다. 다른 추천작인 「물무늬」와 「下流」에 오면 다소 구체적 상황이나 정경이 등장하나, 역시 관념성과 추상성은 그의 후기 작품까지 지속되는 특징이다.

5.

韓시인이 우리 곁은 떠난 지 벌써 20년도 넘었다. 영도를 제2의 고향으로 삼고 바다를 바라보고 고향 앞 바다 함흥만을 생각하고 구덕산을 바라보며 낭림산맥 기슭의 고향산을 생각하며 살았던 실향시인 韓讚植 시인의 시비가 영도에 세워져 그가 살다간 족적을 남기게 되었다고 하니, 韓시인에 대한 우리 모두의 죄송스럽고 안타까운 마음이 다소 가셔지게 되었다.

朴顯瑞 시인과 絶對詩 동인

1.

박현서 시인과 절대시 동인회와의 관계를 언급하기 위해서는 우선 절대시 동인회의 결성과 그 변천과정에 대하여 언급하여야 할 것 같다.

80년대 벽두인 1980년 10월 「絶對詩」라는 이름으로 同人集 제1집을 발간하였다. 이 때는 군사계엄령이 선포된 격동의 시기였다. 10 · 26, 12 · 12, 5 · 18등의 이름으로 기록되고 있는 이 시기는 박정희 대통령의 죽음으로 유신시대가 종말을 고하고 80년대의 민주화의 봄이 다가왔다는 예상을 깨고 신군부의 등장으로 광주사태가 발생하고 이어서 계엄령이 선포된 암울한 시대였다.

이러한 폭압의 시기에 김성춘, 박청륭, 양왕용, 유병근, 진경옥, 하현식 등 여섯 사람으로 오로지 상상력의 자유와 새로운 언어에 대한 치열한 탐구정신으로 일종의 순수시 에꼴 형성을 목표로 동인 활동의 첫걸음을 시작하였다. 그 때에 조선일보와 중앙일보의 문화면에 지역동인 활동으로는 유례가 없는 동인회 발족기사가 나기도 하였다. 폭압의 시대에 어떻게 극단적인 순수시 지향의 명칭인 '절대시' 라는 명칭으로 등장할 수가 있느냐고 우리 동인들 내부에서도 다소 이견이 있었다. 그러나, 우리는 암울한 시대 상황의 역설적인 응전이라는 암묵적인 공감으로 동인활동을 시작하였던 것이다. 이러한 시대 상황을 반영한 에피소드로, 1집 발행인이 계엄 사령부의 검열관에게 검열을 받을 때 '절대시'가 무엇이냐는 질문에 절대로 좋은 시이니까 문제될 것이 없다고 하여 탈 없이 발간하게 되었다. 그러나 1집의 작품 가운데 필자의 작품인 「소 눈에 고인 눈물」을 부산시인협회의 기관지 《남부의 시》에 발표하는 과정에서는 창작 배경을 광주민주화항쟁으로 오인 받아 다른 작품으로 교체하기도 하였다. 80년 이후 여섯 동인으로 82년까지 3년 동안 《절대시(1집)》, 《잠든 자의 바다(2집)》, 《두거미의 이야기(3집)》 등 1년에 한 권씩 동인집을 발간하였다. 그 동안 비록 독일의 절대시 경지에는 도달하지 못하여도 순수시 에꼴 형성에 어느 정도는 기여하였으며 부산시단뿐만 아니라, 한국시단의 순수시 운동으로 평가받기도 하였다. 그러나 탄생한 5공화국은 암울한 상황을 더욱 암울하게 만들어 철저히 비순수시의 시대를 만들었다. 우리는 모임은 계속하고 개인적으로 경향 각지의 지면을 통하여 각자 꾸준히 작품을 발표하면서도 86년 5월까지 동인지 발간을 중단하였다.

86년 《광야 끝에 작은 불빛》이라는 이름으로 제 4집을 발간하면서 박현서 시인이 참여하게 되었다. 그 당시 朴시인은 1981년 전봉건 시인의 추천으로 《現代詩學》에 한국전쟁 직후 대학 시절부터 불태운 문학에 대한 정열을 다시 살려 데뷔한 이래 활발한 활동을 하고 있었다. 특히 제대 후 줄곧 동성고등학교 영어교사로 지내면서 소년시절 만주에서 중등교육을 받으며 익힌 일본어를 바탕으로 숭전대학교 일어일문학과 대학원 석사과정을 수료하고 일본현대시를 주제로 석사학위를 받았고, 동의대학교 일어일문학과 교수로 부임하였던 것이다. 뿐만 아니라, 《現代詩學》에 일본 현대시를 집중적으로 소개하면서 일본의 절대시의 한 경향인 具體詩에 관심을 보여 우리 동인지의 시적 방향에 공감하면서 참여하였던 것이다.

朴시인은 4집에 연작시 「자갈치 11~20」 10편을 발표하여 주목을 받기 시작하였다. 이어서 1987년에 발간된 5집은 朴시인에게는 매우 뜻깊은 동인지이다. 그의 대표작이면서 그의 고향인 낙동강 하구에 얽힌 유년기의 체험을 형상화한 「낙동강」 연작시 1, 7, 8, 9, 10 등 10여편이 발표된 것이다. 이러한 점을 감안하여 우리는 동인지 이름을 「洛東江 9」 끝 부분에서 따와 《河口에서 바다는 강을 삼키고》라고 지었다. 1988년에 발간된 6집 《결국 진공을 향하여》에서도 그는 연작시 「洛東江 16~27」까지 10편을 발표하였다. 7집 《침묵 속에 빛나는 바다의 말》(1989)에서도 朴시인은 「洛東江 28~35」까지 연작시 8편과 다른 시 2편을 발표하였다. 이 때에 朴시인은 《現代詩學》에 연재된 일본 현대시에 대한 글을 바탕으로 그의 학문적 업적 가운데 일본 현대시 연구사에 길이 남을 『일본현대시평설』을 한국 대표적인 단행본 출판사인 고려원에서 출간하기도 하였다.

《버리기 또는 찾아보기》(1990)이라는 이름으로 발간된 8집에서도 역시 「洛東江 36~46」 가운데 42를 제외한 10편을 발표하였다. 특히 이곳에는 그의 시비에 새겨져 을숙도 공원에서 낙동강을 사랑하는 많은 사람들에게 읽혀질 「序詩」가 「洛東江 38」로 발표되기도 하였다. 그러나 8집을 제작하는 과정에 朴시인으로는 가슴 아픈 일도 있었다. 8월 어느 날이었다. 동인지가 나왔을 무렵 朴시인은 유럽배낭여행을 다녀왔다.

중앙동 모출판사에서 朴시인을 제외한 몇몇 동인들이 동인지 우송작업을 하기 위하여 모였다. 제본되어 나온 동인지를 확인해 보니 유병근 시인과 朴시인의 이름이 표지 오른쪽 끝 부분에 잘려 나가기 직전 상태로 걸려 있었다. 우리는 난감했으나 출판비용 사정도 있고 번거로운 점도 있어 표지를 다시 제작하자는 말도 제대로 못하고 그대로 발송하기로 하고 작업을 하고 있었다. 일이 한참 진행된 뒤에 朴시인이 출판사에 도착하여 표지를 보게 되었다. 朴시인이 화를 크게 내면서 출판사 기획실장을 나무라고는 책의 재제작을 요구하는 것이었다. 잘못을 수용한 우리들로서는 민망하기도 하고 다소 의외의 반응이라고 생각하였다. 8집의 표지는 朴시인의 요구대로 다시 제작되었으며 처음 제본한 것은 모두 파기시키기로 의견을 모았다. 그러나 朴시인은 화를 내시고는 말없이 어디론가 떠난 뒤였다. 이것으로 절대시 동인과의 인연은 끝이었다.

9집은 1991년 《시와 언어》로 개칭되어 발행하였다. 7집부터 박청륭, 하현석, 최휘웅 동인이 떠났고 이은경 시인의 참여로 다시 여섯 동인으로 8집까지 내었으나, 9집에는 朴시인까지 원고를 보내오지 않고 연락이 되지 않아 동인들을 새로 영입하기로 하였다. 그래서 참여한 동인이 나영자, 이병석, 정선기 세 시인이었다. 뿐만 아니라, 지나치게 절대시 지향성을 보인 동인의 명칭도 부담스럽게 생각하는 사람들이 많아 다소 순화된 《시와 언어》동인으로 바꾸었다. 朴시인은 10집에는 원고를 내겠다는 연락을 김성춘 시인을 통해 전해 왔으나, 제대로 연락도 되지 않고 92년 여름부터 간암으로 투병한다는 소식을 들었으나, 차일피일 하면서 동인지를 제 때에 내지 못했다. 이렇게 하고 있다가 1992년 11월 24일 朴시인의 별세 소식을 들었다. 갓 회갑을 넘긴 62세 정말 우리는 놀라지 않을 수 없었다. 부리나케 동인들 몇몇이 사직동 자택에 차려진 빈소에 문상을 갔다. 사모님을 비롯한 3남 1녀의 가족들은 넋을 잃고 있었다. 나는 동인을 대표해 그 날로부터 며칠 뒤인 발인에 참여하였다. 11월 말이었으나 빨리 다가온 추위와 바람 때문에 한겨울 같은 아침에 양산 삼덕공원묘지로 떠나는 朴시인과 이별하였다. 그러면서 나는 2년전인 90년 8월 그 때의 사건을 이 세상을 떠나기 위한 가까운 사람들과의 정 떼는 행위로 생각할 수밖에 없었다.

말하자면, 朴시인은 우리 절대시 동인들과 동인집을 통하여 생애 만년의 정열을 작품으로 형상화하였다. 뿐만 아니라, 잦은 일본 방문과 해외나들이에서 돌아 왔을 때마다 사직동 자택에 동인들을 초대하여 선물도 나누어 주고, 해외여행에서의 감회를 자상하게 이야기하는 맏형으로서의 다정다감한 면모도 보여주었다. 이러한 모든 행위가 서둘러 이 세상을 떠나기 위한 준비였다고 생각하니 10년이 지난 지금도 가슴이 아프다.

朴시인이 떠나고 난 뒤《시와 언어》동인들은 10집 기념 특집호를 1994년에사 내었다. 그 때에는 11인의 초대시와 6인의 신진시, 3인의 문학과 서정성에 관련된 기획 비평 등을 실어 연간 시전문지로의 의욕을 보였으나, 1997년 김옥남, 류정희 시인까지 참여한 11집 《망각의 방에 간혀》를 끝으로 동인 활동을 중단하고 말았다. 만약 朴시인이 살아 계셔 노익장으로 작품활동과 동인 활동을 독려하였다면《시와 언어》동인의 활동이 지속되지 않았을까 하는 아쉬움을 우리 동인 모두는 지금도 가지고 있다.

2.

朴시인은 일제강점기 그것도 일본이 만주사변을 일으켜 대륙침략을 구체화한 1931년 9월로부터 2개월이 지난 11월 7일 지금은 부산시 강서구로 편입된 김해군 가락면 낙동강 하류 삼각주 허허벌판 외딴집 가난한 농사군의 4남 3녀 중 셋째이면서 장남으로 태어났다. 초등학교를 입학하기 직전 만주로 돈벌이 간 아버지를 찾아 어머니와 5남매가 국경을 넘어 일제가 1932년 세운 괴뢰정부 만주국 목단강성 영안현 東京城이라는 옛 발해국 수도에서 7년 간 살았다. 따라서 그는 그곳에서 초등학교 중학교 2학년까지 다니면서 일본어와 중국어를 학교에서 배우고 집에서 사용하는 한국어와 함께 언어의 삼중구조 속에 시달렸다. 그러나 이렇게 배운 일본어가 나중에 그의 후반기의 삶의 토대를 이루었다는 점에서 역사의 아이러니를 느낄 수 있다. 그는 1945년 8월 15일 광복 4개월 전에 고향인 낙동강변으로 돌아왔다. 그러나 해방의 감격과 더불어 15세의 나이에 어머님을 잃었다. 한국전쟁 중에는 대학 영문과를 다닌 덕분에 UN군 통역 부서에 배치되기도 하였고 휴전 후 뒤늦게 경희대학교 영문과를 졸업하였다. 그는 엘리어트와 에즈라 파운드에 심취하여 학부 졸업논문으로 「T, S 엘리어트론」을 썼다. 경희대 영문과 재학중 소설가 주요섭 교수 댁에 기거하면서 소설지도를 받기도 했으나, 시인 김광섭, 윤영춘 교수의 지도로 대학신문, 중앙학도호국단 기관지 등에 시를 발표하기도 하였다.

朴시인은 당시의 시잡지 추천제도, 문단풍토 등에 회의를 느껴 첫 시집 『人間』(1958)을 300부 한정판으로 상재하고는 동의대학으로 옮기는 80년대 초반까지 부산의 동성고등학교 영어교사로 근무하면서, 형제 많은 집안의 가장으로 당시 성행하던 영어과외도 열심히 한 덕분으로 지금은 도심이 되어버린 사직동 나지막한 야산의 지주가 되어 사백을 시었고, 몇 군데 과수원 농장도 갖게 되었다.

젊은 시절 가졌던 시에 대한 열정은 결국 그를 1981년 전봉건 시인에 의하여 《現代詩學》지에 50을 넘긴 나이로 늦게 데뷔시켰다. 그는 데뷔하자마자 정열적으로 시를 발표하였으며, 일본 현대시를 우리 문단에 집중적으로 소개하였다. 1982년 『일본현대명시선』(연문출판사), 1984년 『일본현대시선』(청하출판사)을 내었고, 앞에서 언급한 대로 1990년에는 『일본현대시 평설』(고려원)까지 출간하였다. 창작시집으로는 1985년 『제막식』(문학예술사), 1989년 『자갈치 시편』(문학세계사) 1990년 『낙동강』(문학세계사)등을 발간하여 10년 동안 불꽃같은 정열로 많은 활동을 하였다.

특히 『자갈치 시편』은 향토적인 제재 때문에 문학외적으로 평가를 많이 받았다. 자갈치 시장 상인 번영회에서 출판격려금까지 받아 朴시인이 꽤 즐거워했던 것이 바로 그러한 세간의 관심을 단적으로 보여 준 것이다. 그의 생전의 마지막 시집이 된 『낙동강』은 그 자신이 평소에 술회한 15세에 돌아가신 어머님의 모습, 유년의 강변 버들피리, 6·25 참전 체험 뿐만 아니라, 그가 낙동강 연작시를 쓰기로 하고 단독여행을 결행하여 낙동강 발원지인 황지에서 하구에 이르는 여행 체험 등 무수한 체험이 반영되어 있다.

朴시인은 이렇게 시작활동, 일본현대시 연구도 열심이었지만, 주말이면 사모님과 함께 농장 가꾸기도 성실한 농부 이상으로 열심이었고, 부산의 원로 시인인 김규태, 손경하 두 분과는 다른 친구들과 함께 낚시도 열심히 즐겨 특히 바다 낚시로 유명한 남해안의 곳곳을 다니기도 하였다. 어느 해 여름에는 추자도에 낚시를 가 풍랑을 만나 사경을 헤맨 적도 있었다.

3.

《절대시》5, 6, 7, 8호에 발표된 연작시 「낙동강」 시편에 대하여 살펴보기로 한다. 흔히 유년기의 추억을 제재로 한 작품은 유년기의 추억들로만 점철되어 동심의 세계에 머물어 버리는 한계성을 가지는 경우가 종종 있다. 그러나 朴시인의 작품은 출발부터 이러한 타성을 벗어날 조짐을 충분히 보이고 있었다.

多大浦 앞바다쯤에서
이승의 마지막 洞口밖을
떠나는 江

漁船들에 펄럭이는
輓章의 행렬
돌아보면
싱겁게
맹물로만 달려온
먼 700리 길

알몸으로
철없이 뛰어드는
맹물들
살속까지
소금으로 저리는

이승의 마지막 아픔

이따금
번갯불 천둥소리가
恩寵으로 쏟아지는
河口에서
바다는
江을 삼키고
허기진 배를 채운다.

– 「낙동강 9」 전문 (《절대시》 5집)

　여기서 朴시인은 강의 죽음을 노래하고 있다. 물론 이 때의 죽음은 다분히 즉물적이기는 하다. 즉, 강이 하구에 이르면 본래의 모습을 버리고 바다와 합류하는 사실을 비유로 표현한 것이다. 그러나, 이러한 비유들이 앞으로 단순한 비유로 끝나지 않을 조짐을 보여주고 있다. 강물이 흘러온 과정을 이승으로 인식한 점이나, 맹물이 바다의 소금물과 섞이는 것을 '살속까지 소금으로 저리는 이승의 마지막 아픔'으로 인식한 점에서 그렇다. 특히 어선의 풍어를 알리는 깃발을 죽음을 알리는 만장으로 보는 부분은 예사롭지 않다.

　앞에서도 언급하였지만, 《절대시》 5집의 제목이 된 끝 부분에서 바다가 강물을 삼키고 허기진 배를 채운다는 표현은 상당히 역동적인 이미지를 가지고 있다. 그러나, 이 작품에서는 죽음의 상징성이 구체적으로 드러나지 않고 있다. 이러한 점에서 근본적으로는 즉물적이라고 볼 수 있는 것이다.

乙淑島는
江을 앞 세우고

하나씩 둘씩 떠나가고 있었다.

쭈그러진

햇살 서너개비 끼고

엉성한 갈잎 사이로

내려 앉는 虛空

갯벌은

검은 喪服을 깔고

靈歌를 부르고 있었다.

江은 살아서 떠났지만

人間은 남아서

조금씩 폐수가 되어

썩어가고 있었다.

– 「낙동강 22」 전문 (《절대시》 6집)

　이곳에서 강은 죽은 것이 아니라, 살아서 떠나고 오히려 죽어 가는 것은 인간이며 그것은 폐수가 되는 것이라 인식하는 점이 앞의 작품과는 다른 인식이다. 부연하면, 순수한 강 자체는 죽는 것은 아니지만, 오히려 인간이 강을 죽이고 있다는 문명 비판적 태도가 끝 부분에 나타나고 있는 것이다. 이러한 문명 비판적 태도나 그 자신이 참전으로 경험한 전쟁의 상처와 같은 것이 강을 죽게 만든 것이라고 인식하고 있다. 즉,《절대시》 5집 「낙동강 13」에서 '三浪津 전투 / 鐵橋가 내려 앉은 水面에 / 하늘을 덮은 까마귀떼들' 이라고 표현하기 시작한 것이다. 뿐만 아니라, 역사의 허망함을 '대가락국은 경상남도 김해군 가락면으로 降等해 있다' 고 표현하면서 이미 《절대시》 5집 「낙동강 11」에서 인식하고 있다. 이러한 복합적인 관념으로서의 낙동강은 朴시인의 연작시 도처에 나타나 있다.

그리고, 다음과 같은 작품에서 江의 죽음은 보다 강렬하게 나타난다.

그 이후

아무도

江을 본 사람이 없었다.

金海벌, 촉석루, 영남루

下端 갈대밭을

모조리 뒤져도 강은 없었다.

1987년 11月

洛東江 하구언 건설현장 부근

乙淑島 썩은 갯벌 가에서

江은

목이 졸린 시체로 또 올랐다.

江이

晋州 촉석루를 지날 때

論介의 원혼이 씌었다고도 하고

密陽 영남루 물구비마다

시퍼렇게 일어서는

아랑의 비수같은

가야금 소리 때문이라고도 했다

정확한 사인은

아직도 구명되지 않았다.

- 「낙동강 35」 전문(《절대시》 7집)

　지금까지 朴시인이 동경하는 강과 죽은 강의 정체가 분명하게 드러나지 않았는데 이 작품에서는 분명히 드러나고 있다. 그가 죽었다고 인식하고 혐오하는 강은 셋째 연에서 구체적으로 지적된 '낙동강 하구언 건설 현장 부근 을숙도 썩은 갯벌 가'에서 인간에 의하여 오염된 강인 것이다. 그런데 이러한 인식에도 불구하고 그는 시적 상징을 성공적으로 수행하기 위하여 직접적으로 진술하지 않고 일종의 시치미를 떼고 있는 수법을 동원하고 있다. 강의 사인에다 역사적 상상력을 도입한 것이 바로 그러한 부분이다. 진주 남강에서의 '논개'의 순국이나, 밀양의 아랑의 전설을 삽입하여 강의 죽음을 엉뚱한 곳으로 끌고 가고 있다. 특히 이러한 시치미 떼기의 압권은 이 작품의 마지막 연 '정확한 사인은 / 아직도 규명되지 않았다'라는 부분이다.
　이상과 같이 그가 인식한 낙동강임에도 불구하고 그는 낙동강의 순수함을 동경하여 「낙동강 38」을 「序詩」로 남기고 있다. 이 작품은 앞에서 언급한 것처럼 그가 마지막으로 참여한 《절대시》 8집에 다음과 같이 수록되어 있다.

江물이

물빛으로 말할 때

푸른 하늘빛으로 가득 차 있었네

江물이

더 깊은 가슴을 헐어 보일 때

허연 물거품만 지고 있었네

江물이

말이 없을 때

하늘은 비어 있었네

– 「낙동강 38」 전문 (《절대시》 8집)

이렇게 그가 동경한 강은 문명의 때가 묻지 않은 순수한 강이었다. 을숙도 공원에다 이 작품을 시비에 새겨 세우듯이 우리 모두는 순수한 강을 동경하며 강을 죽여서는 안될 것이다. 朴시인의 「낙동강」 연작시는 이러한 朴시인의 염원을 형상화하고 있음에도 불구하고 그의 유년의 슬픈 기억과 전쟁의 아픔, 역사의 변천, 개발로 인한 오염 등을 모두 담고 있다는 측면에서 다층적 구조를 가지고 있다.

앞으로 이러한 朴시인의 낙동강 시편뿐만 아니라, 우리나라 현대시에 나타난 '낙동강' 시편 전체를 대상으로 낙동강의 시적 형상화를 본격적으로 연구할 필요가 충분히 있다고 생각하면서 朴시인과 絕對詩 동인과의 관련성에 관한 글을 끝맺고자 한다. 벌써 朴시인이 이승을 떠난지 10년이 넘었다. 그럼에도 불구하고 시비도 세우고 추모책자도 내는 부산시단의 훈훈한 인정으로 朴시인을 일찍 보낸 슬픔을 달랜다.

불꽃처럼 살다 떠난 二代 예술가의 삶

김준오 교수의 삶

1.

벌써 金埈五(1937~1999)교수께서 이 세상을 떠난 지도 한 달이 되었다. 요즈음의 우리나라 남자들의 평균 수명에 견주어 63세의 나이는 정말 너무 아쉽게 우리 곁을 떠났다고 볼 수밖에 없다. 가까이 있었기 때문에 金교수의 병세에 대하여 비교적 자세히 알고 있었다. 그러나, 지난 3월 16일 대학병원 입원실을 찾았을 때에는 다소 호전된 상태로 퇴원 후에는 모든 것을 잊고 건강만 유의하겠다면서 나와 나눈 대화와 입원실을 나올 때의 金교수의 눈길이 아직도 내 뇌리에 생생하게 남아 있는데 나는 이렇게 이 세상에서 저 세상으로 떠난 金교수의 삶과 인간을 주제로 하여 글을 쓰고 있다. 金교수와 나는 거의 같은 무렵에 부산대학교에 부임하였다.

내가 76년 봄 사범대 국어교육과 시론 전공교수로 그가 77년 봄 인문대 국문과 시론과 비평론 전공교수로 부임하여, 22년 동안 비록 소속 학과는 달랐으나, 전공이 같은 관계로 정말 누구보다도 돈독한 관계를 유지하였다. 사실 金교수의 명성과 학구적인 자세는 이보다 수삼년전 당시 金교수가 만학으로 동아대 국문과 석사과정을 수학하고 있을 때 출강한 경남학원에 근무하고 있던 나의 대학동기로부터 들어 알고 있었다.

金교수의 예리하고 엄격한 학문적 자세와는 대조적으로 인정 많고 상대

방을 자상하게 배려하는 인품에 얽힌 나와의 에피소드를 여기에서 일일이 자세하게 열거하자면 이 지면으로는 도저히 감당할 수 없다.

2.

나는 이 자리에서 다른 사람들에게는 잘 알려지지 않은 오래 전에 돌아가신 金교수의 선진의 생애와 김교수의 생애가 너무나 닮았기 때문에 두 사람의 삶의 역정을 비교하여 살펴보기로 한다.

金교수의 선친은 부산의 음악계 인사들은 누구나 알고 있는 부산 현악계와 관현악단의 초석을 놓은 고 金學成님이다. 그는 1911년 경북 김천에서 출생하였으며, 만학으로 일본동경음악학교를 1941년 졸업하고 부산에 정착하였다. 여기서 만학이라 한 까닭은 1937년생인 金교수의 출생연도에서 짐작되듯이 그는 결혼 후 일본 유학을 떠났으며, 그 당시로서는 만학인 30대 초반에 음악학교를 바이올린 전공으로 졸업하였기 때문이다.

1941년 부산 정착 첫해에 제1회 독주회를 그 당시의 부산극장에서 가졌고, 바이올린 교습소도 열어 일제 강점기 말엽의 부산음악계를 선도하기 시작하였다. 그의 문하생이 주축이 되어 일제에 의한 관제 합주단과 견줄 수 있는 부산현악합주단을 조직하여 활동하였으며, 이것은 해방 직후인 1947년에 발족한 부산관현악단의 초석이 되었다. 그는 독주회도 부지런히 가져 피난수도 시절인 1953년에도 제 3회 독주회를 성악가 고 김천애 교수가 출연하는 가운데 가지기도 하였으며, 1955년에는 제4회 독주회에서 작곡가 이상근 교수의 「새야 새야 파랑새야」를 초연하기도 하였다. 이어서 1956년에는 김천애 교수와 2인 음악회를 가지기도 하였다.

피난수도 부산의 토착음악가로서 서울에서 피난 온 음악가들에게 부산의 자존심을 보여준 음악가가 바로 金교수의 선친이었던 것이다.

그는 연주가이면서 지휘자로 때로는 작곡도 하였으며 음악교육자로 부산사범학고, 경남공고, 부산상고, 경남고교 등에서 교편을 잡았으며 동아대학교에 출강하기도 하였다. 그러나, 이렇게 활동적이고 선구적인 그 역시 1958년 2월 48세의 젊은 나이로 세상을 떠난다. 그가 떠난 이듬해인 1959년 제2회 부산시 문화상이 추서되기도 하였다. 그에 대한 인물평은 釜山市史 〈예술 편〉에 음악에 대한 끊임없는 열정과 자기 자신의 개인적인 문제는 버리고 남을 위해 헌신하는 스타일이었다고 한다.

이렇게 金교수의 선친이 세상을 떠난 1958년은 金교수의 서울 문리대 국문과 1학년 시절로 막 시작한 대학 생활이 얼마나 어려웠던 것은 충분히 짐작할 수 있다. 남녀 통틀어 맏이인 金교수가 대학 1학년이었으니 그 밑의 여동생 둘과 남동생 하나는 장남인 金교수와 아직도 생존해 계시는 미망인인 金교수 모친의 몫이었다. 말하자면 그는 대학 1학년 시절부터 실질적인 가장이 된 셈이다. 이 시절의 어려움에 대해서는 그의 출신고교인 경남고등학교 동기이자, 서울 문리대 국문과 동기이고, 같은 학과 동료 교수인 金重河교수에 의하여, 金埈五교수의 「시와 시학상」-평론부분을 수상 특집호인 『시와 시학』 1997년 겨울호에 쓰여진 「철두철미한 생활태도와 학문적 엄격성」이라는 제목의 글에 비교적 자세하게 언급되어 있다.

그 무렵은 누구나 어려웠던 시절이었지만, 金교수의 대학생활은 집에서는 거의 재정적 지원이 없었고, 가정교사 일과 식당에서의 접수 일까지 보았다고 한다. 나의 기억으로 金교수는 부산대학교에 와서도 남동생을 장가보냈으며, 큰 손자로 고향 김천에서 할머니의 초상을 치르기도 하였다.

金교수는 1961년 대학을 졸업하고 서울에서 잠시 교직생활을 하고, 출판사 편집사원으로 근무하였으며, 그러다가 1963년 5·16 군사쿠데타로 탄압받던 《思想界》편집사원을 끝으로 낙향하게 된다. 그의 문학적 감수성은 경남고교시절부터 두드러졌다. 경남고교 시절 문예반 지도교사였던 고 손동인 교수(시인, 아동문학가, 인천교육대 교수 역임)의 사랑을 받았으며 당시 중고교생의 필독잡지였던 《학원》에 응모작 시가 당선되기도 하였으며, 동인지 《成火》를 간행하기도 하였다. 그러나, 낙향과 더불어 동생들까지 돌보아야 하는 생활인이 되어 1964년부터 부산대학교로 직장을 옮기기 직전인 1974년까지 부산여자상업고등학교 교사로 근무할 때에는 문학적 웅지를 펼칠 수가 없었다. 앞에서 잠시 언급하였지만 그는 1974년 동아대학 석사과정에 적을 두면서 학문과 비평에 뜻을 두었다고 볼 수 있다.

3.

金교수가 비평가로 공식적인 활동을 시작한 것은 金重河교수와 더불어 그의 막역한 친구인 대학동기 朴東奎교수의 아버지인 朴木月시인이 주재하는 《心象》지를 통하여 1975년 「현대시와 영원의 재발견」을 발표하면서부터이다. 이듬해인 1976년 『현대시의 현상학적 고찰』이라는 논문으로 석사과정을 졸업하게 되면서 본격적인 비평활동과 학문의 길로 들어서게 된다. 특히 1979년에 번역 출판한 『문학과 시간현상학』(심상사)은 그가 대학 시절부터 아끼던 원서를 번역한 것이며, 우리나라 비평계에 현상학적 방법을 수용하는 계기를 만들기도 하였다. 이렇게 金교수가 학문의 길로 들어서기까지를 살펴 본 결과 金교수 역시 그의 선친과 같이 만학이라 하여야 할 것 같다. 말하자면, 10여 년 동안 생활을 위하여 성실하고 숨 가쁘게 살아오다가 40대 초반에 비로소 학자로 정착한 것이다. 이렇게 늦게 시작한 비평활동과 그가 착안하는 참신한 이론과 힘 있는 문체 탓으로 그의 실제 나이를 잘 모르고 있던 독자들이나 잡지 편집자들은 그를 젊은 비평가로 잘못 알기도 하였다. 평소에 자주 비평을 통해 접하다가 실제로 그를 만나 본 시인들이나 잡지 편집인이 대학의 학번을 이야기하면 놀란다는 말을 자주 하곤 하였다. 그러나, 젊은 비평가라는 말에 크게 기분 나빠하지 않았으며 그의 특유의 미소를 짓는데서 그의 인품과 비평과 학문에 대한 열정을 감지할 수 있었다.

늦게 시작한 학문의 길과 비평활동이 부산대학교에 부임하면서 불꽃처럼 활활 타오르기 시작하였다. 나보다 7년이나 먼저 태어난 한참은 형님에 해당하는 나이이지만, 부럽기도 하고 존경하지 않을 수 없을 정도로 맹렬한 활동이었다. 그 가운데 1982년 초판을 낸 『시론』은 출판사를 세 번이나 옮기면서 4판, 그것도 판이 바뀔 때마다 개정 증보하여 발간되어 경향각지의 대학교재는 물론이요, 시를 공부하는 시인 지망생들에게도 필독서로 읽히고 있다. 따라서, 金교수의 『시론』은 우리나라 시론의 수준을 향상시키는데 충분히 기여하였다.

이러한 업적의 성과로 1985년 부산시 문화상을 수상하였고, 1987년에 취득한 박사학위 논문 『한국근대문학의 장르론에 대한 연구』는 곧 『한국현대장르비평론』이라는 제목으로 문학과지성사에서 출간되어 한국현대비평이론의 수준을 격상시켰다. 그 후 그는 저서를 낼 때마다, 대한민국 문학상 평론부문, 시와 시학상 수상 등으로 그 성과를 인정받았다.

90년대 이르면 金교수는 대학행정에도 관여하여 부산대학교의 교무처장과 대학원장직을 연달아 수행하는 한편 제자들과 현대시학회를 조직하여 솔선수범으로 논문을 쓰면서, 그 성과물을 『한국현대시와 패로디』(1996), 『한국 서술시의 시학』(1998)이라는 저술로 엮기도 하였고, 경향각지의 문예지의 월평과 실제비평에도 적극적으로 참여하였다.

한편으로는 지역 문협 부설 문예대학의 학장으로 문인지망생을 지도하기도 하였고 젊은 시인들이 초청하는 모임은 거리를 마다하고 참석하였다. 나로서는 소속 학과의 특성상 현대시에 대한 실제비평과 원론적인 시론보다 시교육론에 관심을 가질 수밖에 없었으며, 대학 시절부터 데뷔한 시인으로서 시 창작에 임하는 것이 고작이었는데, 이렇게 시교육론과 시 창작의 두 방면에 원리와 자극을 제공한 사람이 바로 金교수였다. 정확하게 말하면, 金교수의 시론과 비평이었다.

4.

이상과 같이 金교수의 삶을 개관하고 나니, 앞에서도 부분적으로 언급하였지만, 그의 선친의 삶과 닮은 점이 또 하나 있다. 그의 선친이 4남매를 전부다 결혼시키지 못했듯이 그 역시 비록 따님을 최근에 시집보내었지만, 두 아들은 결혼 적령기임에도 불구하고 한 사람도 장가를 보내지 못하고 눈을 감았다. 말하자면 제자늘을 돌보고 젊은 시인들을 격려하기 분주하여 막상 그의 두 아들 장가보내는 일에는 신경을 쏟지 못하였고, 늙은 노모도 미망인에게 맡겨 두고 이 세상을 황망히 떠난 셈이다. 그러나, 金교수의 선친은 金교수에게 이렇게 무거운 짐만 남긴 것은 아니라는 생각이 든다. 고교시절부터 빛난 문학적 감수성과, T. S. Eliot를 방불케 하는 도수 높은 안경 속에서 번쩍이는 지성미와 신사도 또한 그의 선친의 예술가적 기질로부터 물려받은 소중한 유산이었으리라. 따라서 나를 포함한 많은 지인들은 그의 삶 속에서 二代 藝術家로서의 불꽃같은 삶을 발견할 수 있을 것이다.

제자들을 누구보다도 학문적으로 보살펴 주고, 동료들 사이에서 이견을 조정하면서, 현실을 정확하게 볼 줄 알던 金교수의 인품 때문에 그는 비록 이 세상을 떠났으나 두고두고 남은 사람들에게 기억될 것이다. 뿐만 아니라 그의 남은 가족 특히 아들들에 대한 관심을 쏟아야 되겠다는 마음까지 샘솟게 할 것이다.

비극적 話者의 절망과 그 극복

– 河賢埴 시집 『모딜리아니의 노을』

한국문학의 취약점은 작품 속에 감정을 적절하게 조절하지 못하며, 특히 슬픈 정황을 형상화시킬 때 그것을 비극적으로보다는 감상적으로 표출하는 경향에 있다고 한다. 물론, 이러한 주장은 한국문학의 전통을 지나치게 부정적으로 보는 관점이라고도 볼 수 있겠으나 결코 일축해버릴 수 없는 견해인 것이다.

특히 시가의 경우 감정이 조절된 것으로 인하여 감각화되기 보다는 감정의 과다현상을 가지고 있는 경우가 허다하고, 오늘의 시에도 이러한 현상을 찾기가 그렇게 어렵지 않다. 말하자면 비극적 정황으로보다는 슬픔으로 우리에게 다가오는 시가 많다는 말이 되겠다. 비극 혹은 비극적이라고 할 때, 비평이나 연구의 관념으로 사용되는 경우에는 단순한 슬픔과 구별되어야 할 것이다. 슬픔 정황으로 인하여 단순히 슬프다는 느낌에서 동정심이나 측은감을 느낀다면 그것은 슬픔으로 끝나지만 보다 진지하고 사색적이며 그것이 상징성을 가지고 있을 때 비로소 비극이 되는 것이다. 따라서, 비극은 슬픔으로 절망하기보다는 그 절망을 딛고 일어설 수 있는 극복의 양상으로 나타나는 것이다. 따라서 우리는 이러한 시에서는 외연적으로 나타난 의미보다는 내포된 의미를 해석하여 그 극복의지가 어떻게 나타나고 있으며, 그 원천은 어디서 왔는가를 살펴볼 필요가 있다.

　오늘의 시에도 비극적인 경향이 흔하지 않다고 하였지만 河賢埴시인의 시집 『모딜리아니의 노을』에 수록된 작품을 통독하고 필자는 흔하지 않는 비극적 화자를 발견하고 새삼 河시인의 작품세계를 살펴보아야겠다는 생각을 가지게 되었다. 그의 시 속에 등장하는 화자는 결코 흥분하거나 슬퍼하기보다 슬픈 풍경을 냉엄할 정도로 감정을 억제하여 바라보고 있으며, 때때로 그 풍경 속의 인물이 되어 행동하기도 하지만 그것은 거리를 유지하는 행동이며 시적 구조를 더욱 단단하게 하기 위한 어조를 가지고 있다.

들길이 지겹고

우리들은 가까스로 조용하였다.

세찬 높새바람이 땅거미를 밀고 왔다.

下午 3시, 막배는 作故하였다.

水面 위에

썰렁한 船體의 그림자만 흔들렸다.

木船의 굉음도 침몰하였다.

부활한 유령들이 흘리고 간

혀 꼬부라진 말씀들만

선창 바닥에 굴러다녔다.

불빛 흐린 酒店 밖으로

썩어 문드러진 선웃음도 간간히

깡통 구르듯 굴렀다.

몇은 숭어회에 막소주 몇 잔 들이키고

컵 속에 뒤죽박죽인 말

몇 마디 뱉아 놓았다.

밤은 구성지게 깊어가고

어눌한 젓가락 장단의 행렬을 빠져나와

겹겹이 묻힌 어둠을 헤쳐갔다.

망치로 내려쳐도 끄떡않는 어둠

우리는 개두들기듯 어둠을 두들겼다.

이곳의 어둠은

깡소주보다 더 지독하였다.

-「鹿山紀行 2」全文-

이 작품은 河시인의 시집 제1부에 실려 있는 연작시 「鹿山紀行」 10편 가운데 두 번째 작품이다. 이 연작시 10편은 제1부 때문만이 아니라 이 시집의 일관된 흐름을 가장 잘 나타내고 있는 것들이다.

「鹿山紀行」은 '江과 바다가 비로소 만나서 / 먹고 또 먹히는 곳' (「鹿山紀行·1」)에 화자인 '우리들'이 며칠동안 머물다가 돌아오는 것을 기본줄거리로 하고 있는 일종의 여행시이다. 그러나, 그것이 단순한 풍물시로 떨어지지 않고 형이상학적 차원으로 확대 해석할 수 있는 비극적 화자의 어조와 태도가 잘 나타나 있다. 이러한 조짐은 우선 제목 속에서부터 보이고 있다. '鹿山'이라는 지명은 실존하는 지명이 아니다. 부산 근교에 菉山이라는 곳이 있기는 하며, 그곳은 이 시에 나오는 배경과 비슷한 분위기가 있는 어촌이기는 하지만, 그러나, 그곳의 지명을 '鹿山'으로 바꾸어 버림으로 인하여 그곳과는 전혀 상관없는 시 속에서만 존재하는 공간으로 독자성 내지 사물성을 획득하게 된다. 그런데, 하필이면 사슴 '鹿'자의 鹿山인가 하는 점에 의문을 제기할 필요가 있다. 결국 사슴이 사는 곳인 셈인데, 상식적으로 보아 사슴이 사는 곳은 대단히 신비롭고 성스럽기까지 한 공간이다. 이러한 선입감 속에서 이 시를 읽어가면 당장 배반감을 느끼지 않을 수 없다. 그곳은 '꿈꾸는 시간 속에 망가지는 사람들' (「鹿山紀行·1」)이 사는 곳이요 '갯냄새에 머리칼 절인 바다의 여자' (「鹿山紀行·

9」)가 사는 신비감보다 세속적이고 욕망과 관능이 넘치는 곳이다. 따라서, 이러한 배반감을 시학적으로 정리하면 역설의 효과라고 볼 수 있겠다. 절망 속에서 몸을 내던지는 뿌리 뽑힌 사람들이 살고 그곳을 화자 '우리들' 이 이방인처럼 방문하였다가 결국 '우리들'은 그곳이 절망의 고장이라는 것을 확인하고 돌아오면서 '개불알인 노래'(「鹿山紀行·10」)를 부르며 돌아오는 것이다. 따라서, 이러한 역설석 구조로 인하여 '鹿山'은 구제적인 공간이면서 동시에 인간의 참다운 삶이 마멸되어 찾아볼 수 없고 절망과 허위의식만 가득한 오늘날 도처에서 찾아볼 수 있는 비인간화된 상징적 공간인 것이다.

앞에서 인용한 「鹿山紀行·2」는 '절망'이라는 눈에 보이지 않는 의식을 사물화하기에 성공한 작품이며, 감정이 적절히 조절되어 감각화에 성공한 작품이라고 볼 수 있다. 들길을 걸어간 우리들에게 보이는 것은 모두 사라져가는 것들이다. '막배'도 '作故하였다.' 그냥 사라진 것이 아니고 죽은 것이다. 말하자면 배가 끊어짐을 作故라는 시어와 연결시켜 죽음이라는 절망적 상황을 연상하게 하는 것이다. 이렇게 사라진 것은 비단 '막배' 뿐만 아니다. 그 배가 남기고 간 '꿩음'도 침몰하였고, 남아 있는 것은 '술에 취한 채 꼬부라진 말씀', '썩어 문드러진 선웃음' 이런 것들이 선창에 깡통처럼 굴러다니고 있는 것이다. 이러한 절망적인 정경 속에서 '우리들'은 어떻게 술을 마시지 않을 수 있겠는가? 막소주 몇 잔과 숭어회에 결국 취하게 되고 '우리들'의 말도 뒤죽박죽이 되어 컵 속에 뱉어지게 되는 것이다. 이 시의 후반부에서 절망의식은 '어둠'으로 상징된다. 밤은 깊어가고, 우리들은 어눌한 젓가락 장단에서 빠져 나와 '깡소주보다 지독한 어둠'과 만나게 되는 것이다. 어둠 즉 절망의 강렬함은 '망치로 내려쳐도 끄떡않는 어둠'과 '개두들기듯 어둠을 두들겼다'는 표현에서 충분히 감각화되어 있다. 그러면서도 흥분하거나 비탄한 화자 '우리들'의 모습은 철저하게 감추어져 있다. 이러한 능력은 아무나 가지는 것이 아니다. 河시인의 역량은 이러한 비극적 정황의 감각화에 있는 것이다.

河시인의 세계에 대한 비극적 인식은 비단 '鹿山'이라는 상징적 공간에
만 있는 현상이 아니다.

> 뽀얀 맨발이
>
> 먼지처럼 달려온다.
>
> 노을의
>
> 차디찬 속삭임.
>
> 묵은 눈물이
>
> 악수를 청한다.
>
> 잠든 빈곤의 뜰이
>
> 몸을 일으킨다.
>
> 마을 어귀에 도사린
>
> 남루한 하늘이
>
> 비를 맞고 있다.

—「歸鄕」 앞 부분—

이와 같이 고향에 돌아가도 발견되는 것은 '차디찬 속삭임'이나 '빈곤
의 뜰', '남루한 하늘'인 것이다. 일반적인 인식으로는 귀향이란 어머니의
품속으로 돌아가는 듯한 따스함과 포근함이며 이러한 느낌으로 인하여 낭
만적이게 되며 낭만적인 태도에서는 감정이 지나치게 노출되기 쉬운 편이
다. 그러나, 앞의 인용과 같이 그의 시에는 이러한 현상은 찾아보기 힘들
다. 말하자면, 이 세상은 온통 절망뿐이라고 그는 이미 결론을 내고 있는
셈이다. 이러한 그의 세계관의 밑바닥에는 기독교적 세계관이 짙게 깔려
있다고 볼 수 있다. 따라서, 이 세상의 것을 가지고 그러한 절망을 극복하
기는 어려운 것이라고 이미 결론을 내리고 있으며, 이 세상의 누구도 이

렇게 심한 절망을 극복하기 힘들다고 보고 있는 것이다. 따라서, 그의 시에서는 절망을 절망으로만 표현하고 있는 것 같고 극복의 여지는 찾기가 힘든 것 같이 표현되어 있다고도 볼 수 있다.

그런데, 다음과 같은 시를 정독하면 절망의 극복이라는 문제가 해결될 실마리가 보인다.

주여, 비를 내려주소서.

미운 자가 미워지는 비 아니라

미우지지 않는 비.

설운 자가 서러워지는 비 아니라

서러워지지 않는 비.

지상의 일천 炎情의 숨을 죽이고

눈부신 대낮을 폐하여 주소서.

위선의 대낮 심장 깊숙이

비를 긋는 시퍼런 눈을 밝히고

목마른 바람들의 발꿈치를 꺽어

닫힌 말씀의 內壁을 헐어주소서.

– 「비를 기다리며」 앞부분–

결국 이러한 '어둠'과 '위선의 대낮', '닫힌 말씀의 內壁'을 헐어버릴 수 있는 것은 주가 내리는 비인 것이다. 위의 인용시 '비를 기다리며'에서도 그의 역설적인 어조가 군데군데 보이고 있다. '비'라는 것이 상징하는 바는 결코 희망이나 절망의 극복이 될 수 없는 것이 상식이나 그의 솜씨는 그 상식을 깨뜨리고 있다. 철저하게 절망적인, 전부가 모순투성이인 곳은 '눈부신 대낮' 조차도 어둠인 것이다. 이러한 어둠을 몰아내는 것은 밝음이 될 수 없는 것이다. 따라서, 비가 내려 모두를 쓸어버려야 되는 것이

다. 따라서, 그 비가 화해의 비가 되고 서러움을 청산시키는 비가 되는 것
이다.

河시인의 시에서는 앞에서도 지적한 것처럼 절망의 극복이 쉽게 보이지
않는다는 점이 하나의 문제점 혹은 가능성으로 부각되는 셈이다. 앞으로
는 같은 작품 속에서도 절망과 그 극복이 변주되는 그러한 작품들이 많이
나왔으면 한다. 그리고, 그러한 변주의 원동력이 그가 가지고 있는 종교인
기독교에서 기인한 세계관과 상상력에 의한 것이라는 점을 미리 예견해
본다.

자연과 체험에 대한 인식의 변화과정

– 강달수 시집 『라스팔마스의 푸른 태양』

1.

강달수 시인의 첫 번째 시집에 수록된 72편은 대체로 네 가지 특성으로 나눌 수 있다. 데뷔작「대금산조」(1997. 심상. 3월호)를 비롯한 비교적 데뷔 초기의 작품들에서 발견되는 체험이나 사물에서 발생하는 정서를 감각화한 경향이 그 첫 번째이다. 두 번째로는 자연을 제재로 한 관념의 형상화 혹은 현실풍자를 시도하고 있는 경향이다. 이러한 관념과 풍자가 인공물에서는 더욱 현실감을 획득하여 강렬해지는데, 이러한 작품들은 세 번째 경향이라고 할 수 있다. 마지막으로는 관념과 풍자의 연장선상에서 제시하고 있는 현실의 모순에 대한 통렬한 비판의식을 가지고 있는 작품들을 하나의 경향으로 묶을 수 있다.

2.

제 1부「대금산조」에 수록된 21편은 앞에서 지적하였듯이 정서를 감각화하고 있다. 그의 데뷔작인 「대금산조」를 비롯한 대부분의 작품은 정서를 유발할 수 있는 공간 체험을 배경으로 하고 있다. 물론 그것이 단순한 여행에서 얻은 느낌일 수도 있으나, 그렇지 않고 그의 유년기의 추억을 바탕으로 한 것도 있다.

두루미 발자국 소리가 난다

허공에 여울져 물주름지는

상처난 날개의 퍼덕 거림

대숲의 초록 바람 담아 가만히 눈 감으면

어머님의 두루마기 소맷자락 속에서

더욱 애절하게 피어나는 한 떨기 문풍지 꽃

대금산조 한 가락

포도나무 넝쿨 우거진 우물가

갓 퍼올린, 김서린 우물물로 긴 머리 감으시고

정한수 한 그릇 떠올리시는 어머님

창호문 속에서 내 작은 한복을 인두질 하신다

저녁노을 새들의 부리 위에 곱게 물들면

처마끝에 맴돌다

산마을 초가집 청마루로 날아드는 대금소리

달빛에 더욱 하얗게 피어나는

어머님의 옥비녀

바람이 불며 연주하는

대금산조 한 가락

―「대금산조」 全文

이 작품에는 시적 화자의 어머니가 등장하고 있다. 어머니께서 긴 머리 감고, 정한수 한 그릇 떠올린 후 어린 시적 화자의 한복을 인두질 하는 것 이 시의 가장 주된 공간이다. 이러한 공간에서 향수라는 짙은 정서를 느 끼게 되는 까닭은 아무 소리도 들려오지 않는 정적 공간이 아니라, 두루 미 발자국 소리도 나고 새들의 날개짓 소리도 나는 점으로 인하여 다분히 공감각적이고 환상적인 공간이 되기 때문이다. 이렇게 첫째 연의 공간에다 둘째 연에서는 우리 민족 고유의 전통악기에 의하여 연주되는 대금소리라는 청각적 이미지가 중첩된다. 물론 이 둘째 연과 첫째 연은 다소 긴밀한 구조를 가지지 못하고 있기는 하나, 개인적 체험이나 정서를 민족 정서, 즉 전통에 연결시키는 효과는 충분히 거두고 있다. 말하자면, 강시인의 정서를 감각화 시키는 역량이 개인적 체험에만 머물지 않을 것이라는 미래에 대한 증거가 되는 작품이 바로 이 작품이다.

가을비 내리는 시월

다산 초당을 찾아간다.

눈썹 끝에 매달린 빗방울이

입술에 와 닿는다

빗물의 촉감이 아름답다

대숲사이로 뚫린 오솔길

바람 속에

강진 앞 바다가 토해낸

파도소리가 묻어 있다

그대 솔불 켜 밝히시던

정석 틈새엔 그리움만이

낙엽 썩은 잎으로 뒹굴고

이끼 낀 연못가엔

그대 씨 뿌린 백일홍 대신

소나무 한 그루

비에 젖어 고개 숙일 뿐

찢어진 문풍지 바람에 떨릴 때마다

대금소리 나는 초당 처마 밑

그대의 침묵 같은 정결한 목소리

그러나 슬픔에 겨운

바람소리 들으며

이 가을 비 속을 걸어간다

그대에게 닿기 위하여

-「다산초당」 全文

　이 작품에서는 전남 강진의 다산 초당이 시적 공간으로 등장하고 있다. 데뷔작에 등장하고 있는 정서를 감각화시키는 솜씨가 더욱 세련되어 있다. 11행의 '그리움'을 '낙엽 썩은 잎으로 뒹굴고'라는 표현으로 감각화시키는 부분이 그렇다. 그러나, 정작으로 주목해야 할 부분은 끝으로부터 6행 째인 '대금소리 나는 초당 처마 밑'이라는 부분이다. 찢어진 문풍지가 바람에 떨리는 소리를 '대금산조'로 비유하면서 이어서 바람소리를 슬픔에 겹다고 인식한다. 그러다가 가을 비 속을 걸어가는 화자 자신의 행위를 다산 정약용에 연결시켜 역사적 상상력을 전개하고 있다. 이러한 역사적인 사실에 대한 재해석 혹은 새로운 인식은 「新세한도」, 「白雪」같은 데서 더욱 두드러진다.

　김정희의 세한도에 대한 감각적 인식이나, 시조에 자주 등장하면서 전통적 한국화의 제재로 흔하게 표현되는 백설을 현대적으로 감각화 시키면서 거기에다 관념이나 정서를 이입시키는 부분은 그의 시적 특징이 앞으로 어떻게 변화될 것인가를 예견하게 한다.

3.

　제 2부「은점리 언덕에 서서」에 수록된 16편은 자연에 대한 인식의 양상이 현실 풍자에 가까운 작품들이다.

뻐꾹아 이제 청산 가라

탁란 그만하고 똑 바로 살아라

곪아터진 곳에 새 살이 돋아 오르는 법

더 늦기 전에 비겁한 부리를 벗어 던져라

너의 책상에 빼곡이 적혀 있는

약자의 등골을 맛있게 빼먹는 요령

개개비의 힘으로 새끼를 잘 부화시키고 양육시키는 비결

제비의 성실함은 중세의 노예근성이라는 것을 잘 이해할 것 등

정당하지 못한 문구들을 과감하게 삭제하라

너는 울음소리조차 뻔뻔스럽다

2세의 투명한 미래를 바란다면

뻐꾸기의 후예임을 확인시키는 능청스러운 울음대신

깨끗하고 진실한 울음소리를 들려주어야 한다

생존은 그 자체로서 존재 이유가 있으나

존재한다고 해서

다 가치 있는 것은 아니라는 것을 명심하라

-「뻐꾸기에게 잔소리하기」 全文

이 작품은 전반부에서는 뻐꾸기의 생리 자체를 비판하고 있는 듯한 인상을 받기 쉽다. 그러나, 5-6행 '너의 책상에 빼곡히 적혀 있는 / 약자의 등골을 맛있게 빼먹는 요령' 때문에 단순히 뻐꾸기의 생리만을 비판하고 있지 않다는 점이 암시되고 있다. '너'가 도대체 어떠한 인간상을 풍자한 것인가는 분명하지 않다. 그러나 조금만 시적 상상력을 발휘하면 남의 덕택에 살아가면서도 마치 자기 자신의 능력으로 남들에게 유익을 끼치고 있다고 착각하는 인간상이나, 사실은 남에게 기생하는 것을 알면서 위선

의 가면을 쓰고 있는 인간상을 풍자하고 있다는 것을 알 수 있다. 시적 풍
자는 쉽사리 그 의도가 드러나지 않아야 성공적이라 볼 수 있는데, 그러
한 측면에서도 어느 정도 성공하고 있다.

암흑 속에서 나는 제왕이다

황금빛 날개

왕성한 번식력

내 숨통을 끊기 위해

과학자들이 연구에 한창이다

나는 특별히 남에게 위해를 가하거나

타인의 재산에 테러를 감행하지도 않았는데

킬러들은 나를 향한 총구를 거두지 않는다

비록 불꺼진 주방 바닥에서

인간이 섭취하고 남은 잔여 음식물을 먹고 살지만

나에게는 윤기 나는 날개가 있다

밤마다 새로운 음모를 꾸미고

세월이 흐를수록 비정한 검투사가 되어 가는

인간들이 소유하지 못한 촉수와

어둠 속에서도 세상을 바로 볼 수 있는 눈을 가지고 있다

비정한 세상

전화기 기판 속이나 온풍기 팬 속에서

내 고단한 몸을 눕히지만

항시 너희 인간들은

내 사정거리 안에서 꿈틀거린다.

-「바퀴벌레」 全文

이 작품은 자연 가운데서도 우리 인간들에게 혐오감을 자아내게 하는 '바퀴벌레'를 제재로 하고 있다. 시적 화자가 바퀴벌레인 점은 앞의 작품과 유사한 구조를 가지고 있다. 앞의 작품에서는 인간의 비정함에 대한 비판이 부분적이었으나, 이 작품에서는 거의 전면전을 벌이고 있는 셈이다. 인간들이 징그러워하면서 필사적으로 박멸하려고 하는 사물을 통하여 지상에 만연한 인간 본위 사상을 통렬히 비판하고 있다.

이 비판은 비판의 경지를 넘어서 인간에 대한 전의를 불태우고 있는 점에서 강렬하다. 그런데 이러한 강렬함에도 불구하고 시적 화자, 즉 바퀴벌레의 어조는 비정하리만큼 냉정하다. 그러하면서도 시적 공간을 전화기 기판, 온풍기 팬에 설정함으로써 인간의 비정함을 넘어서 문명비판적인 태도까지 가지고 있다.

4.

현실풍자나 현실을 바탕으로 한 관념의 형상화 작업이 제 3부「자갈치 별곡」外 17편에서는 인공적인 사물을 등장시켜 더욱 두드러지고 있다.

> 빨래집게는 턱뼈가 강해야 한다
>
> 얼굴과 키보다는
>
> 견고한 이빨이 더 중요하다
>
> 주인의 신분과 관계없이 충성하여야 하고
>
> 밤을 꼬박 뜬눈으로 지새울 수 있어야 한다
>
> 태풍이 휘몰아쳐도 끈질기게 물고 늘어져
>
> 빨래를 사수할 수 있는 놈이
>
> 진정한 빨래집게이다
>
> 항상 거꾸로 매달려 피가 역류하여도
>
> 포카 페이스를 잘 유지하고

이빨을 풀지 않는 그런 집념 위에

햇살과 바람이 첨가되어

무균질적이고 정갈한

세탁물이 완성된다

―「빨래집게」全文

　이 작품의 제재는 지극히 인공적인 사물이다. '빨래집게' 라는 제목 속에서 플라스틱과 철사가 어우러진 견고한 이미지를 충분히 떠올릴 수 있을 것이다. 뿐만 아니라, 빨래집게들이 개인 주택의 옥상이나 아파트의 경우 햇볕 잘 드는 베란다에 빨래를 매달고 바람에 펄럭이는 모습을 연상하면 서민적이다 못해 민중지향적인 의미까지 부여할 수 있는 사물이다.
　이상과 같은 의미에서 이 시는 자칫 잘못하면 민중지향성의 기성 시인들의 작품과 유사하게 되어 진부해질 위험성을 가지고 있다.

물지게 하나 지고

백색 타일 위에

퍼질러 앉은 너는

세상 사람들

변수발 다 받아 주는

당대의 효부

―「변기통 · 1」全文

인간들은

세상에서 가장

구린 놈을

시도 때도 없이

내 깨끗한 입 속에

선물하고는

오히려 나를

불결하게

바라본다

-「변기동·2」全文

　위의 작품 「변기통」1과 2는 프랑스의 다다이즘 화가 마르셀 뒤샹 (Duchamp, Marcel, 1887~1968)의 작품을 연상하게 하는 작품이다. 그는 유화를 주로 그리다가 1913년 「샘」을 전시회에 출품하게 되는데, 그것은 기성품 변기를 가져다 놓는 것이었다. 물론 전시회의 전시에는 거절당했다. 그는 초현실주의 운동인 다다이즘의 대표적인 미술가가 되었으며 1917년 미국의 앙데팡당전에 이 제목의 남성용 변기를 전시해 큰 논란을 불러 일으켰다.

　이 작품은 자기로 만들어진 남성용 변기를 거꾸로 해놓은 작품이다.

　마르셀 뒤샹 이후 많은 산업 생산품이 전위예술에 등장하게 되었으며, 비디오 아티스트 백남준의 작업은 뒤샹과 연결되어 있다고 볼 수 있다. 그런데 강시인의 경우 아마 우리 시단에서 그 예를 찾아보기 힘든 「변기통」을 제재로 하여 3편이나 되는 짧은 연작시를 쓰고 있다.

　(1)과 (2)의 경우 시적 화자가 각각 다르다. (1)의 경우는 시적 화자를 시 밖에 두어 관찰자의 입장을 유지하고 있으나 (2)의 경우 강 시인이 자주 구사하는 등장하는 사물, 즉 변기통의 입장에서 인간을 준열하게 꾸짖는다. 이 두 작품을 연계시켜 보면 강시인의 시적 인식의 특성을 더욱 분명하게 파악할 수 있다. 인간의 위선, 사회에 만연되어 있는 부패를 직설적이 아닌 변기통의 입을 통하여 꾸짖고 있다. 즉, 변기보다도 못한 인간들이 인간보다는 깨끗한 변기를 바라보고 불결하다고 하는 것을 어처구니없

다고 생각하는 변기통이라는 시적 상황을 상상해보면 결코 향기롭거나 아름답지는 않다. 그러나, 얼마든지 통렬한 상쾌함을 느낄 수 있는 작품들이 바로 이 작품들이다.

5.

제 4부「세상을 품에 안고」外 16편은 연작시「자본주의의 틈새」17편으로 구성된 작품들이다. 앞의 경향에 비하여 현실 비판이 한층 격렬하여 자본주의 자체에 대하여 모순을 반복적으로 지적하고 있다. 그러나, 결코 직설적이지 않다는 점에서 시적 형상화에 어느 정도 성공하고 있다.

장대비가 도시를 급습하는 날

사십계단 층계에

까뮈의 이방인이 되어 선다

전쟁통에서도

빈부의 눈금이 극명하게 그어지던 곳

별리를 알리는 뱃고동 소리가

비 속을 파헤치고 날아든다

뱃고동 소리는

보내는 자보다 떠나는 자의 가슴에

더욱 날카롭게 박히는 비수다

시린 발톱 위에 떠오르는 태양이 아름답고

남김없이 허물어진 어깨 위로 사라지는 노을이

세상을 승화시킨다

평생을 죽도록 노동해도

집 한 칸 마련하기 힘든 세상

자본주익는 민초들의

눈물자국을 채우고

떠오르는 달이다

-「사십계단 위에 서서」全文

　이 작품은 연작시「자본주의의 틈새」(3)에 해당하는 작품이다. 자본주의의 모순을 지적하고 있으니 결코 흥분하지 않는다. 그러나, 다른 작품들에 비하여 우리의 가슴을 찌를 듯한 시적 상황이 설정되어 있다.

　이 시의 마지막 부분 5행은 특히 우리나라의 천민자본주의의 모순을 잘 형상화한 부분이다. 평생 일해도 마련하기 어려울 정도로 올라버린 집값, 자녀 교육하기 힘들어 30대 젊은이들이 이민 가고 싶어 하는 현실을 잘 비판하고 있다. 이러한 현실비판에도 불구하고 흥분하지 않는 강 시인의 시적 역량에 다시 한번 긍정적 가치 평가를 부여하는 바이다.

　필자가 생각하기에 강 시인이 추구하고자 하는 시적 세계를 잘 형상화한 작품인 그의 고향 남해도에서 숨을 거둔 조선조 시대의 위대한 소설가 김만중의 삶을 패러디한 「九雲夢」을 인용하면서 이 글을 끝맺고자 한다. 그가 꿈꾸는 시적 세계는 무엇인가? 그 결론은 독자에게 맡긴다.

　南海 孤島에서 다시 寂島로 뗏목을 타고 떠난다 안개 낀 망운산과 금산 사이 아카론 강을 홀로 건넌다 앵강만의 거칠고 험한 파도 달래며 諸行無常의 속세를 超脫한다 남해 청정한 바닷물로 부귀공명에 오염된 마음을 헹구고 寂所에 매화나무 두 그루를 심는다 초옥 하나 사립문 하나 존재하지 않는 빈터 해풍과 들풀 속에서 삼백년을 굳건하게 버틴 옹달샘만 님의 깊이와 향기를 간직한 채 하늘을 보고 누워 있다 초옥터의 유일한 물증이던 맷돌 초등들이 굴리고 다니던 그 맷돌은 어디로 갔을까 남가일몽 뜬구름 같은 한 세상 바다가 석벽을 두르고 복사꽃 만발한 벽련마을 앞바다엔 성진과 팔선녀가 자맥질을 하고 있다

이백 설흔 두 계단 밟고 당도한 노지나 묏등 님의 피와 살이 스민 허묘터엔 정의
롭지 못한 발걸음을 통제시키고 정갈하지 못한 잡목들의 범접도 불허한 바람만 황량
하다 해변에 머물다 벼랑을 타고 산허리에 당도한 님의 핏빛 절개를 닮은 노을 속에
하루가 저물고 구중 궁궐을 향한 그리움이 박힌, 애틋한 달이 떠오른다 대숲에서 불
어오는 바람소리 두견 우는 소리에도 오매불망 어머님 발자국 소리인 줄 알고 잠을
깬 손길은 등잔불의 심지를 돋우고 선비의 목을 잘라 바다에 투척한 듯 삿갓을 닮은
섬 한 켠에서 눈물로 사모곡을 마무리한다 주군의 흐린 성정에 목숨 바쳐 직소 하던
강건함도 낙도에 유폐된 숙질들의 안부를 알 수 없는 아픔은 죽음보다 더 독한 고독
이 되어 絶海孤島 빈 뜰에 차가운 달빛이 되어 흐른다 절절한 침묵이 정맥을 타고 흐
르는 미명의 새벽 바다 괭이 갈매기의 날개도 이슬에 젖는다

-「九雲夢」 全文

맑은 영혼에서 나오는 상상력

– 김혜경 시집 『살아 있는 시간과 함께』

『살아 있는 시간과 함께』(1998. 해성)를 엮은 김혜경 집사는 기성시인은 아니다. 그렇다고 취미로 시를 쓰고, 앞으로 기회가 있으면 시단에 데뷔하겠다는 시인 지망생도 아니다. 그녀는 날 때부터 장애인이었으나 이제는 그 정도가 심하여 오른쪽 가운데 손가락을 제외하고는 그 기능이 온전한 곳이 거의 없다.

오른쪽 손가락도 다른 기관에 비해 나은 편이라는 것이지, 정상인과는 다르다. 그는 이렇게 불편한 몸으로 이미 91년 시집 『풋과일』을 발간한 바 있다. 이번의 작품은 지난번 작품이 전동타자기를 사용하였음에 비하여 컴퓨터가 사용되었다. 그는 오른쪽 가운데 손가락에다 혼신의 힘과 거의 영혼을 불어넣어 한 자씩 한 자씩 컴퓨터 자판을 두드린다.

그의 시편에는 작품 대부분 완성한 날짜가 찍혀 있다. 135편의 작품 가운데 날짜가 기록되지 않은 것과 내용이 중복되는 40여 편을 제외한 97편을 내용에 따라 3부로 나누어 엮어 보았다.

제1부 「겨울 나무를 위하여」는 자연에 대한 의미부여라고 볼 수 있다. 그는 다른 사람의 도움이 없으면 산과 들이거나 강과 바다를 찾아갈 수 없다. 따라서 성한 사람이 보는 자연과 그 느낌이 다르다. 그는 자연에 대하여 경탄하지 않을 수 없으며, 오로지 긍정적인 관념을 이입시키고 있다.

긍정적인 관념을 이입시키는 원동력은 어디에서 왔으며, 다른 사람들과
어떻게 다른가를 살펴보기로 한다.

<blockquote>

겨울 나무를 위하여

오늘은 눈이 와 주었으면

초라하게, 안쓰럽게 보이기 싫어 하는

겨울 나무를 위하여

오늘은 하얀 은총이

내려 졌으면

모든 고통 잘도 참아 내는

겨울 나무를 위하여

</blockquote>

-「겨울 나무를 위하여」 全文

원형 비평적인 관점이 아니라도 겨울은 절망과 허무를 상징하는 계절이
라고 볼 수 있다. 그러나 이 작품에서는 이러한 통념을 깨트리고 있다.

겨울의 상징성을 '겨울 나무'라는 구체적 사물을 통하여 드러내고 있
다. 겨울 나무는 초라하고 안쓰러운 존재지만 겨울 나무 자신은 그렇게
보이는 것이 싫은 것이다. 그러한 겨울 나무를 위하여 시적 화자는 '눈'이
내리기를 바라고 있다. 그런데 그 눈의 관념 역시 통념을 깨트리고 있다.

절망과 극한 상황과 같은 것을 상징하는 것이 상식적인 '눈'은 '하얀
은총'으로 보아 희망을 상징하고 있다. 마치 청마 유치환 시인의 「首」의
말미에 '은혜하에 내리는 눈'과도 같은 것이다. 따라서 겨울 나무는 모든
고통도 참아내는 끈질김 혹은 희망이 되는 것이다. 이러한 긍정적인 자연
의식은 기독교적 상상력 내지 신앙 때문이라는 것은 쉽사리 알 수 있다.

어쩌면 '겨울 나무'는 바로 김혜경 집사 자신을 형상화한 것인지도 모른다. 이렇게 밝고 희망적인 자연관은 봄, 여름, 가을과 같은 계절이나 바다, 하늘, 별, 물 등과 같은 자연 현상이나 귀뚜라미, 씨앗, 열매, 꽃들과 같은 사물들에까지 걸쳐 있다. 심지어 '자연'이라는 추상적인 제목의 작품에서도 등장하는 자연관이다.

　제2부「여기 왔습니다」에서는 주로 그를 둘러싸고 있는 공간 즉, 베데스다 장애인 교회와 그곳과 관련된 사람을 그리고 행사들에서의 느낌을 시로 형상화하고 있다.

이 고통을 사랑해야지

이 아픔을 감사해야지

이 고통 나에게 지름길 되어

주께로 인도하였으니

이 아픔 나에게 바른 길 되어

천성에 이르게 하였느니

아! 내 영혼아 기뻐하고 즐거워

하여라

잠시 잠깐의 이 괴롬이 나에게

있음을

세상이 알지 못하는 위로가

나에게 있음을

-「고통스러운 날에」 全文

육신적으로 김혜경 집사는 고통스럽지 않을 수 없다. 그러나 그는 '고통'을 사랑하고 '아픔'을 감사하고 있다. 왜냐하면 이 고통 때문에 그는 주님께 지름길로 다가갈 수 있었기 때문이다.

이 시의 성공은 역시 신앙을 직접적으로 드러내지 않음에서 왔다고 볼 수 있다. 둘째 聯, 둘째 行 '주께로 인도하였으니'를 제외하고는 주님이나 예수님 혹은 하나님이라는 시어는 등장하지 않는다. 그러나 기독교인이든 아니든 이 작품을 통해 고통까지도 사랑하고 아픔까지도 감사하는 철저한 신앙을 엿볼 수 있다. 따라서 신앙의 힘이 얼마나 위대한가를 보여주는 작품이 바로 이것이다.

제2부에서는 김집사를 도와주시는 베데스다 교회의 김용원 목사님, 신선사모님을 비롯한 여러 자원 봉사자들과 같은 사람들에게 축하하는 일이 생긴 때이거나 아픔이 더욱 큰 고통으로 다가올 때나 어려운 나들이 길이거나 한결같이 하나님과 이웃에 대한 감사로 충만하고 있다. 심지어 어머님의 돌아가심도 슬퍼하기보다 하늘나라에서 만날 소망으로 가득 차있기까지 하다.

제3부「그 나라는」은 신앙이 어느 정도 직접적으로 노출된 시이다.

솜이불보다 더 따뜻한 주님의 사랑도 있고요
온갖 보석으로 꾸며진 그 나라

그 나라는 나의 꿈
나의 희망

-「그 나라는」의 중간 부분

이상과 같이 주님의 나라는 기독교인이면 누구나 생각하는 나라이다. 그러나 직접적인 신앙고백의 시에서도 인용한 첫 연에서처럼 솜이불이나 보석과 같은 사물을 등장시켜 구체적으로 형상화시키기에 노력하고 있다. 특히 「돌항아리」와 같은 작품은 예수님이 가나 혼인 잔치에서 물로 포도주를 만드셨을 때 사용된 돌항아리를 시적화자로 내세우고 있을 정도로 구체적이다.

이상과 같이 1, 2, 3부에서 김집사의 시는 신앙이라는 관념을 가지고 있으면서도 구체직인 사물들을 등장시키고 있는 짐에서 그의 싱싱력이 기본적으로는 시적인 자세를 견지하고 있다고 보아야 할 것 같다. 아마 이러한 까닭은 그의 신체적인 장애를 기독교 신앙으로 극복하여 모든 욕심이나 세속적인 삶을 초월한 맑은 영혼 때문이라고 보아야 할 것 같다.

앞으로 보다 응축되고 성숙한 신앙시, 한국개신교의 시단에 내놓아도 손색이 없는 신앙시를 쓸 수 있을 것이라는 기대감 속에서 이 글을 맺는다. 끝으로 정말 김 집사의 시를 읽으면서 나의 신앙까지도 되돌아보게 되어 무엇보다도 기쁘다는 점을 추가로 밝히고 싶다.

찾아보기

작품 및 작품집

인명 및 단체